Chara

子どもたちは制服を脱いで

毎日晴天！13

菅野　彰

キャラ文庫

この作品はフィクションです。
実在の人物・団体・事件などにはいっさい関係ありません。

目次

子どもたちは制服を脱いで

口絵・本文イラスト／二宮悦巳

どこでも晴天！

秋も深まる頃、竜頭町《りゅうずちょう》三丁目の帯刀《おびなた》家の家長、大河《たいが》は、普段あまり着ないよそ行きの濃紺のスーツに身を包んで、滅多に越えない隅田川《すみだがわ》を越えた。

桜橋《さくらばし》の先の都立高校という、スーツ姿に全く似合わない場所の正門に、大河は腕時計を見ながら立っていた。

この都立高校は、現在高校三年生の末弟真弓《まゆみ》が通っている高校だ。更には、SF雑誌の編集者である大河の担当作家、同居中の恋人阿蘇芳《あすおう》秀《しゅう》の養子である勇太《ゆうた》もここに通っている。勇太は真弓の恋人でもある。

「あ、待っててくれたんだ。大河」

遅い、とまた時計を見ていた大河に、よく知った声が掛けられた。

「時間掛かったな、随分」

振り返るとそこには、やはり普段ほとんど着ることのないグレーのスーツを纏《まと》った秀が、少し疲れたように立っている。

「散々搾《しぼ》られたよ」

もう笑うしかないというように、秀は大河の隣に立って苦笑した。

「俺もだけど、そっちは相当だったんだな」

「うん。参った」

大河は今日、進学クラスの真弓の担任から、進路調査書が出ていない件で呼び出されて仕事を半休していた。

勇太が就職クラスに居る秀は、その勇太が学校をサボりがちだとやはり担任に呼び出されて、みっちり叱《しか》られたところだった。

「勇太に、今日来ること言ってあったんだろ？」

無意識に煙草《たばこ》を探して、ここは高校だと気づいて大河が溜息《ためいき》を吐《つ》く。

「そうなんだけど勇太逃げちゃって。だからもう余計に怒られて……僕が思ってるより勇太学校行ってなかったみたい」

保護者失格を言い渡された秀は、大きく肩を落とした。

「真弓ちゃんは？　一緒に面談しなかったの？」

「ああ、したよ。でもあいつもまだ学部もはっきりしないっつって、話になんなくて俺も怒られたよ。学校の先生に怒られるのなんて久しぶりだ」

「君はそうかもね。僕は実は慣れっこ」

「だろうな」

同じ高校に通っているとは思えないくらい制服の着方まで違う、末弟とその恋人を思い浮かべて、大河が笑いながらネクタイを緩める。

だが、一旦緩めたネクタイを、大河はまた締め直した。

何か、やたらと学生たちに見られているような居心地の悪さに、自分か秀が何かしただろうかと首を傾《かし》げる。

「真弓は、どうせ勇太屋上にでも逃げたんだろうっつって、捜しに行った。二人を待ってちょっと早いけどメシでも食って帰ろうぜ」

「四人で？」

帯刀家の次男明信《あきのぶ》と、三男丈《じょう》のことを思って、秀は惑ったような声を聞かせた。

「明信は龍兄《りゅう》のとこで食ってくりゃいいし、丈は減量すりゃあいいさ。それより真弓と勇太に説教しねえと」

まだ認めてはいないが明信のことは仕方がないので恋人の龍に任せ、プロボクサーの丈は放り出して、大河が肩を竦《すく》める。

段々と視線が多くなっているような気がして、大河はじっと秀を見つめた。

「おまえ、そうやってスーツ着てても全然まともな社会人に見えねえな」

出版社の新年会で見て以来の秀のスーツ姿に、ぽつりと大河が見たままの感想を告げてしまう。

「え？　どういうこと？　なんのために僕が今日スーツを着てきたと思ってるの？」

不満を露《あら》わに、秀はきっちり締めたネクタイをわざわざ大河に向けて見せた。

学生たちに遠巻きに見られていることなど、秀はまるで気に掛けていない。

「いや……悪い、つい」

首を掻《か》いて大河は、素直に秀に謝った。

保護者らしくあろうとして秀がわざわざスーツを着てきたのに、人が見ているせいでうっかりと口が滑ったのだ。たとえ場末のホストにさえ見えない何者なのかさっぱりわからないスーツ姿でも、大河はそれを言うべきではなかった。

「大河だって」

何か言い返そうとして、秀が大河を上から下まで眺める。

しかし、ようとして秀から、大河を詰《なじ》る言葉は出て来ない。

「……大河、床屋さん行ったの？」

じっと大河の顔を見つめて、秀は尋ねた。

「見りゃわかるだろ。校了で髭《ひげ》伸びすぎて、床屋のオヤジに剃《そ》ってもらった」

「ふうん」

すっかり移ってしまった真弓の口調とは自分で気づかずに、拗《す》ねたように秀が呟《つぶや》く。

「なんかおかしいか？」

秀がふいと横を向くのに大河は、顎《あご》を摩《こす》った。

「……別に。大河ばっかりかっこよくて、ちょっと頭にきただけ」

決してふざけているのではない口調で、秀がぼやく。

どう答えたらいいのかわからずに、言葉に詰まって大河は秀を見つめた。

「なんやねんそれ。何処《どこ》がかっこええんやこのオッサンの」

それを、すっかり聞いていた勇太の声が、大河の背後から投げつけられる。

驚いて大河と秀が振り返ると、相変わらず制服を着崩して自転車を引いている勇太と、きっちり着込んでいる真弓が、呆《あき》れ返ったように二人を見ていた。

「勘弁してよー！　うちの高校の正門で何イチャイチャしてんの？」

聞かれているとは思わなかった大河に、真弓が露骨に口を尖《とが》らせる。

「何処行ってたの、勇太」

全く悪びれずに秀は、会うなり勇太を咎《とが》めた。

大河の方は若干ばつが悪く、すぐには二人に言葉が出て来ない。

「ちゃんと卒業するて、心配せんでも」

「卒業すればいいってもんじゃないでしょ？　お説教だよ」

「そうだ。真弓ももうちょっと真面目に進路について考えろ。メシ食って帰るぞ」

ほら、と、歩き出そうとする大河に、真弓と勇太はついて来ようとしなかった。

「どうしたの？　二人とも」

大河と並んで行こうとした秀がそのことに気づいて、二人を振り返る。

「いやや、一緒に帰るんなんか」

「俺も」

子どもじみた声を聞かせて、勇太と真弓はそっぽを向いた。

「……どうして？　もしかして、こんなに若い父親で恥ずかしい？」

悲しげに秀が、勇太に問い掛ける。

「そんなことゆうてへんわ！」

悲しませるつもりは全くなかった勇太が、声を荒らげた。

「真弓、阿蘇芳」

そこに、少しだけ遠慮がちに、少女の声が割って入る。

勇太と真弓の同級生の藤川《ふじかわ》が、遠巻きにしていた少女たちの群れから代表してというように、四人に歩み寄っていた。

「ねえねえ、誰誰？」

小声で藤川が、大河と秀に大きな興味を隠せず勇太と真弓に尋ねる。

「俺のおとんと、真弓の兄貴や」

躊躇《ため》ってはまた秀が悲しむと思って勇太が、藤川に即答する。

「ええ!?　いいなあ！　お父さんやお兄さんがこんなに若くてかっこいいの!?」

欠片《かけら》だけ残っていた遠慮を吹き飛ばして、藤川は高い声を上げた。それは周囲にも聞こえたのか、皆足を止めて大河と秀を見ている。

我慢ができなくなったのか、藤川と一緒にいた少女たちも駆けて来た。

「どっちが阿蘇芳のお父さんで、どっちが真弓のお兄さんなの？」

少女の一人に問われて勇太が、仕方なしに秀を指差して「おとんや」と呟く。

「えー⁉　全然阿蘇芳と違うー！　何してる人⁉」

何をしているのかさっぱり読めない心を隠そうともせず、まっすぐに少女は秀に尋ねた。

「ええと……僕は」

「いつも真弓や勇太がお世話になってます」

まるで礼儀知らずの少女に、秀を助ける気持ちで大河が丁寧に頭を下げる。

「お世話になってます」

隣で秀も、倣《なら》って礼をした。

「やだー！　真弓超かわいい系なのに、お兄さんメチャクチャかっこいい‼」

「でもなんか、さっきから言ってたの。お父さんとお兄さん？　並んでるとなんだか……」

嬌声《きょうせい》に近い声を上げながら、少女たちがくすくすと笑い始める。

「そないな挨拶《あいさつ》、せんでええわ。大河も秀も」

何か余計なことを言い出しそうな少女たちを手で散らして、勇太は自転車を引いて歩き出した。

「行こ」

真弓も大河の腕を取って、その場を離れる。

背後では、勇太と真弓に対するブーイングが捲《まく》し立てられた。

「待ってたこと怒ってんのか？」

桜橋に向かいながら、大河が少し困ったような声を二人に聞かせる。

秀は勇太と真弓の態度に落ち込んで、何も言えないでいた。

「ちゃうて！　あないなとこでそんな格好で、めっちゃ人目についとったんがわからんのかいなっ」

どれだけの生徒が大河と秀を見ているのか気づかないのかと、勇太が周りを指す。

実際の父兄の年齢にはとても見えない大河と秀は、ごく普通の都立高校から、意味がわからないほど浮きまくっていた。

そして多分人目につく理由はそれだけではないが、勇太がそのことからは目を逸《そ》らす。

「そうだよー！　なんでそんなにビシッと決めて来ちゃったの？　二人とも。ほらっ、達《たっ》ちゃんなんか思い切り他人のふりだよ‼」

大河を誉められて嬉《うれ》しい反面、正体不明のどうしようもない気恥ずかしさが消えない真弓は、腹立ち紛れにこそこそ行こうとしている達也《たつや》を指差した。

「よう達也」

自転車で擦《す》り抜けようとした魚屋「魚藤《うおふじ》」の一人息子佐藤《さとう》達也に気づいて、なんの気兼ねもなく大河が声を掛ける。

「こんにちは、達也くん」

秀もかまわず、達也に挨拶をした。

「……声掛けないでくれる？　学校よここ」

知り合いだと思われたくないという態度をあからさまに見せて達也が、小さく呟いてさっさと行こうとする。

「なんだよ冷てえもんだな」

「うちの親父なんかヤッケで来るって、ヤッケで」

引き留めた大河に言い置いて、達也は本当に行ってしまった。

「学校の面談だぞ？」

何が悪いのかと大河が、勇太と真弓に問う。

「そうだよ。いつもの格好じゃ来られないよ」

そんなに責められることなのかと、秀もやんわりと口を挟《はさ》んだ。

言われて、勇太と真弓が、大河と秀のいつもの格好を思い起こす。

大河は大抵、無精髭を伸ばして半分下着のような格好でいることもある。秀は秀で、最近はほとんど白い割烹着《かっぽうぎ》を外すことがない。

「それはダメ」

大きく、真弓は首を振って見せた。

「あかんな」

すっかり見慣れた割烹着を燃やしたい衝動に駆られて、勇太が呟く。

「だろ？」

学校を離れて大河は、少しスーツの前をはだけた。

「でも寄り道はいいよ」

どうしても気恥ずかしさが残って、真弓が肩を竦める。

「そや。俺も今日は親方に休みもろてるから、まっすぐ帰って秀のメシ食いたいわ」

真弓と同じ気持ちで勇太も、秀に言った。

「そう？」

食べたいと言われると嬉しくなって、秀が少し機嫌を直す。

「はよ帰ろ」

「うん」

急《せ》かすように言った勇太に、そうしようと真弓が頷《うなず》いた。

「なら買い物して帰らないと。ちょっと商店街寄っていい？　達也くんのところ行こう」

「そうだな、秋刀魚《さんま》だろ。この季節は」

「俺肉がええ」

「俺もー」

年長者二人は魚がいいと言い、高校生二人は当然のごとく肉を求める。

「おまえらの言うことなんか聞いてやんねえよ、今日は。ったく、特に勇太はマジで説教だ」

「せやから卒業はするてゆうてるやろ」

言い合いながら隅田川を渡って、四人は竜頭町に戻った。

今日はどうした何があってその格好だと、あちこちで見知った顔に声を掛けられながら、商店街を歩く。

丁度、木村《きむら》生花店の前で店主の龍と明信が、外の花に水やりをしていた。

「よう、なんだお揃《そろ》いで」

「面談今日だったの？」

かわいい花模様のエプロンを付けた龍と明信が、四人に気づいて手を止める。

「ああ、怒られに行って来たんだよ」

「不肖の息子で」

肩を竦めて大河が、まだ怒られているような顔で秀が、小さく息を吐く。

「大変だな、保護者も。そんな大仰な格好で行かなきゃなんねえのか、学校。随分見違えたもんだな」

やはりいつもの大河と秀とは違いすぎるスーツ姿には龍も一言言わずにはおれず、まじまじと二人を見た。

「なんか、結婚式みてえだな」

ポケットから出した煙草を噛《か》んで、独り言のように龍がぼそりと呟く。

「それや！」

さっきから襲われている恥ずかしさの正体がはっきりして、勇太は大きすぎる声を上げた。

「そうだよそれが恥ずかしかったんだよ！　新郎新婦みたいなのなんか‼」

真弓も同意して、大河と秀を責め立てる。

喚《わめ》いた二人に大河と秀は唖然《あぜん》として、龍は大きく溜息を聞かせた。

「……あのなあ、常識の範囲内で喋《しゃべ》れよ。俺は結婚式に出席するみてえだっつったんだよ」

そんなつもりではないと、龍が勇太と真弓を諌《いさ》める。

「大河も何、満更でもねえみてえな顔してんだ」

「そっちの方が恥ずかしいよ……」

更に大河を咎めた龍に、明信も恥ずかしそうに俯《うつむ》いた。

「べっ、別に俺は……っ」

「新郎新婦は言いすぎかもしんないけど、なんかカップル然としてて恥ずかしいんだよー！」

慌てた大河の言葉を最後まで聞かず、真弓が恥ずかしさの正体を赤裸々に語る。

「それは……」

首を傾けて、秀が小さく微笑《ほほえ》んだ。

「だって、しょうがないじゃない」

カップルなんだから、とまでは口に出さずに、しかし幸いそうに秀が笑う。

「ね」

もうそんなに新しくないはずの秀の新妻振りに、大河が微《かす》かに赤くなるのを、四人は大きく息を吐いて目を逸らした。

はじめての二人旅

冬が終わり、帯刀《おびなた》家家長大河《たいが》の末弟真弓《まゆみ》と、大河の恋人の阿蘇芳秀《あすおうしゅう》の連れ子勇太《ゆうた》の卒業式を待つばかりとなったはずの帯刀家の夜の居間は、久しぶりに全員が集って騒がしかった。

「また株価下がったな」

そうは言っても、大河は朝読み切れなかった新聞を読んでいる。

「ボクシングやってんだって！　頼むよまゆたん‼　見せてくれよ！」

「俺観たいバラエティあんの！　ボクシング丈《じょう》兄毎日ジムで見てんじゃんっ」

「それとこれとは話が別だっ」

三男のボクサー丈と真弓は、テレビのチャンネル権を巡って揉《も》めていた。

「静かにしなさい、二人とも。ご近所迷惑だよ」

次男明信《あきのぶ》は眼鏡《めがね》を掛け直しながら本を捲《めく》って、時折二人を注意する。

家族が一室に集まっているとはいえ、やっていることはてんでバラバラだ。

秀は台所で、白い割烹着《かっぽうぎ》姿のまま洗い物をしていた。

居間であぐらをかいている勇太だけが何もしないまま、ちらちらと台所を振り返る。皆がそれぞれのことをしているのを見回して確認してから、立ち上がった。

見咎《みとが》めるように縁側からバースが、小さく鳴く。

「どうしたバース。もう遅いぞ」

新聞を眺めたまま大河が一声掛けると、バースはもう静かになった。

その隙《すき》を見澄ますようにして、勇太がそっと台所に向かう。

「どうしたの？　勇太。まだ食べ足りない？」

洗った食器を拭《ふ》きながら、振り返らずに秀は勇太に訊《き》いた。

「……なんで俺やてわかるん」

声を掛ける前に尋ねられて勇太が、スウェットのポケットに手を突っ込んで肩を竦《すく》める。

「だって、勇太でしょ？」

くすりと笑って秀は、ちらと勇太を振り返った。

「間違えたりしないよ、今更」

この家に来る前から、二人が一緒に暮らした長い時間を教えるように、秀が笑う。

「……ふうん。けど、食べ足りへんちゅうんは間違いやで」

「そうなの？」

「いや、なんかあるんやったら食うけど」

「お煎餅《せんべい》でいい？」

「煎餅かー……って、せやないねん」

手を拭いて秀が煎餅を探そうとするのに、勇太はそれを遮《さえぎ》って歩み寄った。

「やわらかいものがいいの？　おにぎりとか？」

「せやから、食いもんの話とちゃうて。あんな、俺……」

不意に、まっすぐに秀に向き合われて、勇太が一歩引いて頭を掻《か》く。

「どうしたの？　なんかあった？」

その様子に秀は、心配を露《あら》わに勇太を見つめた。

「なんかっちゅうか、まあ、あったんやけど」

「一体……」

「悪いことちゃうで」

今までの勇太の所業のせいですぐさま悪い想像をする秀に、勇太が慌てて手を振る。

「ちょこっとやけど、まともな給料もろてん」

仕方なく勇太は、一息にそれを秀に告げた。

「え？　山下《やました》さんのところで？」

驚いて秀が、尋ね返す。

「他に何処で給料貰《もら》えるんや」

苦笑した勇太はこの町、竜頭町《りゅうずちょう》の「山下仏具」で、高校生の身でありながら見習いとして働いていた。初任給らしきものはとうに貰っていたが、雀《すずめ》の涙だったし通りすがりの女にくれてやってしまった。

「まあ、俺まだ一人前ちゃうけど、高校卒業するし。親方も考えてくれたんちゃうか。そんなこと考えとるんかなんなんか、さっぱりわからへんけど」

なんの説明もなく突然まともな初任給と言える金額を渡された勇太は、自分からもその理由を親方に聞いてはいない。

多少は自分が使えるようになったということなのだろうと、己で納得するほかなかった。どうせ訳を訊いても怒鳴られるだけだ。

「すごいじゃない勇太。卒業祝いと一緒に、お祝いしようね。何が食べたい?」

「食いもんから離れえや、おまえ」

他人にはわからないだろう程度に目を輝かせた秀に、勇太が笑う。

「だって」

「なんか、欲しいもんないか?」

まだ祝いの食事の話を続けようとする秀を言葉で遮って、勇太は思い切って秀に言った。

「え?」

もちろん秀はすぐに意味を解さずに、勇太に問い返す。

「せやから、欲しいもん。ゆうてみい。あんまり高いもんは無理やで」

この話が手間取ることはわかっていた勇太は、それでもせっかちに言い立てた。

「なんで?」

秀は全く物わかりの良さを見せずに、きょとんとして立ち尽くしている。

「こういうのんて……親になんか買ってやったり、するもんやろ？」

「でも、僕そんな」

「ええからさっさとゆえや」

露骨に頬《ほお》を綻《ほころ》ばせる秀に、勇太はすっかり照れて足を踏みならした。

じっと、秀は酷《ひど》く感慨深げに勇太を見つめている。

その沈黙に勇太は耐えられず、余計に落ちつきのなさを見せた。

「……真弓ちゃんに、何か買ってあげて？」

これを切り出すのに勇太がどんなに大変だったか汲《く》み取らずに、秀が微笑《ほほえ》む。

「僕はもう充分。なんにもいらないよ」

「そんなの良くないと思うな！」

少し泣いてしまいそうに見えた秀に慌てた勇太の背から、元気な恋人の声が飛んだ。

「……真弓」

驚いて勇太が振り返ると、いつの間にか居間から家族全員が、所狭しと台所を覗《のぞ》いている。

「そうだ。秀、勇太の気持ちをちゃんと考えてやれよ」

半纏《はんてん》姿の大河が、秀を窘《たしな》めて溜息《ためいき》を吐《つ》いた。

「そういうのさ！　オレたち誰もできてねえじゃん。勇太だって秀になんかやりてえんだよ」

丈にしてはもっともな言葉が、今ここにいる者たちに誰にも親がいないことを教える。

「でも僕……勇太の気持ちだけでもう、胸がいっぱいで。欲しいものなんて、何も思いつかないし」

「最新のプリンター買ってもらえ」

秀の担当編集者でもある大河は、手の遅い担当作家にせめて速い機械をと、己の欲望を主張した。

「何言ってんの大河兄……あの、良かったら僕に提案があるんだけど」

こういうときほとんど主張しない明信が、遠慮がちに口を挟《はさ》む。

「お！　なんだ明ちゃん‼」

張り切って丈が、兄の言葉を聞こうとした。

「秀さん……お向かいの本屋さんの前通るたびに、越生《おごせ》梅林のポスター眺めてたよね」

明信がお向かいというのは、明信のバイト先であり店主が恋人の花屋からの眺めだ。

「おごせばいりん？」

なんのことと、真弓が首を傾げて尋ねる。

「ああ、埼玉《さいたま》の梅がものすごく咲くとこか」

近いようで遠い梅林のことを、大河が口にした。

「梅林の最寄りの温泉宿のクーポンを、僕本屋さんで貰って来たんだ。あんなにいつも見てるなら、大河兄と行って来たらどうかなって思って」

渡し損ねていたそのクーポン券を、怖《お》ず怖《お》ずと明信が勇太に手渡す。

「ち、違うんだ。すごくきれいだなあって思って、行こうなんて僕、そんなこと」

見られていたのかと慌てて、秀は両手を振って見せた。

「そんなに見たいんやったら、大河と行って来いや。このクーポンつこたら、二人分ぐらい俺出せる」

クーポンをマジマジと眺めて、勇太がこれで決まりだと息を吐く。

「何言ってんだ。俺までおまえに出してもらえるかっつの」

「それに、クーポン使ったってその温泉結構高いよ」

それは有り得ないと大河は首を振り、温泉なんてとんでもないと秀は手を振った。

「めんどいことゆうなやー」

「あ！　真弓名案‼」

顔を顰《しか》めた勇太に真弓は、久しぶりの子ども返りで、自分を名前で呼ぶ。

「なんだ」

「なんや」

どうせろくなことじゃないだろうと言わんばかりに、大河と勇太が尋ね返した。

「秀と勇太で、親子旅行行って来たら？」

絶対それがいいと、真弓が微笑む。

「俺梅なんかじじくさいもん見たないわ別に。温泉も嫌いやし」

「そういうこと言ってんじゃないよ！　だって‼」

ますます顔を顰めた勇太に、真弓は声を大きくした。

「だってって言うな、真弓」

いらない説教を、大河が挟む。

「うち来てから二人きりで一泊なんて、あった？」

真弓の問い掛けに、全員が考え込んだ。

「だけどそれまでは、ずーっと、ずっと二人でいたんでしょう？　何年も。たまには懐かしくならない？　高校卒業したら勇太もっと仕事厳しくなるだろうし、二人で温泉行って来なよ！」

「……そうだな。そうしろよ、梅がきれいなうちに」

末っ子の真弓のもっともな言い分に頷《うなず》いて、大河が苦笑する。

それぞれの恋人に強く勧められて、秀と勇太は困ったように顔を見合わせた。

「そんなこと言われても……」

「……別に、懐かしなったりせんわ。今更」

言いながら秀と勇太も、少し心が揺れているのが全員にわかる。

「うちのことは僕に任せて、行ってきて。秀さん」

「そうだそうだ！」

明信と丈も、二人の背を押した。

「……どうしよう」

「せやったら、宿、空いとったら行こか……梅のシーズンなんやろ？」

遠慮がちに秀と勇太が、皆の好意に照れながら、俯《うつむ》く。

「予約の電話してやろうか？」

クーポンを指して、大河が言った。

じっとクーポンを見つめて、勇太がちらと秀を見る。

「いや、自分でするわ」

自分で、と、言って勇太は、電話の方に足を向けた。


「なんでこないめんどくさいとこ、おまえ行きたなってん……」

竜頭町から、なんと五本目の電車に乗り継いで、ようやくこれが最後の電車だという家を出てから二時間目の勇太は、ほとほと疲れ果てて窓の外を眺めた。

オンシーズンの梅林近くの温泉宿は、丁度キャンセルが出たところだと奇跡的に土日で一泊取ることができた。一日は仕事を休むことになったので、勇太は正直に山下の親方に訳を話したら、あっさり「行って来い」と、言われた。

「ポスターがきれいで、毎日眺めてるだけで充分だったんだけど」

それを明信に見咎められていたかと、秀が苦笑する。

「着いたらタクシーやで、タクシー」

最寄り駅から梅林への距離があることは調べ済みで、始発駅から乗ったので座れたものの割と混み合っている電車に、勇太は辟易《へきえき》と溜息を吐いた。

「歩こうよ。せっかく天気もいいし」

「俺はええけど、座業のおまえに梅林まで歩けるとは思えんわ」

憎まれ口を勇太がきいて、二人が沈黙する。

家を出てから勇太と秀は、こうして最後の電車に辿《たど》り着くまで、ほとんど会話もなく来ていた。たまに勇太が遠いとぼやいて秀が苦笑するくらいで、間が少し気まずい。

黙ったまま目的の越生駅に着いて、二人は一泊にしても小さすぎる荷物を網棚から下ろして駅に降りた。

「ほんまに歩くん?」

「いい陽気だもん」

「タクシー代くらい出せるで?」

申し出た勇太に、秀が小さく首を振る。

「金、使わせたないんやろ。ゆうとくけどな、俺もう社会人なんやで」

何気なく勇太が告げた言葉に、ふと、はっとしたように秀は立ち止まった。

「……なんや」

「ううん」

少し寂しそうに秀が微笑むのが、勇太にもわかる。

ぱらぱらと恐らく梅林に行くのだろう人々がいて、流れについて二人は歩き出した。

狭い歩道で並んで歩くという訳にもいかず、ますます会話がなくなる。

「なんか」

道行く車の音はあったけれどお互いの言葉がないのに、秀が笑った。

「静かだね」

「せやな」

いつもの騒がしい帯刀家を離れて、二人きりになってしまうとこんなにも会話もなくなるのかと、勇太が溜息を吐く。

「あの家がうるさすぎんねん」

慣れない気まずさに、勇太は肩を竦めた。

「でもずっと、こんなんだったね。僕たち」

今は遠い、京都《きょうと》で二人で暮らした日々のことを、秀が食《は》み返す。

「何年も、二人で、会話もあんまりなくて」

それを惜しむように秀の声が綻ぶのに、勇太は何も言わずにただ歩いた。

三十分ほどでやっと、梅林に到着する。

色取り取りの梅の咲く広大な敷地に、勇太と秀は足を踏み入れた。

「……びっくりした。こんなにきれいだと思わなかった。すごいね、勇太」

珍しく、少し興奮した様子で、秀が梅林を歩く。

「せやな」

花ではなく、自分より前を歩く秀の、子どもの頃は見上げていたはずの背を勇太は眺めていた。

「楽しいか、秀」

欲張りに梅を見回す秀に、子どもに尋ねるように勇太が聞く。

「もちろん」

滅多に見せない誰にでもわかるような笑顔で、秀は花を眺めたまま言った。

「そら、良かった」

十歳で海のある町で出会って、秀の子どもになって二人きりで過ごした日々を、ぼんやりと勇太が思い出す。

何か胸に詰まったような思いがして、勇太はもう何も言わずに、花を見ている秀を見つめた。

「何がうちのことは僕に任せてだ、明信のやつ。なんで今日龍兄《りゆう》のとこなんだよ！」

仕事も明けて土日が珍しく普通に休みだった大河は、洗濯物をなんとか取り込んだものの、居間にそれを積んで真弓と途方に暮れていた。

「本当だよ！　酷いよ明ちゃん‼　龍兄になんかいつでも会えるじゃん！」

帯刀家には、洗濯はそれぞれがなどという習慣はなく、巨大な洗濯機で三年前まではほぼ明信が全員の洗濯をして、秀が来てからは明信と秀が手分けしてやっている。

たまに取り違えもあるが、二人はそれをきちんと畳んでそれぞれの部屋に置いてくれるので、どれが誰のものかわからない洗濯物の山を積み上げるところまでで、大河と真弓はほとんど一日を終えようとしていた。

「どうやって見分けてんの？　明ちゃんも秀も」

「まあ、二人には甘えすぎたな……男六人分の洗濯がこんなに大変だとは」

「夏はもっと大変だよね」

反省もしながら二人で、取り敢《あ》えずぐちゃぐちゃになっている洗濯物をちまちまと畳む。畳んでもらうのもいつもは人任せなので、大河も真弓も畳むのに異様に時間が掛かった。

「すごい不細工」

大河が畳んだ洗濯物を見て、真弓が呟《つぶや》く。

「おまえだって相当だぞ」

言い合いながら二人はなんとか、全ての洗濯物を畳み終えた。

「仕分けは、帰ってきたやつから持って行かせる」

「うん、もうしょうがないよここに置いておくしか。ねえ大河兄、お腹空かない？」

朝に勇太と秀を見送って、昼はインスタントラーメンを食べた二人が、同時に腹を鳴らして立ち上がった。

「何が何処にあんのかもさっぱりわかんねえ!!」

まったく勝手のわからない台所で、大河がまた悲鳴を上げる。

今夜は朝まで呑み会だとかで丈は逃げるように留守にしているが、もっともいたところで手間が増えるだけだ。

「真弓がお夕飯作るよー」

同じく何もできない真弓が、大河の隣で台所を見回した。

「駄目だ、包丁も火も使うな」

真弓自身が自分を名前で呼んでしまうという子どもっぽい喋《しゃべ》り方をしたので、つい大河が過去からの過保護を発動してしまう。

「俺もう十八歳だよ⁉　包丁も火も使わないでこれから先生きてけないよ！」

「そ、それはそうだな。でも」

無能に、長男と末弟で台所に立ち尽くしながら、大河は今まで真弓が台所でしてきた数々の所業を思い返した。

「いや、やっぱり駄目だ。駄目だっつうか、いい。それくらいなら俺がなんとかする」

「なんで⁉　真弓にもお兄ちゃん孝行させてよ！」

「それが孝行になるならやってもらうさ俺も」

「どういう意味⁉」

かつてないことに大河と真弓が、二人とも台所が全くできない故に、喧嘩《けんか》になりかける。

今まで二人は、歳が離れているのもあるけれどほとんど親子のような関係だったので、こんな子どもじみた言い争いはしたことがなかった。

「だいたいね、大河兄が過保護なんだよ。だから真弓中学生になるまでお湯も沸かせなくて、達《たつ》ちゃんに揶揄《からか》われたんだから！」

「このよく燃えそうな家が全焼したらどうすんだよ！」

「お湯沸かすくらいで真弓が家を丸焼きにすると思ってたの⁉」

「おまえは昔っから危なっかしいんだ！」

言ってから大河は、不意に、幼かった真弓を一番危険な目に遭わせる原因となったのは、自分だったことを思い出してしまう。

自分が一人にしてしまった小さな真弓が、子どもの頃神社で暴漢に襲われたことは、どんなに今が幸いだとしても、大河には一生拭《ぬぐ》えない後悔だった。

「……大河兄？」

急に気持ちを落として見えた大河を、心配げに真弓が呼ぶ。

ふっと台所を離れて、大河は居間に戻った。夕方になって冷えてきたけれど縁側の窓を開けると、老犬バースが家長に歩み寄ってくる。

小さく鳴くバースを撫《な》でて、大河は肩を落としていた。

「なんか、食いに行くか。なんでもいいよ、おまえの好きなもん」

振り向かずに大河が、真弓になんとか笑う。

背を見つめながら掛ける言葉がすぐに思いつかずに、真弓は居間に立ち尽くしていた。

「……明ちゃんのばか。なんで出掛けちゃったんだよ」

こんな事態の遠因になった明信を、小さく真弓が恨む。

困ったようにバースは、大河に抱かれながらキューンと声を上げた。

花屋の二階の、台所で鍋の材料を刻みながら明信は、小さくくしゃみをした。

「なんだ風邪かあ？」

一階の店を閉めて上がって来た龍が、傍《かたわ》らに立つ。

「ううん、大丈夫」

「家の誰かが、文句言ってんじゃねえのか？　急にこっち泊まるなんて言い出して。先生いねえんだろ？」

大河も困ってるだろうにと、龍はいい歳をした男の自分と同じ不甲斐《ふがい》なさに苦笑した。

「うん、それはね、気になるんだけど。洗濯物も任せて来ちゃったし、ごはんも用意してないし」

「まあ、一応みんな大人っちゃあ大人だから。一日ぐらい自分らでやれねえととは思うけど、どうした？」

「何が？」

問い掛けられて明信が、ごまかせないのかと、小さく笑う。

「できねえもんばっかり残して、用もねえのに俺のとこ泊まるなんて。おまえらしくねえだろ」

エプロンを纏《まと》っている明信の腹を、後ろから龍はさりげなく抱いた。

「危ないよ、龍ちゃん。包丁使ってるんだから」

わかっていて軽く抱いて来た龍に、それでも明信が咎める。

腕を放さず頬を寄せてきた龍に、明信は観念して溜息を吐いた。

「昨日、丈が土曜日呑み会だから帰らないって言ってね。そしたら三人だなと思って、僕と大河兄とまゆたんと」

「それがどうした」

「秀さん、勇太くんと久しぶりに二人きりになるじゃない？　そしたら、大河兄とまゆたんも、今日は二人で過ごしたらいいんじゃないかなあって思ったんだ」

「なんで」

ぼんやりと理由がわかりながら、それでも龍が尋ねる。

「なんとなく」

はっきりとは、明信もそれを語れはしなかった。

「まゆたんももうすぐ大学生になって、これから先、こんな機会きっとほとんどないだろうし」

続きを、言葉にするのを明信が少し躊躇《ためら》う。

「ずっと大河兄はまゆたんの、一番大事なお兄ちゃんで。大河兄にはまゆたんが、一番大事な弟だったから」

ほんの少しだけ、本当に少しだけ寂しさが、明信の声に映った。

それは誰より龍がちゃんと、気づいてくれる。

「おまえも、因果だな」

溜息のように龍に囁《ささや》かれて、明信はただ笑った。

「まあ、俺は」

動かしていないけれど包丁を摑《つか》んで放さない明信の手から、それを取って龍が置かせる。

「おまえが思い掛けず今日泊まるって言い出したから」

顔を覗き込んで龍は、明信を見つめて微笑んだ。

「そんでオールオッケーだ」

唇を龍が、明信の唇に合わせる。

「ん……」

おかしな体勢でくちづけられて、明信は掠《かす》れた声を漏《も》らした。

やさしいだけのキスを解かれて、明信が小さく俯く。

「……ありがと、龍ちゃん」

「キスして礼言われて、最高だな」

戯《おど》けた龍の腹に、明信はふざけ返して軽く肘《ひじ》を当てた。


「ねえ大河兄。湯豆腐ってさ、ただ豆腐を水で煮るんじゃないんじゃない?」

どうしても家で二人で夕飯が食べたいと真弓が言い張って、大河と真弓はごはんだけ炊《た》いて、一品ずつ何かを作ることに決めた。

買い物に行けば真弓があれも必要だこれも必要だと言うのを大河が叱り、それでも秀が見たら随分余分なものだろう食材を買って、二人は大騒ぎしながら台所で料理をした。

「……秀が作ったときは、昆布の味がするな」

簡単だから自分にもできるだろうと大河が作ったのは湯豆腐だが、ただ豆腐を温めただけの代物となっている。

「そうだよ! それにお魚とか野菜とか入ってるよ!!」

「鱈《たら》だな。そういえば鱈が入ってたな。だけどおまえが作ったカレーだって酷いもんだぞ。これほとんどスープだろ！」

湯豆腐にケチをつける真弓は無難なつもりでカレーを選んだが、大きすぎるジャガイモには火が通り切っていないし、全体に水気が多すぎて薄味になっていた。

「ソースでも掛けてよ！　これが真弓の精一杯だよ‼」

「俺たち……普段、まともなもん食ってんだな」

本当にカレーにソースを掛けてもはや何味なのかわからなくなった液体を、大河がごはんに混ぜる。

そのごはんも、もしかしたら粥《かゆ》と言った方がいいような有り様だった。

「もう、ホントぞっとする。明ちゃんや秀がいない人生、想像するだけでぞっとする」

「そうだな。あいつらすげえんだな」

想像して本当にぞっとして二人が、それでも散々な料理を口に運ぶ。

「こんなんじゃ、先が思いやられるよ。勇太と二人暮らししたらどうなっちゃうんだろ、俺」

味のしない豆腐に醬油《しょうゆ》を掛けながら、真弓は大河にとって穏やかではないことを言った。

「……そんなこと、考えてんのか？　勇太と二人暮らしなんて、おまえ嫌なんじゃなかったのか」

確かに勇太が、随分前にそんなことを自分に教えたと、大河が眉《まゆ》を寄せる。

「勇太、たまに言う。高校卒業したら二人で暮らしたいって。俺はやだけど」

「そうか……そうだよな、こんなカレーしか作れないのに」

「うん、やだ。でも」

粥を口に運んで顔を顰めながら、真弓はふと、真顔になった。

「いつかはさ、勇太と二人で暮らすのかなって、思う」

酷く心配そうに自分を見ている兄を、真弓がまっすぐに見つめる。

「もしそうなって、俺が大河兄の見てないところで転んでも」

夕方、きっと昔のことを思い出していたのだろう大河に、真弓は気づいていた。

「俺、もう一人で泣かないで立てるんだよ。知ってた?」

だからこそ、寂しいかもしれないことを、伝える。

「大河兄が、そういう風に俺を育ててくれたからさ」

笑おうとして、真弓は何故だか、笑えなかった。

兄のTシャツの裾《すそ》を摑んで歩いていたときを、遠く離れたことを今更、知って。

「……そうか」

いつか真弓が勇太と家を出るかもしれないことを、反対することは大河にはできなかった。

真弓の手が自分のシャツの裾を放したことを、随分前に大河も教えられている。

「ねえ大河兄、すっごい美味《おい》しくないいね。この夕飯」

「そうだな」

突然明るい声を聞かせた真弓に、大河は笑った。

「でも、すごく楽しい」

今度こそ朗らかに、真弓が笑う。

いつの間にか大人びた笑顔を、大河は穏やかさと寂しさで見つめていた。


宿で夕飯を貰っても会話らしい会話もなく、勇太と秀は温泉も浸かって早い床に入っていた。

常夜灯に落としたけれど寝付けはせず、まだ二人とも「おやすみ」も言っていない。

「きれいだったね、梅」

沈黙の中にふと、秀は呟いた。

「おまえが満足やったらそれでええわ」

「きれいじゃなかった？」

問われて、勇太が答えに困る。

梅林の梅のことは、正直あまりよく覚えていなかった。花を愛《め》でる習慣が勇太にはないというのもあるが、ずっと、楽しそうにしている秀を、勇太は見ていた。

「そういえば勇太は温泉も嫌いだったもんね。楽しくなかったかな?」

天井を向いたまま秀が、ごめんねと小さく呟く。

「おまえを旅行に連れてくんが、今回の俺の目的や。おまえが楽しかったんやったら、それで満足やわ」

そっけなく言って勇太が、秀に背を向けて寝返りを打つ。

大きくなってしまった勇太の背を、顔を傾けて秀は見つめた。

海辺の町で出会った勇太は、痩《や》せぎすの傷だらけの、小さな小さな、子どもだった。

「こんな日が、来るなんてね」

覚えず、秀がそれを言葉にしてしまう。

「勇太が十八歳になって……立派な、社会人になって」

「立派なもんとちゃうわ。俺まだ見習いやで」

しみじみと言う秀を、勇太は遮った。

「自分で言ったんじゃない。もう社会人だって」

咎めるように秀が、勇太に笑う。

「僕を、お給料で旅行に連れて来てくれて」

夢を見るように秀の声が、ふわりと浮いた。

「あの頃の僕たちが聞いたら、信じられないくらい驚くだろうね」

もう随分遠くにいるのに、二人ともが、海辺の町の風を思い出している。

「信じられるわけないいな」

どんな未来も想像していなかった十歳の自分を、勇太は近くに感じた。

「僕たち、ずっと二人きりでも……いられたのにね」

同じように秀もまた、心が瘦せていた自分を傍らに覚える。

「今更何ゆうてんねん。おまえがあのるっさい家に引っ越す言い出したんやないかい」

わざとつっけんどんに、勇太は言い捨てた。

けれどすぐに静けさが、二人を酷くやさしく包み込む。

「二人きりでおったら、ずっとこんなんやったんかな」

二人で歩いて来た時間を惜しむ気持ちが、勇太の胸を覆った。

「なあ、静かすぎる。ここ」

心細さに、勇太の声がらしくなく弱る。

「そうだね」

いつの間にか勇太の布団の端を、小さく秀は握っていた。二人で暮らしていた頃に、勇太がいなくなるのを不安がってついた癖だ。

久しぶりに布団を並べて寝ている秀がそうしているのが、背を向けている勇太にもわかる。

それでも勇太にももう、何処にも行かないずっと一緒だとは、言えない。

「でも明日、少しゆっくり、帰りたい」

せめてと、秀が願いを口にした。

「ああ、そないしよ」

答える勇太の声が、わずかに掠れる。

「おやすみなさい」

「……おやすみ」

声を掛け合って、秀と勇太は目を閉じた。

疲れているのに、すぐには眠れそうにない。

胸に溢《あふ》れる、いくつもの思い出が多すぎて。


日曜日の夕飯の買い物をしてきた大河と真弓が居間にそれを広げているところに、丁度、勇太と秀は帰宅した。

特にすることもないのでまた無言で梅を眺めて、昼を食べて帰って来た。

「何？　その買い物」

「おかえりー！　楽しかった？」

玄関でただいまと言ってから居間に辿り着いて、訝《いぶか》しげに尋ねた秀に、真弓が尋ねる。

「うん、すごく楽しかったよ。ねえ、その買い物何？」

答えながらも秀は、縁側を向いている大河になお問い掛けた。

「なんか、ほら、おまえも色々あるといいだろ？　こう、なんていうか」

「真弓ちゃんにせがまれるままに買っちゃったの……？　こんなにたくさん、消費期限今日までのもあるじゃない！」

飯台に肘をついて秀が、食材を検分する。

「それは安かったからー。勇太！　勇太は楽しかった？」

「梅と温泉やで。若者の行くとこちゃうであれ」

ほとんど抱きつかんばかりの勢いで駆け寄った真弓に、勇太は溜息を吐いて荷物を下ろした。

「写真とか撮らなかったの？」

「……梅林に写真屋がおって、一枚、撮ったけど」

「見せてよ」

何処？　と、覗き込んだ真弓に、勇太が手を振る。

「いやや、俺は写真が嫌いなんや。せやのに秀が……」

「いいじゃん！　梅の写真も見たいし見せて‼」

「いやや て」

　せがまれても聞かない勇太の腕に、とうとう真弓は絡まった。

「二段ベッド、勇太いなくて寂しかったよー」

「なんやねん、一日やろ」

「勇太は寂しくなかったの⁉」

　いつものように勇太と真弓が、人目を憚《はばか》れという勢いで、いちゃつき始める。

「……ったく、一日だろが」

　それを眺めながら大河は、まだ食材を眺めている秀にぼやいた。

「たった一日で、洗濯物は積み上がってるし変な買い物はするし。明ちゃんはどうしてたの」

「なんかしんねえけどどうしても手伝わねえとなんねえことがあるっつって、龍兄のとこ泊まった」

「夕飯どうしたの？　昨日」

「真弓と二人で作ったよ。豆腐煮たり、野菜煮たり」

　眉を寄せて秀が、台所を振り返る。

「どうだった。楽しかったか、旅行」

「うん、それはすごく楽しかった。梅林が信じられないくらい広くて、本当にきれいだったよ」

「見に行けて良かったな」

毎日ポスターを眺めていたという秀の頭を、無意識に大河は撫でた。

「そうだね。でも」

立ったまま楽しそうに話している勇太と真弓を、ちらと、秀が振り返る。

「……なんだか、ちょっと、ううんすごく寂しくもなっちゃった」

小声で言って秀は、目を伏せた。

昨日、同じ思いをした大河がその額を軽く弾《はじ》く。

「俺もだよ」

振り返るとまだまるで子どもにも見える勇太と真弓が、けれど間違いなく大人になろうとしていることを、大河と秀は、思い知らされざるを得なかった。

「まあでも、おまえには俺がいるだろ」

本当に小さく大河が、秀にそれを教える。

微笑んで秀は、ただ頷いた。

「ただいまー！　昨日はごめんね。今日は夕飯作るから」

玄関からそう言いながら明信が、花屋の隣で貰って来た揚げ物を運ぶ。

「なんやおまえ、任せとけゆうて。そんなんやったらもう龍のとこに住んだったらええやんか、あのおっさん一人にしとくと弁当しか食わへんで」

なんでもないことのように言った勇太に、大河と真弓が苦笑した。

「でも、目と鼻の先だし」

曖昧《あいまい》に、明信は笑う。

「すっげー寝たー!!」

そこに、朝呑み会から帰って今まで寝ていた丈が、体を伸ばしながら階段を降りてきた。

「なんだ全員揃《そろ》ってんの？　珍しいな、日曜日の夕方に」

肩を回しながら丈が、広げられた食材に興味を示して座り込む。

「宴会でもすんのか？　こんなに買い物して」

「そうするか……それもいいな」

戯れに言った丈に同調して、大河は肩を竦めた。

「マジで？　いいね、たまには家族揃って宴会。オレビール飲も！」

この居間にいる六人が、ここを離れることを少しも想像しない丈の明るさに、皆が気持ちを引き上げられる。

「何作ろうか？」

何を考えて買ったのかさっぱりわからないちぐはぐな物を眺めて、秀は苦笑した。

「湯豆腐と」

暗い声で、真弓が答える。

「カレーはやめてくれ」

続いて、大河も大きく首を振った。

巻き添えで残りを少し食べさせられたバースが、庭から抗議の声を上げる。

「まあ、みんなで食うならなんでもいいわ。オレ」

何気なく丈が呟いた言葉に、居間にいた全員が、朗らかに大きく笑った。

卒業

近頃でも卒業式には「仰げば尊し」なのか、それともこの竜頭《りゅうず》高校が古式ゆかしいのかと懐かしい気持ちで生徒たちの歌声を聞きながら、竜頭町三丁目帯刀《おびなた》家の家長、五人兄弟の長男でもある帯刀大河《たいが》は隣に座っている阿蘇芳《あすおう》秀《しゅう》を見た。

「泣くなよ、おまえ」

こういう場面にしか出番のない畏《かしこ》まった濃紺のスーツを纏った大河の隣では、やはり普段ほとんど着ることのない地味だけれど仕立てのいいグレーのスーツを着た秀が座っている。

「泣かないよ」

いつもより随分と頼りない声で小さく答えた秀と大河は、ＳＦ作家と担当編集者で、同居人で、そして恋人という誰にも説明しようのない間柄だった。

もちろん恋人だということは、こんな場で人に悟られないように細心の注意を払っている。

講堂のほとんどのスペースには卒業生と在校生が座っていて、二人は後方の父兄席に目立たないように端のパイプ椅子《いす》を選んだつもりだった。

だが二十代後半の大河と秀は、どんなに気を遣ってきちんとスーツを着ていてもその場からは浮いてしまう。

まだ若い父兄だと見られることに二人はいつまでも慣れることはないが、今日は区切りの日だった。

卒業生の席に座っている、大河の末弟帯刀真弓《まゆみ》と、秀の養子である阿蘇芳勇太《ゆうた》の高校の卒業式だ。

真弓は大学に進学が決まっているが、勇太は既に見習いで働き始めている「山下《やました》仏具」での本格的な社会人生活が始まる。

父兄として秀がグレーのスーツを着るのは、今日が恐らくは最後だ。そのスーツは勇太を正式に養子にしたときに、小学校の卒業式のために仕立てたものだった。

自分の子どもにした勇太とともに在るための始まりだったスーツを、秀は二度と勇太のために着ることはないのかもしれない。

「……泣くなって方が、無理か」

同じく卒業生の席にいる大河の末弟真弓は、四月には大学の入学式が控えていて濃紺のスーツはすぐにクリーニングに出さなければならない。

完全には秀の気持ちに寄り添ってやれない自分を、大河はただすまなく思った。

「泣かないってば」

少し色の薄い瞳でちらと大河を見て、寂しそうに、けれど穏やかに秀が笑う。

「こんな日が来るなんて……ずっと、想像もしなかった。幸せなのに、泣いたりしないよ」

小さな声で秀が呟く頃には、卒業生が一人一人呼ばれて壇上に上がり、校長から卒業証書を渡されていた。

随分と丁寧な卒業式だ。

泣きじゃくる女生徒、ふざけておかしなポーズを取る男子、神妙にする者、様々だ。

父兄席では誰もが必死に、我が子の順番を待って高校生活最後の時間を見つめる。

クラス順なので真弓の方が先に呼ばれて、壇上に上がった。

「……なんでハラハラするの。真弓ちゃんなのに」

息を呑《の》んで大河が前に身を乗り出したのを察して、秀が苦笑する。

「癖みたいなもんだろ」

こういう場面で、いつまでも真弓のことを小さな子どものように思ってはいけないと自分に言い聞かせながら、弟がきちんと頭を下げるのに大河は長い息を吐いた。

短い階段を降りる真弓は、酷く清々しく、家で見るより大分大人びて見える。

「寂しいね」

「……そうだな」

素直な秀の呟きに、大河も倣って素直に頷いた。

進学クラスの真弓から、就職クラスの勇太までは間が空く。

勇太のクラスの呼び出しが始まって、「阿蘇芳」なので勇太は真っ先に呼ばれた。

何故ハラハラすると大河に苦笑した秀は、息を詰めて勇太を見ている。

いつも着崩している制服が、今日はきちんと襟元《えり》まで閉まっていた。朝家を出るときに秀が口うるさく言って、制服を整えさせた。仕方なさそうに笑って、勇太は今日だけは何もかも秀に従った。秀の、好きにさせた。

色を薄く抜いた髪は目立つけれど、勇太の態度は驚くほどきちんとしている。

両手で勇太が卒業証書を受け取った瞬間、秀が頭を垂れた。

「顔上げて、見てやれよ。おまえが」

そっと秀の背中に触れて、大河が声を掛ける。

「あそこまで勇太を育てたんだから」

促されてなんとか、秀は壇上から降りる勇太を目で追った。

「見えない」

落とした秀の声は、掠れている。

「勇太の顔……全然見えないよ。大河」

涙がスーツの膝の上に、大きな染みを作った。

泣いている父兄は、秀だけではない。

何か慰めを口にしようとして声にならずに、ただ大河は秀の背を摩った。

卒業式にふさわしい、雲一つない晴天が何処までも広がっている。

帰宅して制服を脱ぐまでは竜頭高校の生徒だと自覚を持つようにと校長から言われたのに、校門に留まって別れを惜しみ合う卒業生たちはそれぞれに高揚していた。

泣く者、笑う者、皆とにかく声が大きい。

「真弓！　コサージュ交換して！」

「あたしとしてよ‼」

卒業生の中で最も女子に囲まれているのは、真弓だった。

「ダーメ。どっかよそ当たって」

気軽な口調の真弓の気安さが、女子たちには丁度いい。この三年間で大分大人びたといってもまだまだ中性的な容姿が、逆に女の子には受けが良かった。

ねだられているのは、卒業生全員の胸に付けられたきれいな薄紅色の八重の花のコサージュだ。

「モテてるね……真弓ちゃん。びっくりした」

遠くからその女子の群れを眺めて、目を赤くしたままの秀が呟く。

「……あいつ、四人男兄弟の中で一番モテたんじゃねえのか。俺の卒業式なんて」

呆然《ぼうぜん》と弟を見ている大河に、秀はくすりと笑った。

「寂しいもんだったね。でも君は、下級生にボタンをねだられてたんじゃない？」

もう大河と秀は口もきかなかった頃なのに、それを秀が知っていることが切なくて大河が息を吐く。

「おまえのことは、俺が一人にしたな」

呟いた大河に、もうそんな頃は遥《はる》か彼方遠いと、秀が笑った。

「帰ろう。卒業祝いと、真弓の進学と勇太の就職祝いの準備手伝うよ」

手を引いてしまいそうになるのを堪《こら》えて、大河が秀を促す。

「君の手伝いはない方が楽です」

肩を竦めた秀を肘で小突いて、大河は歩き出した。

ちらと、学生最後の時間を過ごす勇太を、ひたすらに惜しんで秀が振り返る。

気が済むまで待とうと、大河は立ち止まった。

「……ごめん。行こう」

男友達、魚屋「魚藤《うおふじ》」の一人息子佐藤達也《さとうたつや》たちとともに、真弓を苦々しく見ている勇太に笑って、秀が前を向く。

声を掛けずに歩き出した秀の存在に、本当は気づいている者がいた。

その秀が愛おしく惜しんで制服姿を見ていた勇太は、去って行く秀をわかっていたけれど少しも見られずにいた。そこに秀がいるのが視界の端を掠めていたけれど、体を丸めていた。

きっと、秀は泣いていると勇太は知っていた。今日、秀が泣かないでいられるはずがない。

そんな秀を見てしまったら、勇太も自分が保てるか自信はなかった。こんな場で泣くような真似《まね》は、勇太は死んでもしたくない。

だから秀を、勇太は見なかった。

「ほんまに真弓は、軽薄にようモテよるなあ」

全く女子が寄りつかない男だけで別れを惜しむ輪で、勇太が肩を竦めて無理に気持ちを張って憎まれ口をきく。

早く目に映るところから秀が消えてくれないと、不様に声が震えてしまう。

「やさしいしな、あいつ。なんだかんだ言って」

隣では達也が、卒業式の感慨など全く見せずにいつものやる気のない声を聞かせた。

まるでテンションを変えない達也に、勇太は安堵《あんど》して笑った。

「阿蘇芳」

ここモテないチームと自分たちで看板を上げているような男ばかりの中に、不意に、緊張感溢れる女子の声が響く。

驚いて皆が声の方を見ると、果敢にそこに立っているのはいつもよりきれいに髪を整えている藤川《ふじかわ》だった。一年生の二学期に転校して来たときから勇太と同じクラスで、その頃藤川は真弓を好きだと言っていた。

二年になる少し前から、やけに藤川は勇太に憎まれ口をきいたりするようになったことには皆、本当は気づいていた。

「……なんや」

嫌な予感しかしない勇太が、一際無愛想に答える。

怯《ひる》む藤川をよそに、勇太とともにいた男子たちは遠慮して場を離れて行った。

「花、交換して」

自分のコサージュを外して、藤川が突きつけるように勇太に見せる。

困り果てて、勇太は藤川の手元を見た。薄紅のネイルが塗《ぬ》られたきれいな指先がわずかに、揺らいでいる。

「やめとけや、俺のなんかもろても験《げん》が悪いで」

「そういう言い方でごまかさないでよ」

少し大きな声を、無理に藤川は張った。

「あたしと交換したくないとか、他に約束があるとか。ちゃんと言ってよ」

まっすぐに勇太を見る藤川の目の縁で、もう涙が零《こぼ》れないように堪えられている。

「ちゃんとふってよ！」

涙をじっと、勇太は見た。

「俺、つきおうとるやつおんねん。そいつのことがめっちゃ好きや」

ごめんとは、勇太は言わなかった。

「ゆうたらそいつしか好きやない。恋愛とか、そういう意味では」

余分なやさしさを振る舞ったりしないことが、今勇太が唯一藤川にできることだ。

「……ありがと」

くしゃりと、藤川が目を閉じて涙を落とす。

くるりと背を向けて駆けていった藤川の背を、せめてと勇太は見送った。

きっともう、二度と会うこともない。

遠くで真弓が、こちらを見ているのが勇太にもわかる。ヤキモチを焼かれるかと思ったら、真弓は勇太の藤川へのやさしさに安堵して微笑んだ。

ゆっくり勇太に近づいて来る真弓の腕を、不意に、一人の男子生徒が摑む。

「……ごめん……っ」

振り返った真弓に、摑んでしまった自分に驚いたように声を上げたのは神尾《かみお》だった。

一年生の夏に、神尾は真弓にしつこく絡んだ。その頃真弓の容姿は少女に近く、思春期の入り口に出会ってしまった神尾は不運だったとも言える。

進学クラスから他大学に合格した神尾は、時が経った今も、一年生の夏の思いを引きずってしまっていることを瞳に映していた。

行き場のない気持ちを追い込んで神尾は、絶対に人前で裸にならない真弓の制服のシャツを摑んだ。引いた力が強かったのか角度が悪かったのか、ボタンが全て千切れた。教室で真弓は肌を晒《さら》すはめになり、幼い頃神社で知らない男に切りつけられた背中を皆に見られてしまった。

そのことをきちんと謝罪して以来神尾は、真弓と一度も口をきかずに二年以上を過ごしたのに。

掴んだ腕を慌てて放して、言葉も見つからないまま神尾が行こうとするのを、真弓の方から肩を叩《たた》いて引き留めた。

驚いて神尾が、真弓を振り返る。

朗らかに、健やかに真弓は神尾に笑った。

「元気でね！」

ちゃんと恋愛とかしろよと、小さな声で真弓が告げる。

「……サンキュ」

俯いて神尾は、校門からそのまま出て行ってしまった。

今日はやけに空が青くて、三月の強い光に誰の姿もすぐに見えなくなる。

溜息を吐いて真弓は、勇太と達也の元に歩いた。

「自転車、取りに行こっか？」

待っていて、神尾との別れを見ていても何も言わない勇太に、真弓も何も言わず笑う。

「自転車で帰んのも、最後だなー」

少しだけ達也が、寂しそうな声を聞かせた。

「寂しがるとこ、そこ?」

今更何と真弓が笑って、三人で自転車置き場に向かう。

校門付近ではまだ別れを惜しむ者が絶えず、自転車置き場には人が少なかった。

それを見澄ましたように、小さな足音が駆けて来る。

「佐藤くん!」

上ずった女の子の声が、達也を呼んだ。

慌てて勇太と真弓が、邪魔にならないように離れる。

戸惑う達也に歩み寄ったのは、進学クラスのおとなしい目立たない女子だった。達也は名前もわからない。

小柄だから目立たないのか、よく見るととても愛らしい顔を彼女は俯かせた。

「あの……良かったら花……交換、してくれませんか」

支えたくなるほど大きく震える手で、あらかじめ外してあったコサージュを達也に差し出して完全に顔を伏せてしまう。

「……ああ、いいよ。俺の花貰ってくれる女の子なんて、いねえし」

超貴重、と笑って達也は気安くコサージュを外した。

動かない彼女にどうしようかと躊躇ってから、達也が自分から手を伸ばして、その小さな手を取る。驚いて顔を上げた彼女に苦笑して、丁寧に花を交換してやった。

「ありがとう……。私……前にね、制服に、白墨がついてるってここで気がついて困ってたら……佐藤くんが、ジャージの袖で拭くと落ちるよって、落としてくれて。それで」

その先を彼女はどうしても、言葉にできない。

聞かなくてもわかることなので、離れて聞いている勇太と真弓は、歯痒《はがゆ》くて仕方がない。

「こんなこと、言われても困るよね。ごめんなさい。花、ありがとう私なんかに」

涙を零して、制服のスカートを裾だけ残すように女生徒は駆け出した。

「私なんかとか、言うなよ。花、交換できて俺ラッキー。サンキュ」

細い背中で達也の言葉を聞いて、一瞬立ち止まったけれど振り返らずにそのまま彼女は走って行ってしまう。

やがて、気配も遠くに消えてしまった。

「追いかけなくていいの？　あの子、達ちゃんのことめっちゃ好きじゃん」

「花交換して、そんで終わりかいな」

一瞬の交流だったけれど、いなくなってしまった女の子がきっと控え目でやさしいのにありったけの勇気で花を差し出したことは見て取れて、真弓と勇太が達也の不甲斐なさを咎める。

「んー？　可愛《かわい》い子だし、きっといい子なんだと思うんだけどよ」

肩を竦めて、花を大切にしまって達也は自転車に手を掛けた。

「……あの子が言ってた白墨落としてやったこと、俺覚えてねえの。確かにそうやって白墨落とすから、俺。ジャージの袖でさ。だから俺が落としてやったんだろうけど、覚えてねえんだよ。全然」

苦笑して達也が、自転車を引き出す。

「そしたら、かわいそうじゃん。あんなに大切に、覚えてるみてえなのに」

それが達也らしいやさしさだとよくわかって、勇太も真弓ももう何も言わなかった。

一台の自転車を勇太が出して、いつも後ろに乗っている真弓が横を歩く。

校門までは自転車を引いて、三人は喧噪《けんそう》を背にしながら桜橋に向かった。

「……全員では、卒業できなかったなあ……」

不意に、達也が独り言のように呟く。

三年生の途中でいなくなってしまった、今日の卒業式に出られなかった同級生を達也は思っていた。帰国子女で一つ年上だった田宮晴《たみやはる》は、恋人の昴《すばる》と消えてそれきり今も消息がわからない。

「あ」

晴のことを達也が考えていると気づいて何も言えずにいる勇太と真弓に聞かせたわけではなく、達也は独りごちた。

「……どうしたの？」

聞いて欲しいのかどうなのかわからないまま、真弓が小さく尋ねる。

「もう、春だなって思って」

春になったら十八になる。

昴がそう言っていたことを、昨日聞いたように達也は思い出した。十八になればきっと大人になれる。十八になればきっと、恋人の晴を守れる。

祈りのように昴が待ち焦がれた春が、やっと巡っている。

「……幸せでいてくれると、いいね」

誰がとは言わずに、真弓が呟いた。

声はたてずに、達也が頷く。

「そんでおまえらは、後生大事に取っといたその花交換すんの？」

少し無理をして大きな声で達也は、揶揄って勇太と真弓に笑った。

いなくなってしまった同級生への思いをしまい込んだ達也を、二人は追わない。

「まさか」

「そんなんせえへんわ」

特に何も約束をしていたわけではないが、桜橋の真ん中で、真弓と勇太は歩きながら顔を見合わせた。

「じゃあどうすんの、それ」

二人の胸の八重の花を、達也が指差す。

お互いを見たまま笑って、勇太と真弓は制服の胸に刺さったピンを外した。

「毎日通ってたこの桜橋から、隅田川にあげる」

「せやな。隅田にやろ」

まるで申し合わせていたかのように二人は、思い切り川面に花を投げてしまう。

弧を描いた花は、やけにゆっくりと川面に落ちていった。沈まずに流れて行く花を、三人ともが少しだけ無言で見送る。

「あーあ。隅田も迷惑だと思いますよ、それ」

みんなが大切に交換したがった花を隅田川に渡した勇太と真弓に、呆れて達也は笑った。

「俺らで交換したかて、しゃあないわ。アホらし」

「そうだよ。これからもずっと、毎日一緒にいるのにさ」

少しもそれを疑わない明るさで、真弓が勇太を見上げて微笑む。

「じゃ、行きますか」

そろそろ竜頭高とはお別れだと、あっさりと達也は自転車に跨《また》がった。

勇太もハンドルを摑み直して、慣れたバランスで真弓がその後ろに乗る。

「ばいばーい！」

少しだけ校舎を振り返って真弓が手を振るのに、勇太も達也もかまわず、颯爽《さっそう》と自転車を漕《こ》いだ。

今日卒業した生徒たちが制服に守られてこの橋を渡る日は、もう永遠に訪れることはない。

子どもたちは制服を脱いで

「……オレ、高校卒業したときこんな目に遭わせてもらったかよ」

築三十五年を過ぎた、二階建ての一軒家帯刀《おびなた》家の居間で、丸い座卓の前の定位置に座った三男でプロボクサーの丈《じょう》が溜息《ためいき》を吐《つ》いた。

珍しい溜息が丈の口から零《こぼ》れるのも当たり前で、六人家族で囲むには少し窮屈な座卓の上には、大きな寿司桶《おけ》に入った華やかなちらし寿司が置かれている。

「僕も、一品だけ作りました」

いつも「インゲンの肉巻」をねだられる帯刀家次男で大学院生の明信《あきのぶ》は、今日は竜田揚げを大皿一杯揚げてそれをちらし寿司の横に置いた。

「おお！　唐揚げや‼」

竜田揚げと唐揚げの区別がつかない勇太《ゆうた》が、丈の向かいで喜ぶ。

「俺、明ちゃんの唐揚げと秀《しゅう》の唐揚げ色見ただけで区別つくよもう。どっちも大好き！」

隣の真弓《まゆみ》とともに勇太も制服を脱いでしまっていて、二人のそれは二階の六畳間に掛けられていた。

もう少し、秀のために着ていてやって欲しかったと、いつもと変わらない適当なTシャツやジャージの勇太と真弓に、所在なく上座に座って大河《たいが》が溜息を吐く。

所在ないのは、盛大な祝いなのに本当に何も手伝えることがないからだった。

恐ろしいほどに大河は、秀の言う通り台所において全く役に立たない。今日ばかりは先にビールを呑《の》むわけにもいかず手持ち無沙汰《ぶさた》にただ、いつまでも小さな子どもだと思っていた末弟の、いつの間にか大人びた横顔を寂しく眺めていた。

「くうん」

部屋の隅の縁側近くには、十五歳が近づきすっかり年を取った老犬バースが、足を拭《ふ》いて新聞を敷いて上げられている。

「なんだよ、バース」

寂しさを共有するような声をくれたバースに、大河は笑った。

冬の寒さがバースには堪《こた》えるのではと真弓にねだられたのをきっかけに、最近天候の悪い日やこんな風に何か祝い事があるような日はバースを中に入れている。

バースの方はずっと外を守っていたので、どうにも居心地が悪そうだ。

「今日はお祝いだから。揚げ物尽くしだけどエビフライと、でも茹《ゆ》で野菜もちゃんと食べてね」

古びてきた白い割烹着《かっぽうぎ》を纏《まと》った秀が、エビフライと野菜の大皿を運んで来る。

取り皿や箸《はし》やコップは、もうとっくに用意されていた。

「バースには、達也《たつや》くんのお父さんが大きな魚のお頭をくれたんだよ?」

軽く炙《あぶ》って冷ましたそれを、秀がバースの前に置く。

「塩気、大丈夫なのか」

「もちろん抜いてあるよ」

心配した大河に、秀が笑った。

大きなお頭を目の前に置かれて、ますますバースは気まずそうにする。

「バースは真弓のおじいちゃんでしょ。ちゃんと一緒にお祝いしてよ」

外犬として慣れない扱いに困るバースの表情はわかりやすくて、真弓は笑った。

「そうだよ。この家で一番偉いんだぞ、おまえ」

そんなことを大河が言うと、バースは恐縮を見せる。

「お祝いなんだから、バース」

宥《なだ》めて秀がまた声を掛けると、バースはすっかり小さくなってしまった。

勇太と真弓だけがウーロン茶で、あとはそれぞれの目の前にビールが瓶《びん》から注がれる。

「おーい、俺らの卒業祝いちゃうんか。なんで俺らだけウーロン茶やねん」

「あと二年は未成年ですから」

文句を言った勇太に、ビール瓶を持った秀がにこやかに答えた。

「今日くらい、いいんじゃねえの。舐《な》めるくらいなら」

肩を竦《すく》めて丈が、勇太に加勢する。

「せやせや、乾杯くらいビールでさせろやー」

「俺はウーロン茶でいいけど。ビール苦いもん。なんで呑みたいのか全然わかんない」

不満そうにせがむ勇太に、真弓はまるでつきあわなかった。

少し、困ったように秀が、勇太を見つめる。

いくら言っても勇太は煙草《たばこ》をやめないし、機会があれば飲酒もすることは秀も知ってはいた。けれど多分勇太は、度を超えた呑み方をすることはこれから先ない。

一度、薬やアルコールで急性症状を起こして死にかけたので。

格子と鍵のついた病棟で離脱プログラムを勇太が受けている最中の記憶は、秀にはほとんどない。京都《きょうと》の町屋で、ろくに飲み食いもせずただぼんやりと勇太を待って秀の方が死にかけていた。

あれから、秀は決して勇太に酒を呑むことを認めるような真似《まね》はしない。あのときの怖さは、秀には忘れようもない。

それは勇太もよくわかっていて、軽く駄々を捏《こね》ねているだけだ。

「……はい。乾杯だけだよ」

空いているコップを勇太の前に置いて、ほんの少し、秀はビールを注いだ。

ねだったものの秀が酒をくれると少しも思わなかった勇太が、驚いて瓶の先を見る。

震えて、コップの縁と当たってたてられる瓶の音を、居間にいる皆が言葉もなく切なく聞いた。

「じゃ……乾杯するか。な」

その静けさを切り上げてやることだけが自分にできる仕事だと、大河が笑う。

うん、と頷《うなず》いた秀は俯《うつむ》いていた。

手にしたコップをそれぞれに持って、掲げる。

「卒業、おめでとう」

「おめでとう」

「おめでと！」

「おめでとう」

大河、秀、丈、明信が、勇太と真弓に声を掛けた。

「ありがとう！」

「はいどうも」

朗らかに真弓は答えて、そっけない声を聞かせた勇太の方は、酷《ひど》く複雑そうに中途半端な量のビールを眺めている。

たくさんの、そこに注がれた時間を長く惜しんで、一息に勇太は喉《のど》に流し込んだ。

そのことには誰も、気づかぬふりで箸を取る。

「美味《おい》しそうー！　ちらし寿司のお魚、達ちゃんちのだよね」

鮪《まぐろ》、鯛《たい》、海老《えび》、いくらや小鰭《このしろ》などがきれいに並ぶ寿司桶に真弓が見入った。

「そう。今日は魚藤《うおふじ》さんいつもより仕入れも多いし、安かったんだよ。達也くんのお父さん卒業式のあとお店開けてくれたんだけど、すごく嬉《うれ》しそうだった」

「達ちゃん最後まで卒業できるのかわかんないくらいギリギリだったもんね。どうしよう迷い箸しちゃうよ」

「せえせえ、好きなだけせえ。俺もするわ」

食卓の上を眺めて散々迷った真弓は竜田揚げから取って、勇太はちらし寿司から取る。

それを待って皆わいわいと食べたいものを皿に上げて、まだまだ食べ盛りが終わらない男ばかりの食卓が空いていくのは早かった。

「誰も待たせてねえぞ、バース。食べな」

お頭の前で躊躇《ためら》っているバースを、大河が振り返る。

首を傾《かし》げて「くうん」と鳴いて、バースはお頭を食べ始めた。若い頃の旺盛な食欲はもうバースにはないけれど、美味しそうに惜しんでいる。

「まゆたんが大学生かー。なんか実感湧《わ》かねえな。勇太はもう職人姿とっくに見てっけどよ」

「悪かったな新鮮みがのうて」

「おまえは生まれたときから、あの山下《やました》のおやじさんとこの法被《はっぴ》着てるみてえな顔してんだよ」

丈が言うのはもっともに聞こえて、皆も笑うが勇太もそれは満更でもないという顔をした。

「一番実感ないの、俺かも。この間大学の説明会行って来たけど、単位の取り方とか……なんか自分で時間割全部組むんだよ？　その時間割間違ってて卒業できなかったらどうすんの？」

大学のシステム自体がちんぷんかんぷんだと、ちらし寿司を頬張《ほおば》りながら真弓は家族を不安に突き落とすようなことを言う。

「大丈夫だよ、必修と卒業に必要な履修単位さえ数えて、決めた科目をきちんと履修すれば卒業できるからそんなに心配しないで」

「……なんかよくわかんないけど、明ちゃんの言葉を聞いて余計に不安になった俺」

怖くないよと丁寧にいった明信に、真弓の箸が止まった。

「え、どうして？」

「未知の専門用語が出て来たからやろな。俺もそんなおまえが通った道を、こんななんもわからん真弓が通れるんかいなって無性に不安になったわ」

困惑する明信に、勇太が理由を解説する。

「大丈夫だ。俺も、あのぼんやりしてる秀でさえも、四年で卒業してんだぞ。普通に通ってたら卒業できる」

そんなに神経質になるなと、大河は秀を指差した。

「それ……できた人たちの言い分だよね……必修単位の数え方とかさ、もう意味が」

「あ、どうしよう真弓ちゃんが落ち込む。大河の言うことは本当だよ。僕もぼんやり四年で卒業してるから！」

俯いた真弓に、秀があたふたと心配する。

「めんどくさいからやめろやもう」

「勇太も不安だって言ったじゃん。今」

勇太に揶揄《からか》われてふて腐れる真弓を見つめながら、実のところこの中で誰よりも末弟の大学生活を心配しているのは、履修の説明をした明信だった。

俺、夢とか希望とかなんにもないよ！

四月から通う私立大学は滑り止めで、本命の国立に落ちたあと真弓は今まで見せたことのない迷いの中から抜け出せなくなった。

高い私立に行くことになっても進路の希望も何もないのにと、真弓は荒れに荒れた。

それでも、僕はいいと思うけど。みんなそうだけど、みんな生きてるから。

そのとき明信は、いつか真弓にはそんな日が来るような気がして身構えていたので、用意していた言葉を渡した。

みんなじゃないよ！

受け入れない真弓を、明信はちゃんと慰めてやることができなかった。

でも、ごめん。真弓がいつか必ず何かに出会えるとは、僕は言ってあげられない。

どうしてもっとあのときの真弓を支えるのにふさわしい言葉を掛けられなかったのかと、明信はつい先月のことを思い出すと今でも酷く落ち込んだ。

「なんかコツとかある？　単位の取り方」

まだ全くわからないと、無邪気に真弓が長兄の大河に尋ねる。

「俺は卒業したのはもう……何年前だ。秀」

「ええと、四年？　五年？」

離れ離れで大学生活を過ごしたくせに、同級生の大河と秀が困って顔を見合わせた。

「明ちゃん現役だろ、大学今も通ってんだから。明ちゃんに訊《き》いたらいいじゃん。まゆたん」

大学に行くことなど全く考えもしないくらい勉強が嫌いだったのに、高校卒業の時に大河に進学しろと言われたことが苦すぎる思い出の丈が、適任は明信だと示す。

「え⁉　僕⁉」

ぼんやりと先月の真弓の迷いを思い出して、何も力になれなかったことを悔やんでいた明信が、突然呼ばれて声をひっくり返らせた。

「俺、明ちゃんの大学落ちたけどねー。でも教えてよ明ちゃん。なんか取っといた方がいい単位とか、ある？」

まっすぐ真弓に訊かれて、明信が背を正す。

今こそ真弓の役に立てるときかと、明信は気を張って息を呑んだ。

「そうだね……でもまゆたんと僕では、学部から違うから。そうすると必修単位から変わってくるよね」

「学部、違うの？」

きょとんとした顔をして、真弓が明信に尋ねる。

「……違うよね。まゆたん、学部、人間科学部だよね」

「なんやそれ。人間科学ておまえ、人間を科学するんかいな」

確かそうだったはずだと把握している明信の問いに、真弓の恋人の勇太は完全に今初めて聞いた反応をした。

「何勉強するんだ？」

その上真弓を溺愛《できあい》しているはずの長男大河までもが、学部を知らない様子を見せる。

あれだけ進学先を巡って騒いだにもかかわらず、家族の真弓の学部への関心のなさに明信は愕然《がくぜん》としていた。

「全然わかんない。通えるところで学力に合ってるところで試験科目が得意なとこで決めたから、結果ここになっただけ。明ちゃんの大学の落ちた学部も、全然違う学部」

「そうだよね……うち、近い学部がないからどうしてかなって思ってたんだ……」

そんな予感は明信にはあったのだが、真弓は四月から何を学ぶのかさえわかっていない。

明信は高校三年生のときにははっきりと学びたいことがあり、受けたい講義がありあ入りたいゼミがあった。今はそのゼミで、院生として学んでいる。

進路にあれだけ悩んだ真弓がこのまま何もわからず四月を迎えるということだけで、明信は心配で大混乱していた。

ようは明信と真弓は、兄弟でも全く違う生き物なのである。

「先生の免許は取りたいんだよね、とりあえず。人間科学部出て、なんの先生になれるのかもよくわかんないんだけどさ」

むしろ真弓はもう迷いを見せないが、明信はアドバイスできる言葉が出て来なかった。

「こいつ、持ってんで。教員免許」

親指で我が養父を指して、勇太が教える。

「ええ⁉」

「嘘だろ⁉」

「まさか！」

真弓と丈と大河が、失礼極まりない声を瞬時に上げた。

「教育実習、京都の女子高に行っとったもんなあ。あの期間はなんやもう、あれやな。秀も別人やったな。締切《しめきり》前とかともちごてて」

「どんなだったの？」

思い出して顔を顰《しか》める勇太に、無防備に真弓が訊いた。

「女子高か。なんか、いいよなその教育実習。楽そうで」

俯く秀の様子にも気づかず、不用意極まりない台詞《せりふ》を吐いてしまったのは大河だった。

「……ら、く？」

戦慄《わなな》いて秀が、大河を睨《にら》みつける。

「君は女子高生に会ったことがないの……？　女子高生を知らないの……？　女子高生って言葉、知ってる？　そうだ、志麻《しま》さんだって女子高生だったときがあったはずだよね……？」

「そんな特殊な生き物の名前を挙げられたら女子高生が気の毒だろ！　姉貴が千人いたわけじゃねえんだろ!?」

恨み骨髄という目で秀に見られて、大河はビールを摑《つか》んで後ずさった。

この家の長女である志麻は恐怖政治のもとに四人の弟たちを支配して、秀に結婚詐欺《さぎ》を働いて現在好き放題放浪中だ。三年前は南米にいたが、この間は富士《ふじ》の樹海にいたと報告されている。今何処《どこ》に居るのか家族にもさっぱりわからない。

「そうだね……志麻さんは特別な人だ。みんなは知らないのかもしれないね。特別ではない女子高生という個が、集団となったときどんな変異を見せるのか知らないんだね」

「その話はいい！　オレ、女の子に夢見てるから。なんか聞きたくねえ」

二週間の悪夢を語り出そうとした秀を、嫌な予感しかしないと丈が止めた。

「まあ、教職は教職単位さえ取れれば取れるよ……真弓ちゃん。それは三年生になるときじゃないかな、考えるのは。最初は一般教養だから、どの学部でもどの資格を取るのでもそんなには変わらないよ」

首を振って悪夢を振り払い、秀がまともなアドバイスを真弓に渡す。

「社会系の先生だと思うんだけど……まゆたんの学部なら。だから、もし教員になるならそのとき強みになる講義を選んでおいたらいいんじゃないかな？」

遠慮がちに、明信も助言した。

「あれ？　そういえば明ちゃんは先生のメンキョは持ってねえの？」

「持ってないよ」

不思議そうに問う丈に、明信が苦笑する。

「なんか意外ー。でもそうだよね。明ちゃん、勉強教えるのめちゃくちゃ下手くそだもんね。先生向いてない」

「ど下手くそやなあ。驚いたわ」

教えられた経験のある真弓と勇太が、忌憚《きたん》のない感想を告げた。

「……そう、みたいなんだよね。なんでそう言われるのかよくわからないんだけど。誰に勉強を教えても、途中でもういいって言われるんだよね」

だからこそ教職は考えなかった明信が、肩を落としてひっそりと落ち込む。

「俺も丈にも真弓にも言われたぞ。聞いてることにだけ答えろって」

そういうことではないのかと、一人明信の教えを知らない兄である大河が肩を竦めた。

「違うんだよ、アニキ」

主に明信の宇宙の交信並みの勉強指南を受けてきた丈が、大きく息を吐く。

「そう、明ちゃんの教えるの下手なのはスケールがちょっと違う」

「明信には全部わかっとんねん。せやからわからんことがわからへんのや。わからんもんにどうやって説明したらええんかわからへんねん」

「……ええ、ですから僕は教職は取りませんでした」

弟たちや勇太に、わからないわからない明ちゃんはわからない人の気持ちをわかっていないと言われ続けた次男は、いじけて俯いたまま言った。

「僕も教職取ってたら社会科だったけどね」

けれどそんな風に場の空気を濁すことに全く不慣れな明信が、すぐに真弓に笑いかける。

「あのさ」

酷く言い難そうに、丈が明信に声を掛けた。

「あんだけ、留学したいのしたくないのつって騒いで。オレ、ずっと明ちゃんと一緒で。こんなこと訊くのホント悪いんだけど。まゆたんが人間を科学する学部で、明ちゃんは……」

「あ、本当だ。明ちゃんの専攻ってなんなの？」

「聞いたことないな」

帯刀家、学ぶことに興味がない丈、真弓、勇太が、今更過ぎることを明信に尋ねる。

「俺は知ってるぞ」

特に傷ついた様子は見せない明信に、けれどすかさず大河は言った。

「僕も。興味深いから、たまに明ちゃんの研究の話聞かせてもらってるし」

遠慮がちに秀も、言い添える。

「西洋史学だよ」

苦笑して、三人が知らないことはわかっていたと、明信は教えた。

「それどんな勉強？」

「インディ・ジョーンズみたいなやつか」

以前に真弓に観させられた古い映画を思い出して、勇太が惜しいことを言う。

「そっちは考古学だね。でも近いよ。ヨーロッパの古い歴史の、一次資料が出て来たらそれを旧資料とつきあわせて検証したり……」

そこまで説明して明信は、三人には「一次資料」が漢字変換できていないと気づいた。

「外国の歴史の勉強です」

「知らなかった。オレにもちょっと話してみたらいいじゃん、明ちゃん」

兄に何も語られていないことに、丈が唇を尖《とが》らせる。

「勇太もさ、仏様とか彫るなら日本の歴史勉強しないとじゃないの？」

不意に、真弓が勇太に水を向けた。

「俺、字読むと眠なんねん」

時々そんなことは親方にも同僚にも言われている勇太は、辟易《へきえき》やと溜息を吐く。

「でもさ」

「おまえ、四年しか通えへんのやで。大学」

話を勇太は、真弓の大学生活に戻した。

「ちゃんとせえ。明信に大学の話、もっと聞かんとあかんやろ。四月からもう始まってまうんやろ?」

勇太には、話が大学にばかり偏っているという気遣いから真弓が、自分に話の向きを変えたことがわかっている。

そんな気遣いは不要だから自分の足下をちゃんと見ろと鷹揚《おうよう》に勇太に言われて、何故だか真弓は少しだけ不安になった。

多くを案じず悠然としている勇太は、制服を脱いだ途端に自分よりずっと大人に見える。

まだ真弓は学生だし、大学生活さえ見えていない。

それなのに勇太はいつの間にかもう、地に足がついている。

今日まで同じ制服を着ていたから気づかなかったけれど、明日から勇太と自分には全く違う生活が始まるのだと突然思い知らされて、真弓はただ小さく頷いた。

　ぼんやりと真弓は洗った髪を拭《ぬぐ》いながら、二階の東側の六畳間で二段ベッドの下に座って、鴨居《かもい》に並べて掛けられた自分と勇太の制服を眺めた。

　グレーのジャケットに濃紺のパンツ、赤いネクタイ。

　何ということはない制服なのに、もう着てはいけない不思議な服だ。

　転校して二年半のうちに勇太は急激に身長が伸びて、一度秀が制服を買い換えているので勇太のジャケットの方が少し新しい。

　最初は、同じサイズだった。

「どないしてん、ぼんやりしてもうて。あんな盛大に、卒業祝いなんか入学祝いなんかようわからんけどしてもろたのに」

　後から風呂を使った勇太が、まだ夜は冷える日もあるのに、上半身裸でタオルを肩に掛けながら部屋に入ってくる。

「勇太の就職祝いと、全部だよ」

「今更」

　笑った真弓に勇太は、もうとうに社会人であったかのように苦笑した。

　本当は上が勇太のベッドだけれど、真弓の隣にそのまま腰を下ろす。

「卒業して、なんや寂しなるようなことあったんかいな」

制服を眺めている真弓の感傷だけは伝わって、勇太は訊いた。

「勇太はなんにもないの？」

もう明日から同じ校舎に通うことがなくなるのにと、真弓が少しの不満を見せる。

「なんもないいちゅうたら、嘘になるな」

並んでいる制服を見上げて、勇太は何処か遠くを眺めた。

それきり、勇太は長いこと黙り込んでいる。

「……どうしたの？」

「俺はもう、明日からほんまは一人で生きてける」

呟《つぶや》いた勇太を、真弓は呆然《ぼうぜん》と見た。

「体はっちゅう話や。メシも自分で食お思たら食えるし、寝るとこもなんとかなる。親方のとこ、住み込みもできるし」

「住み込みなんて考えてるの⁉」

突然そんなことを聞かされて、真弓の声が勇太を咎《とが》める。

先走るなと勇太は、真弓の髪をいつの間にか大きくなった右手で撫《な》でた。

「見習いはみんな住み込みから始めとるから、俺ちょっと小さなってんねん。親方ももう俺のこと学生扱いせんゆうから、朝もはよなる。おまえのこと起こしてまうかもしれんから、住み込みした方がええんかとも思ったけど」

「そんな……」

「せやから、最後まで聞きや」

不安で堪《たま》らないと声を掠《かす》れさせた真弓の肩を、勇太が抱き寄せる。

右手にも左手にも、勇太の手には随分前から傷が絶えず、皮膚も硬くなっていた。

「その方が、おまえも俺も生活は楽や。住み込みゆうたかて、目と鼻の先や。けど、俺おまえに約束したやんか」

「何？」

「忘れてしもたんかいな。進学と就職、生活バラバラになったらどんだけ会われへんか俺おまえほど想像してへんかったから。せやから俺も、おまえとおれるように頑張るてゆうたやろ」

以前自転車で二人乗りで登校中に、確かに勇太が約束してくれたことを真弓もしっかりと覚えている。

「もちろん、覚えてるよ。勇太、無理して補講の時間に起きてくれた」

「せやから俺、おまえのそばにおるし」

額に額を寄せて、勇太はまた制服を見た。

「あれ、脱いだら秀が……わからんようになる気いするしな」

「何を？」

「俺があいつの子どもやっちゅうことをや。金もかからん、学校に行かせんでもええ。そしたら自分はもう俺のなんでもないて、あいつ思うかもしれん。今ここ出てったら、余計に思うやろ」

階下の、玄関脇の部屋にいる秀のことを勇太が案じる。

「それは……秀もそこは少しは大人になったとは思うけど。でも勇太が今出てっちゃったら、一番ショックなのは俺じゃなくて秀だね」

頭ではそういうことではないと理解できていても、勇太が視界から消えたら秀が嘆いてしかもそれを言えもしないだろうことは容易に想像がついて、真弓は溜息を吐いた。

「おまえは会いたかったら来るやろけど、あいつは来れるかもわからん。おまえのそばにもおるけど」

そこまで言い掛けて、勇太が言葉に迷う。

「秀のために、住み込みしないんだね……俺、それでいいと思うよ。おかげで勇太が住み込みしないでくれて、俺はラッキーだよ」

朗らかに笑った真弓に感謝して、勇太が唇に唇を合わせた。

受験、進路の決定、卒業の準備と、高校三年生なりに二人はそこそこ忙しく、ちゃんとキスをするのは久しぶりだった。

「ん……」

抱かれて、唇を食《は》まれて真弓が勇太の肌にしがみつく。

軽いおやすみのくちづけとは違う、ゆっくりと内側を探る勇太の唇に真弓の体温は上がった。

一頻《ひとしき》り唇を合わせて、勇太が立ち上がり灯《あか》りを消す。

一緒に眠るのかと真弓に思わせた勇太は、二段ベッドの梯子《はしご》に手を掛けた。

「……一緒に、寝ないの？」

それを自分からせがむのは少し恥ずかしかったけれど、真弓はこのまま勇太を近くに感じていたい。

大好きな恋人なのだから。

「俺、寝られへんもん。おまえとおんなじ布団で」

「大学決まったら……我慢するのやめるって、言ってたじゃん」

そこまで自分に言わせるのかと、真弓は口を尖らせた。

「大河が賄《まかな》ってるこの家ではせえへんのは、高校卒業しても同じや」

暗闇で真弓の腕を取って、勇太が触れるだけのキスをする。

「今度、どっかいこ。ご休憩」

暗いけれど勇太が笑ったのが、真弓にはわかった。

もう一度真弓の髪を撫でて、勇太は梯子を上がってしまう。

布団に入って、勇太がすぐに寝息を立て始めたのが、下に居ても真弓にはわかった。

大人びた勇太が遠く思えて、キスの感触を抱いたまま真弓はすぐには寝付けない。

今この日だからではなく、きっと勇太はいつからか真弓より先を、歩いていた。制服という鎧《よろい》を置いたら、それがあからさまになっただけだ。

どうして自分だけが眠れないのか理由は明白で、焦る気持ちに真弓はきつく目を閉じた。


今日のスーツをクリーニングに出して置いてくれ。

それを理由に大河は、夜も更けた秀の部屋の襖《ふすま》を叩《たた》こうとしていた。

けれど秀の方はもう、グレーのスーツをすぐにクリーニングに出す理由はない。

やはり自分で出そうと一度部屋に戻ってそれを置いて、大河は何も持たないまま襖を叩いた。

「はい」

掠れた声が返って、戸を開けると和室の真ん中に秀が座っていた。手元にはまさにグレーのスーツがあって、振り返りもせず秀はぼんやりしている。

「どうしたの？　大河」

見ないまま秀は、大河を呼んだ。

後ろ手に襖を閉めて秀に歩み寄り、大河が隣に腰を下ろす。

「……なんだか、君が来てくれるような気がしてたんだけど。でも、あんまり見られたくないな。今の僕」

　俯いたまま秀は、長い役目を果たし終えたスーツを力なく摑んでいた。

「じゃあ、誰が見るんだよ。そんな」

　肩をそっと抱いて大河が、秀の伏せられた瞼《まぶた》を覗《のぞ》き込む。

「寂しそうなおまえのこと」

「誰にも見られたくない」

「なんのために俺がいるんだ、そしたら」

　顔を上げない秀の髪を抱いて、大河は溜息を吐いた。

「今日まで勇太は、無理矢理、制服の中に収まってくれてたんだね。脱いだ途端に、もう、まるで僕よりも大人に見えた。……ううん、とっくに勇太は大人だった。僕の保護者でさえいてくれたことも、あったよ」

　グレーのスーツを握る秀の指先が、撓《たわ》む。

「いつでも勇太は、自立できる。一人で生きて行ける。ただ僕のためだけに、僕の子どもでいてくれようとしてる」

「それはお互いだろ」

「お互い？」

　慰めようとした大河を見上げて、秀はそれを受け取らなかった。

お互い、と大河が言ったのは、互いに思いやってのことだろうという意味のつもりだったが、その曖昧《あいまい》さに秀は首を振る。

「小さな、痩《や》せた、傷だらけだった子どもが一人で生きて行けるようになる日を僕はずっと、望んでいたよ。心から。自分を信じてもいた。その日が来てもきっと大丈夫。笑って、手を放そうって」

いつかも声にした、それが「家族」なのだろうという秀の言葉を、黙って大河は聞いた。

「この間、山下さんにご挨拶《あいさつ》に行ったんだ。見習い始めたときに君が行ってくれて、僕はきちんとしないまま勇太が勤めることになったから」

持っていられないで秀の手元から、スーツが離れる。

「笑われたよ。いいよもうあいつガキじゃねえんだって。本当は、下働きは住み込みから始めさせるもんだけど」

教える秀の声が、震えた。

「勇太はちゃんと自立してるから、あいつの気が済むようにさせるよ。あんたんとこはちょっと事情が違うんだろうって……そう、おっしゃってくださって」

薄いグレーの布の上に、水の染みが落ちる。

「そんなこと、ありません。大丈夫です。他の方と同じに考えてくださいって……言えなかった、僕……」

紡いだ言葉は完全に掠れて、秀の目から涙が零れた。

寂しさと、情けなさと、もう手を離れた者をいつまでも惜しむどうしようもなさに秀が泣く。

掛ける言葉は見つからず、加減もできずに大河は秀を抱きしめた。

ちょっと事情が違うのだろうと、親方は言葉をきちんと選んでくれた。だから特別に扱うけれど、それは勇太がもう自立しているからだとも秀に教えた。

見抜かれている通り、やはり、秀と勇太は普通の親子ではない。

特別に秀は勇太が愛おしく、特別に手を放しがたい。勇太もよくわかっている。

そのことを親方のように自然と肯定して見せる言葉を、大河はすぐには見つけられなかった。

「……おまえのそばにいるうちは、勇太の気が済まねえってことだろ？」

親方のやさしさと大人げに、大河は甘えることにした。選ばれた言葉に、必死で力を借りる。

「だったら、勇太の気が済むようにしてやればいい。な？」

耳元に小さく伝えると、秀は大河の背に縋《すが》り付いた。

一人にしてやれば、秀が一人で誰にも憚《はばか》ることなく泣けるのは大河にもわかっていた。

抱いてやりたいと思ったのは自分のわがままだと、それをやり切れなく思いながら大河は秀を、ただ抱きしめた。

どの乗り継ぎで来ても竜頭町《りゅうずちょう》からは遠く思える高田馬場《たかだのばば》駅を出て更にかなり歩いたところに、緑溢《あふ》れる都心とは思えない広大なキャンパスが忽然《こつぜん》と現れる。

最近では学部ごとに校舎が分かれる大学が多かったが、真弓が入学した大隈《おおくま》大学は総合大学として多くの学部が高田馬場校舎にあった。

大講堂で行われる入学式も一度では納まらず、学部ごとに日にちも時間も細かく指定されている。

「あんまり父兄来てる学生、いなかったね」

長い学長の話を一応真面目に聞いて、外で待っていると言った大河のところに真弓は一目散に走った。

この構内にはまだ、友人どころか知り合いの一人もいない。

「そうだな。でもおまえの入学式もこれで最後だから、俺が来たかったんだ。良さそうな大学じゃないか。緑が多いし、図書館が広い」

辺《あた》りを見回して大河は、卒業式と同じ濃紺のスーツで真弓に笑いかけた。

成人式の前倒しだと、真弓は竜頭町の寺門《てらかど》テーラーで上から下まで誂《あつら》えられた青いスーツを纏った。高い入学費が掛かったのでもういいと真弓は言ったが、どうせ成人式がすぐに巡るのだからと大河が仕立てを依頼した。

帯刀家の最後の一人が来たと、寺門の主人は笑って採寸してくれた。真弓は振り袖《そで》かと思ったが、確かにもうスーツの方が似合う。自分も歳だ、こんなに丁寧に仕立てるのは本当に最後になるかもしれないと寂しいことを言って、主人はもう青い生地を用意していた。

青藍《せいらん》という色の中から、それでも大分落ちついた生地を選んだんだ。少し明るい青だけれど、もし真弓ちゃんが着てくれるならこの色だと思ったんだ。

穏やかに微笑《ほほえ》まれて真弓は、嬉しい、きれいだね、ありがとうと頭を下げた。

「少し派手かと思ったけど、着ると馴染むな。似合ってる」

その真弓の姿をゆっくりと上から下まで眺めて、満足そうに大河が呟く。

「七五三みたいじゃない？」

着慣れないスーツに、真弓は珍しい気後れをして戯《おど》けた。

「そんなことないさ。もう制服の時とは見違える。大人になったな」

笑って大河の手が、言葉とは裏腹に頭を撫でてしまいそうになる。

それを堪えて大河は、自分の手を引いた。

「若いお父さんだって見られるのも、これが最後か」

ぽつりと呟いた大河に、真弓から体を寄せる。

まだ一人も知らない新入生たちはそれぞれに門へ、学《まな》び舎《や》へと向かっていた。

「何言ってんの、今日入学したばっかりだよ。卒業式まで遠いよ」

何か焦って、真弓の口調が子どもっぽくなる。

「たった四年だ。あっという間だぞ。四年で卒業できるように、まあ頑張れ」

なるべく気負いを見せない声で言って、大河は真弓の肩を叩いた。

「じゃあ俺、会社戻るから」

「え?」

行こうとする大河に、驚いて真弓が声を上げる。

「悪い、仕事残して来たんだ。だけどおまえも、サークルの勧誘も今日はずらっと並んでるし」

「サークルなんて、やる気ないよ」

「そんなこと言わないで色々見てみろ。講義始まったらクラス分けあるからそこで友達できるだろうけど、サークルも遊びから軽いスポーツや研究系もあるだろうし」

覗いてみろよと、少し強く大河は言い添えた。

何かやりたいことを見つけろとまでは、言わない。けれどその期待を含ませて大河は真弓を構内に留めて、手を振ると歩いて行ってしまった。

振り返ってくれるのではと大河の背をいつまでも見ている自分の呆れた甘えに驚いて、真弓が首を振る。

「……一緒に、帰るんだと思ってた」

今までそうしてきたように、兄と二人だけで寄り道をして「みんなには内緒だぞ」と言われて今日も家に帰ると真弓は疑っていなかった。

本当に自分に呆れる。

大学の入学式だ。仕立ててもらったスーツを着て、一年生の内には十九歳になる。

「何やってんだろ、俺」

起きたらもう仕事に行っていた勇太は今きっと、自分のような曖昧さにふらついたりしていない。

せめて大河の言いつけを守ろうと、構内のあちこちで呼び込みをしているサークル勧誘を真弓は見て回ることにした。

大河に言った通り、本当は真弓はサークルに入るつもりはない。バイトをして少しでも自分に掛かる費用は賄って何より兄の負担を減らしたいし、働いている勇太とわずかにでも目線を合わせたい。

まだ大学生活が始まってたった一日目だというのに、真弓はもう勇太との立ち位置の違いに強い焦りを感じていた。

「スイーツサークル、どうですか⁉」

ぼんやりしているとすぐに、真弓は勧誘の女学生に腕を摑まれた。

「え、あの。ごめんなさい俺」

「男子会員募集してるの！　あなたみたいなタイプ欲しいと思ってたんだ。女の子が放っておかないよ、うち入っちゃいなよ‼」

勧誘係は強引なタイプがなるものなのか、真弓はそのまま引きずられてしまいそうになる。

「入りなよ。結局力仕事任されるだけだけど、居心地悪くないよ」

スイーツサークルには既に男子会員がいて、なるほど女性が安心するタイプの男しかここにはいないと真弓は声の主を見上げて納得した。

自分が誘われたのもよくわかる、全く雄々しくない男だ。

「甘い物嫌い？」

「好きですけど……でも俺」

普段ならもっとはっきり断るのだが、大河に見て回れと言い置かれた分真弓らしくない優柔不断な言葉が出てしまった。

それに相手は明らかに先輩で、ここは新しくゼロから始める校舎だ。実家近くの高校に通っていたときとも違い、本当に知る者も一人もいない。いつもなら何事も臆さない真弓も、多少は拒む態度が躊躇《ためら》った。

「なら大丈夫！　言ったらスイーツ食べるだけだから、ここに名前書いちゃって‼」

痩せているけれど背丈のある男に、真弓がペンを摑まされる。

「俺、いいです。まだ何も見学してないし」

大きな声で捲《まく》し立てられて腕まで掴まれている真弓の背中の方から、ふと、まるで違うトーンの話し声が近づいて来た。

「だから、スカウトで男マネ見つけるなんて無理だよ」

ペンを掴まされたまま強引に紙に指を押しつけられた真弓の後ろを、随分大人に聞こえる落ちついた青年の声が通り掛かる。

ふと、何故だか真弓は、その背中から聞こえた自分とは無関係の声に気持ちを囚《とら》われた。

「うちがいいって。大丈夫、ホント楽だから！」

抵抗する真弓にかまわず、押せば行けるタイプだと思うのか男が声を張る。

「俺、サークル入るつもりないんです」

「スカウトで見つけないでどうする。募集したって希望者なんか来るわけないだろ。野球部の男マネなんて」

無理だよとさっき言ったやさしい青年の声に、更に大人の男の声が重なるのが真弓の耳に聞こえた。二人とも決して声が大きいわけではないのだが、きんきんと騒ぐスイーツサークルとのやり取りの間に低くすっと響いてくる。

「楽しいってスイーツと女子！」

「だから……やりたくないやつにやらせたら気の毒だよ。マネージャーは俺がやるって何度も」

変に明るい目の前の男の誘い文句より、真弓は背後から聞こえる大人びた青年二人の会話の方が耳につくし気に掛かった。

ちゃんと、人と人が会話をしている。

騒ぐだけの勧誘相手と大分違うので、余計にその声がきちんと聞こえていた。

「いい加減にしろ！」

怒鳴ったわけではないのだろうが、より低い方の声の青年が大きな声を立てた。

本当によく響くいい声で、真弓も、目の前のスイーツサークルも問答無用で沈黙する。

「……おっと。おまえらに言ったんじゃないんだが」

驚いて振り返ってしまった真弓に、黒いジャージ姿の背の高い青年がすっきりと短い黒髪を掻《か》いた。

いい加減にしろと言ったのはどうやらこちらの黒髪のようで、その言葉に似合った厳しく凛《り》々《り》しい顔立ちをしている。体格もいい。

「悪かったたな、驚かせて」

やわらかい声を聞かせた方の青年も同じ黒いジャージを着ていて、けれど同じものを着ているのにこちらは柔和な顔を青年らしく整わせていた。髪も少し長く、その髪が掛かる表情がやさしげだ。

二人が自分より随分大人だと、真弓にも一目でわかる。

「だけど、ちょっと強引な勧誘なんじゃないのか？　少し聞こえて来たが、その子今日入学式だったんだろ」

そっと近づいてきたやさしい声の彼が、やんわりと男の手を真弓から解いてくれた。

「……す、すみません」

青年の方がやはり学年が上なのか、男が敬語で謝る。

「君も、断っていいんだからな。この時期はみんな新入部員獲得に必死だから、サークルに入りたくなかったら裏門から出てった方がいいよ」

親切に彼は教えてくれて、あまり真弓は見たことのない、普通の大人の男性の笑顔を向けてくれた。

こういうきちんとした対応に意外と自分が慣れていないと、ろくに礼も言えずに真弓が気づく。幼い頃から高校まで、学校も地元なら関わる人々もみな地元の人間だ。大人たちは厳しいこともあるが基本は気安く、それに真弓は年齢の割に家族との時間が多すぎる。

「ありがとうございます……」

「おい」

それでもなんとかそう声にすると、不意に、低い声の方の青年が不躾《ぶしつけ》に真弓に声を掛けた。

彼の顔は鋭利という言葉がよく似合って、真弓が俄《にわか》に緊張する。

「おまえ、帯刀真弓じゃないのか？」

突然フルネームで呼ばれて、不意打ちに驚いて真弓は立ち尽くした。

「竜三の……女官、やってた帯刀五兄弟の末っ子だよな」

そこまで言われると真弓にも、怖い顔をした青年が竜頭町の人間だとは察せられる。もしかしたら知り合いなのかもしれない。

けれど、よく考えても全く見覚えもなく誰なのかもわからなかった。

背丈が百八十を超えて肩幅も広く胸にも厚みのある黒髪の青年は、見れば見るほど顔つきが精悍《せいかん》だ。笑うところなどほとんど想像できず、知らないと言うのも怖い。

竜三の女官と、青年に言われた。恥じはしないが、大学に来てまでその話をされるのは真弓も嬉しくはない。だが青年はそこをきちんと、声を小さく落としてくれていた。

「俺、竜二なんだよ。おまえの三級上だ」

「御幸《みゆき》ちゃんと……同じ？」

「ああ、そうそう御幸と同じ山車《だし》引いてた。俺は部活が忙しくて、中学から祭りはほとんど行けてないが」

だとしたら随分古い記憶で青年は真弓を思い出したことになるが、真弓はますます彼が誰なのかわからず困り果てた。

実のところ、竜頭町の写真館にいつまでも真弓の女官時代の写真が年ごとに分けて貼《は》り続けられているし、男の女官は真弓だけだったので真弓を知る町内の者は多い。知らない大人に声を掛けられても、真弓はかまわず挨拶を返している。

けれどここは大学構内で、四年生が自分を知っているというのに真弓には相手が全くわからないので、どうしたらいいのかと困り果てた。

そうでなくとも、声の低い青年は本当に怖そうだ。さっきもやさしげな青年に、何か怒っていたように聞こえた。

「ああ、すまん話したこともないのにわからんよな。地元一緒で、俺はおまえよく覚えてるんだよ。山車にああやって男が乗るのは珍しかったからな。少しは男っぽくなったが、まだまだ華奢《きゃしゃ》だな」

理解が早くて助かったが、ほとんどはじめましてだというのに真弓を上から下まで見て青年は遠慮のないことを言う。

「寺門テーラーか、そのスーツ」

「はい」

それでもよく知っている名前を出されて、少し真弓はここに居場所を見つけられたような安堵《あんど》に襲われた。

「自己紹介ぐらいしろよ。この子困ってるぞ」

一方的な話に見かねて、隣に立っていた何処までもやわらかな声の青年が口を挟《はさ》む。

何故一緒にいるのかと聞きたくなるほど、こちらの青年はやさしい顔をして微笑んでくれた。

「ちなみに俺は、八角優悟《やすみゆうご》。人間科学部四年。君は帯刀くんっていうの？」

聞こえた名前を覚えてくれて、青年が笑う。

八角優悟と名乗った青年と怖い四年生が何故一緒なのかは一目でわかって、二人は揃《そろ》いの黒いジャージを着ていた。部か何かのジャージなのだろう。

同じ黒なのに、少し色の薄い髪が伸びて頰に掛かっている八角は、隣の青年とまるで違って見えた。背丈は八角も百八十はあったが、体格は普通よりはいいけれど、黒髪の青年のように人を威圧するほどのものではない。大人の体だが、脅威を感じさせるものではなかった。

「はい。あの、俺も人間科学部なんです」

「じゃあ同学部だ。なんでも聞いてくれ」

脅威を感じさせないのは、清潔そうに整った顔立ちのせいもあるのかもしれないと、もう完成された安心感のある八角の容貌《ようぼう》に真弓が気持ちを緩める。

「学部の話なんか後にしろ、八角」

親切に申し出てくれた八角を、町内の先輩が軽く押した。

「俺は大越忠孝《おおこしただたか》。経済学部四年で、軟式野球部の部長だ」

大越忠孝と名乗った青年は、自己紹介までも八角と全く違って本当に偉そうだ。

「よろしくお願いします。野球部の部長さんなんですか？　すごいですね……だってうちの大学、六大学野球とか毎年やってて。強いんですよね」

「少しはわかるのか。野球」

何故だか大越は、真弓を品定めするように腕を組んで見ていた。

「野球好き?」

高いところからじっと見られて萎縮《いしゅく》する真弓に、笑顔を向けてくれるのは常に八角の方だ。

「……うち、いつもナイターついてるんです。夜」

「何処のチーム?」

百七十をやっと超えた真弓に、少し背を屈《かが》めて八角は幼い子に尋ねるように訊いてくれる。

「お姉ちゃ……姉が阪神《はんしん》ファンで、一番上の兄と三番目の兄が巨人ファンで。二番目の兄はヤクルトファンです」

律儀に真弓は、八角の誠意に合わせて答えてしまった。

「おまえは?」

横柄に訊いてくるのは大越だ。

「そのときいる人に、割と合わせてます。俺、観てるだけで楽しいんで。スポーツとか」

「それはいいな」

何故唐突に大越に褒《ほ》められたのかは、真弓にはさっぱりわけがわからない。

「うち今、マネージャー不在なんだ」

それが本題だというように、大越は話し始めた。

「え？　だって……すごく強い野球部なんですよね。そんなことあるんですか？」

「言っただろ、うちは軟式野球部だ。おまえがイメージしてるうちの野球部は、硬式野球部だろう。確かにそっちからはプロに獲得指名される選手もいる。軟式と硬式の違いわかるか」

一方的に質問されて、真弓が小さく首を振る。

「簡単に言うと、ボールが違うんだ。硬式よりやわらかい」

丁寧に八角が、説明してくれた。

「子どもの頃に怪我《けが》しないようにな、軟式やったりする。俺や八角は逆で、高校までは硬式だった。特にうちみたいな強豪の大学野球では、硬式に入ると甲子園出場経験クラスじゃないと野球そのものができないで終わるから。それで大学は軟式を選んだ。うちの部員はだいたいそんな感じだ」

「野球が好きなんだよ。とにかく野球やりたい連中の集まり」

解説する大越の言葉の大意を、苦笑して八角が真弓に教える。

構内では相変わらず、そこここでサークル勧誘の声が響いていた。大越に黙らされたスイーツサークルも、めげずに次のターゲットに語りかけている。

けれど何故だか真弓には、八角と、横柄だけれど大越の言葉ははっきりと聞こえた。言っていることの意味がわかる。

当たり前のことなのかもしれないが、他人の言葉がすんなりと入って来るのは真弓には不思議な新鮮さがあった。

ずっと決まり切った世界の中で、ほとんどが知っている者にやさしくされて長い時間を過ごしていたのだと今更知る。

「この間まで女子マネがいたんだ。美人でな。わかりやすく言うとその女子マネを巡って三年生が揉《も》めに揉めて大喧嘩《おおげんか》になって三人退部したんで、女子マネ制度を廃止したんだ。当の女子マネも辞めちまったし」

「ただかわいい子だったんだけどな。なんていうか、俺たちの目が行き届かなくて悪いことしたよ」

「女は揉め事の元だ。懲《こ》りた。同じ轍《てつ》は踏みたくないんで、男マネを探してる」

女子マネージャーに責任はなかったとすまなさそうにする八角と対照的に、大越はばっさり切ったことには執着も興味も見せない。それは終わったことで、次のことはもう決めていると話を進める。

「おまえ、やらないか。帯刀」

「え⁉」

そういえば自分はどうしてこの話をされているのだろうと思った瞬間、真弓はその男子マネージャーに大越からスカウトされた。

「確かに、野球観る習慣あるなら少しはルールもわかるだろうし。野球観て楽しいっていうのは、ありがたいなあ。好きじゃないとやれないことだしな」

隣で八角が、何故自分にと思っている真弓に、大越が誘った意味を語る。

「帯刀は、名前真弓っていったっけ？」

さっき大越がフルネームで呼んだのを、八角が確認した。

「そうです」

「お姉さん阪神タイガースのファンってことは、もしかして真弓明信の真弓？」

「そうなんです！　二番目の兄は明信で、三番目の兄は丈なんです‼　犬もバースで」

真弓の外見のせいもあり女名の理由をすぐに理解してもらえたことは今まで一度もなく、何か嬉しくて八角に答える。

「一番上の巨人ファンの兄貴は、お姉さんが名前考えなかったのか？　お姉さんまだ小さかったのか、兄貴生まれたとき」

一人抜けていることに、大越はすぐに気づいた。

「あの……」

それは言ってやるのも真弓は、大河に悪い気がする。

「長男は、大河で。その、タイガースの……大河なんです」

「……っ……」

大越は絶句して、八角は致し方なく噴き出した。

「それは、あんまりだなあ。お兄さん巨人ファンになるのもしょうがないな」

鷹揚《おうよう》に八角が、気の毒そうな声を聞かせる。

「でも真弓明信の真弓は、いい名前だ」

朗らかでない瞬間など想像がつかない八角が、真弓に言った。

「ファンなんですか？」

「スター選手だよ。野球やってたら、そういう選手には憧れるさ。ただの憧れだ」

「おまえは……」

楽しそうに言った八角に、大越が何か不満そうな顔で言い掛ける。

だが続きを継がずに、大越はその話を切り上げて真弓に向き直った。

「おまえ、女官やってただけのことあるよ。なんていうか、美人女子マネから急にジャガイモみたいな男マネにするのもみんなの士気が下がるとは思ってたんだ」

「俺、もう女装とかしませんよ。……多分」

そんな理由で誘われたのかと、真弓があからさまに顔を顰める。

「女装されてもこっちも困る。少し場がやわらぐ程度でいいんだよ。女子マネには懲りたが、体育会系の男だけってても効率の悪い空間なんだ。殺伐《さつばつ》としやすいし、すぐ衝突する。だが全然野球興味ないやつじゃ話にならん。観てて楽しいんだろ？　それが一番助かる」

「……すみません、俺。本当にバイトしようと思ってて」

野球部のマネージャーをしながらバイトができるとはとても思えず、何より部活に入るということが真弓には未知すぎてほとんど反射で首を振った。

「バイト、しなきゃならないのか」

「できれば、自分に掛かるお金はバイトで稼げたらって」

言いながら、しかしこれを理由にするのは大河に悪いようにも思う。

学生生活の中に何かを見つけることを大河が心から望んで願ってくれていることは、さっきのやり取りからだけでなく普段から強く感じていた。

「絶対しなきゃいけないわけじゃないいんですが。俺が、バイトしたくて」

「それなら無理にとは言えないけど、遊びのサークルほどゆるくはないが、硬式野球部ほど厳しい運動部なわけでも毎日部活があるわけでもないんだ。週三回が基本。部員も今三十人程度しかいない。バイトはちょっと、無理だとは思うけど」

誠実にアピールポイントを八角が添えてくれるが、突然野球部のマネージャーなど、サークルさえ考えていなかったので真弓は全く気が進まない。

「特に今何も予定がないなら、テスト入部しないか」

部長である大越は大分、強引だ。

バイトしたいという明確な理由とともに一度はっきり断ったので、言葉が見つからずに真弓が黙り込む。

「これじゃ俺たちもさっきのスイーツサークルと同じだ。無理強いは良くない、大越」

「だが春季大会中で勧誘もろくにできてないし、新入生からマネージャー探せないぞ。そんな悠長なこと言ってたら」

ジャージの二人が春季大会中だということを、会話から真弓は初めて知った。

「だから、俺がやるって言ってるだろ。引退までは、俺がマネージャーやるよ。部のこともわかってるし、俺ほどの適任はいないだろう。何が不満だ」

これ以上真弓を勧誘し続けてはかわいそうだと八角が大越に言って、どうやら最初に背中から聞こえてきた話に戻ったのだと真弓もなんとなく理解する。

「四年間一打点も挙げないでマネージャーになるって言うのか！」

横暴ながらも冷静に見えた大越が、突然八角に怒鳴った。

怖いけれど大越は自分の感情に任せてものを言う印象がなかったので、真弓は驚いて声が出ない。

「これがおまえには最後のシーズンだろうが」

注目を集めてしまい声を落とした大越の言い分から、やさしそうに見えても背も高く運動をしている感は充分にある八角が、軟式野球部で戦力外だということが知れた。

「だから、せめてみんなの役に立ちたいんだよ。マネージャーになれば、それが叶《かな》う」

「それでもおまえは男か」

大越が八角に投げつけた言葉がどんな感情から来るのか真弓には計り知れず、酷いことを言われて八角が言い返さない理由がわからない。

「……あの、本当に試しでいいなら」

詰《なじ》られっぱなしの八角が気の毒で、気づくと真弓は口を開いていた。

最初から自分を庇《かば》って、真弓の立場に立ってものを言ってくれていたのは八角だ。大越と八角の関係性はまるで見えないが、こんなことを言われたままの八角を放って置けない気持ちで真弓は気が進まないのに顔を上げた。

「少し、お手伝いするくらいの気持ちでもいいですか？　今が大会中なら、その間だけとか」

春季と言っていたから二ヶ月程度では終わるのだろうと、重い気持ちのまま真弓が申し出る。

「本当に、無理しなくていいんだよ。よく考えてからで」

「考えるためのテスト入部だろ。おまえも春季大会に集中できるだろうが。助かるよ、帯刀。今から部室案内する」

決定を伝えるだけの大越の言葉には、選択の余地がなかった。

「待てよ、大越。帯刀は入学式のスーツだ」

帰してやれと、八角が大越に苦言を吐く。

言われれば確かに真弓は着慣れないスーツで、このまま行動するのは抵抗があった。

「そうだな、寺門テーラーのスーツならそれなりにしただろう。俺も成人式に仕立ててもらった。汚したら悪いな。じゃあ明後日、とりあえず試合観に来い。講義まだだろ」

把握されている通り卒業式から一週間は講義が始まらないが、それにしても大越の命令形にはさすがに真弓も四年生だという意識がとうとうすり減って閉口した。

「気が向いたらでいいから。な?」

何処までも八角が取り成すが、大越はそれを何か複雑そうに見ている。腹立たしげというのでも、疎ましそうでもない。

それは真弓にはどう解釈することもできない表情で、人当たりのいい八角が自分を庇うことで大越にまた何か言われるのではないかと不安になった。

「場所、何処ですか?」

ナイターが必ずついているあの家で、もしかしたら最も野球に興味がないのは自分だと密かに思っていた真弓は、溜息交じりに八角に尋ねた。


「入学式、どうやった?」

卒業式の後すぐに本格的に山下仏具で勤め出した勇太は、朝異様に早く、日が暮れる頃に帰って来ていつも眠そうにしている。

「起きててくれたの？」

夕飯のとき既にうつらうつらしていた勇太は最初に食事を切り上げて風呂を使っていて、自分が風呂から上がったらもう眠ってしまっているだろうと真弓は思っていた。

「おまえの大学の、最初の日やんか」

二人の部屋の二段ベッドの下で、壁に背を押しつけてやはり勇太は眠そうだ。

「勇太、仕事きついんじゃないの？　朝なんて何時に起きてんのか、俺全然気づけもしないで……」

「気いつかれたら困るわ。同じ部屋で寝起きできへんようになるやろが」

苦笑する勇太の隣に、複雑な思いで真弓が灯りを消して座る。

元々勇太は、寝起きがいいわけではなかった。それを、恐らく日が昇るような時間に今起きている。そのとき自分が全く目覚めないということは、目覚ましが鳴って勇太はそれをすぐに止めているのだろう。そして二度寝しないように起き出している。

下段の真弓を起こさないように、勇太は酷く気遣っている。

そのことにさえ真弓は、卒業式の後すぐには気づけなかった。

「体、大丈夫？　親方厳しいんでしょ？　愚痴《ぐち》聞くくらいしかできないけど俺」

「愚痴なんかなんもない。好きでやっとることや」

焦る気持ちで言葉を求めた真弓を、穏やかに勇太が遮《さえぎ》る。

「それにもう勤め始めてけっこうなるわ、慣れた。おまえの話せえ。どうやった、大学」

今日大学でただまごまごして流されてしまった自分と勇太はまるで違うと、真弓の焦燥は高まった。

「入学式、大河兄来てくれた。初めてスーツ着たんだ」

「ああ、仕立ててたやつか。写真見せろや」

「うん。ちょっと七五三みたいだったよ」

「せやろな」

揶揄うというより勇太は、愛しそうに真弓を見ている。

少し子どもを見るようなまなざしだと、真弓はどんどん自分たちが対等ではなくなっていっているように思えてならなかった。

「大河兄が、サークル勧誘見て来いって会社に戻っちゃって。それで俺、軟式野球部のマネージャーにならないかって……たまたま、二丁目に住んでるっていう四年生が部長で」

明後日指定された球場に大学軟式野球春季大会を観に行くことは約束したが、きっぱり断ろうと真弓は心に決めた。

一日も早く、なんでもいいからとにかく働きたい。

「サークルもやらないって決めてたのに、野球部のマネージャーなんて。明後日、断ってくる」

きっと、勇太も同意してくれると疑わずに真弓は告げた。

「なんでや」

けれど勇太は、眠い目を擦《こす》りながらも理由を訊いてくる。

「え……だって、バイトしようと思ってたし」

「大河はおまえがバイトしとるよりサークルや部活やっとった方が嬉しいんちゃうん。あと四年ぽっちなんやし、学生生活」

「そうかもしれないけど」

「ゆうたらなんやけど、放課後バイトして稼げる金なんかたかが知れとるし。試験やなんやて、定期のバイトずっと続けるん難しいんちゃう？　明信が龍《りゅう》んとこに落ちつけたん助かったって、最初の頃ゆうとったで」

　気遣いのある言い方を勇太も選んではくれたけれど、たかが知れていると言われると真弓はただ不甲斐《ふがい》ない気持ちでいっぱいになった。

「別に、おまえの今の稼ぎが問題なんやない。そんくらいやったら、おまえが勉強したり部活やったりしてくれた方が大河かて嬉しいんやないかと思うただけやて」

　俯いた真弓にすぐ気づいて、傷つけることが目的だったのではないと勇太が言い直す。

「ごめん、拗《す》ねた顔したね」

「おまえのその顔、めっちゃ見とんねんで俺」

素直に謝った真弓に、勇太は笑った。

「三番目くらいに好きな顔やな。めっちゃ見とるから、おまえのその顔ごと好きにならんとしゃあないわ」

真弓の瞼に勇太が、そっとキスをする。

「一番はどんな顔？」

そんなことを勇太が言うのは初めてで、思わず真弓は尋ねてしまった。

「笑っとる顔に決まっとるやろ」

「そうだね、俺も勇太の笑ってる顔一番好き。じゃあ二番目は？」

「聞くなや」

「ここまで来たら知りたいじゃん」

ただ興味と、恋人が自分のどんな顔が好きだと思ってくれているのかやはり知りたくて、真弓がせがむ。

観念したように溜息を吐いて勇太は、真弓の肩を抱いた。

「……泣き顔」

「俺、そんなに泣かなくない？」

「せやから」

不満げに言った真弓の耳元に、勇太が唇を押しつける。

「俺しか知らん顔」

短く言われて、真弓も勇太の前で自分がどんなときに泣くのか思い出した。

「……随分、泣かせてもらってないけど？」

ほんの少し熱の籠《こ》もってしまった声で言って、勇太の腕を真弓がぎゅっと摑む。

「煽《あお》らんでや。ここでしたない」

困り果てて勇太は、真弓の指をそっと解《ほど》いた。

「それ、俺が大河兄の扶養家族だからでしょ？」

「せや。けどバイトしたかてそれは一緒やで。おまえのことはまだ、大河がこの家で守っとる。この部屋では俺はおまえには絶対手え出さへんよ」

はっきりと言われて真弓が、長い息を吐いて勇太の肩に寄り添う。

「そういうとこ、好きだからしょうがないなあ。もう」

「興味ないん？　野球部のマネージャー」

話を勇太は、真弓の大学生活に戻した。

「かなり、忙しくなると思うし」

「バイトせえへんかったらできるやろ」

「ただでさえ勇太との時間少なくなってるのに、もっとなくなっちゃうよ」

それで勇太はかまわないのかと、問うように真弓が呟く。

誰かが風呂を使う音が、ふとした沈黙の間に響いた。家の中にいると二人でいてもこんな風に、必ず誰かしらの気配がするのが普通だ。

「四年間、おまえ俺との時間だけ優先するん？　俺は働いとって、俺の時間はあんまり変えてやれへん。けどそれに合わせておまえが自分の都合つけるようにしたら、おまえの時間なんかなんもなくなってまうやないか」

ゆっくりと勇太が言うのに、すぐには真弓は意味を理解できない。

「最後の学生生活やろ？　俺とのことより、学校とか友達とか、そういうん先に考えや」

どうしても真弓は二人の時間の擦れ違いを埋めようと必死になってしまうのに、勇太はそのことは考えなくていいと言う。

「竜二の、三個上の先輩が……部長なんだ。軟式野球部の。俺がずっとお祭で女官やってたこと覚えてて」

「おまえも知っとるやつなんか」

「全然」

「そうか。そら残念やったな」

知り合いに会えたならその方が良かったと思ってくれる勇太の気持ちが、真弓には少し見えなくなった。

「女子マネ制度廃止したとこで、揉め事起きたから。でも急に男っぽい男マネもどうかと思ってたから、だから俺にって……言うんだよ」

言いながら真弓は、顔から火が出そうに恥ずかしかった。

それで勇太が心配して止めてくれないかという浅ましい打算が明らかに声に滲《にじ》んでいて、女々しいと思ったら女にも悪いようにさえ思える感情に胸が覆われている。

「もう、女には見えへん。そないなこと気にせんでもええんちゃう？」

恥ずかしいと思う一方で、けれどきっと勇太がやめろと言ってくれることを期待していた真弓は、あっさりと言われて愕然とした。

その勇太の引っかかりのなさと、止めてくれるのが当たり前だと思っていた自分との落差が大きすぎる。

「ここんちで野球ついとるとき、なんやかんやゆうておまえ観てるやん。何処のチームにも興味ないくせに」

一度も好きなプロ野球チームの話をしたことはなく、勇太といるときそれこそ真弓は阪神サイドに気持ちを寄せて合わせて観ていた。一緒に阪神を応援したこともある。

何処も特に好きでも嫌いでもないと教えずに来たのに、当たり前のように勇太が気づいていることにも真弓は驚いた。

それでかまわないでいる勇太が、また遠く思えてくる。真弓の気遣いより勇太の方が、ずっと大人だった。

「他のわけわからんスポーツよりは、楽しめるんちゃうか？　頭ごなしに断るとか決めへんで、見学だけでもしてみたらええやろ。行ってきいや」

もうかなり勇太は眠そうだけれど、だからそれで適当に薦めているわけではないことぐらいは真弓にもよくわかる。そのぐらいには真弓は、勇太をちゃんと知っていた。

普段言葉を尽くさない勇太が、何かあるなら見てみろと真摯《しんし》に真弓に語ってくれている。

「もう、寝よ？」

それが勇太の自分への誠意だと理解できても恋人としての寂しさは募るばかりで、真弓は勇太の荒れた金色の髪を撫でて精一杯、笑った。

「そしたら俺、上行くわ」

腰を浮かそうとした勇太の腕を、真弓が摑んで止める。

「……一緒に寝たら、おまえのこと朝起こしてまうから」

「大丈夫だよ。俺、起きてもすぐまた寝られるから」

それを案じた勇太に、真弓は嘘ではないと首を振った。

「そうか？」

「うん。知ってるでしょ？　俺、寝付きいいよめちゃくちゃ」

「せやったな」

笑って勇太が、自分の段に手を伸ばして目覚ましを取る。

同じ布団に入って真弓を抱いても、勇太は頑張ってなんとか起きている感じだ。

「おやすみ、勇太」

自分から言って真弓が、勇太の唇に触れるだけのキスをする。

「おやすみ」

キスを返してくれたときには、勇太はほとんど眠りの中にいた。

暗闇に寝顔を見ると本当に疲れ切っていて、よく今まで起きて話につきあってくれたと真弓は反省せざるを得ない。

寝付きがいいと勇太に言ったのは、嘘ではない。真弓も勇太もお互い寝付きがいいので、いい歳をして二段ベッドで同じ部屋で寝起きができている。

けれど勇太の体温に触れながら、真弓はすぐに目を閉じることが叶わなかった。

「……いつ、お泊まりすんの。勇太」

起きている勇太には、決して言えない。自由な時間は可能な限り休ませてやりたい。

四年間、おまえ俺との時間だけ優先するん？

決して咎めるのではない、恋人を最優先に考えてくれての勇太の言葉だった。

それを寂しいと思うのは酷いわがままだとわかっていたけれど、真弓は眠れずに、勇太の横顔を眺めていた。

秀《しゅう》がこの間名前を覚えた、雪柳がそろそろ終わる。

鮮やかな黄色の連翹《れんぎょう》や真っ赤な木瓜《ぼけ》が花盛りの百花園《ひゃっかえん》に、会社を抜けて来た大河《たいが》は仕事用のスーツ姿で足を踏み入れた。

「なんだ、勤め抜けてきたのかい。先生なら随分前に入ったきりだよ」

受付で翁《おきな》に言われて、やはりここかと大河が広いとは言えない百花園の中を歩く。

四月になったばかりの園内は、我先にと伸びる緑に溢《あふ》れて色取り取りの花が咲き乱れていた。

百花繚乱《りょうらん》という言葉を思い出して、ああだから百花園なのかと今更得心する。

他の季節より、花の色が落ちつかない。

まだ花は咲かないが緑の蔓《つる》を伸ばした藤棚の下に、見慣れた後ろ姿がベンチに座っているのが見えて大河は足を止めた。

そこからは、やはり今は緑ばかりの萩《はぎ》のトンネルもよく見える。きれいな水を湛《たた》えた池も、一望できる。

手元に何か紙を持って、秀はゆるくペンを摑《つか》んでいた。

「……気分転換に、ここで原稿か」

次回のプロットを今日までと決めたのにいくら待っても来ず、家に何度電話しても誰も出ないので業を煮やして大河は会社を出て来た。

本当は原稿のためだけなら、いつもならここまではしない。

四月になりそれぞれに新しい生活が始まって、明らかに秀が気持ちを落としているのが見えていたので、電話に出ないことが大河を酷《ひど》く不安にさせたのだ。

自動販売機で缶コーヒーを二つ買って、大河は手に持っていた。

「喉《のど》、渇かないか」

ふざけて白い頰《ほお》に後ろから冷たい缶を押しつけると、秀にしては随分大きく目を見開いて体を退ける。

「……驚かさないでよ」

「集中してたってことだな」

手元のペンは動いていなかったが、原稿のことを考えていたのだろうと大河が言うと、秀は不思議そうな顔をして曖昧《あいまい》に笑った。

見慣れた白いシャツと地味なグレーのズボンで、風に色の薄い髪を任せて秀は酷くぼんやりしている。

いつも身なりをきちんとしている秀にしては珍しく髪が伸びすぎていることに、不意に大河は気づいた。前髪が長くなって、目に掛かっている。

「ごめんね。まだ勤務時間中なのに、原稿取りだよね」

「ああそうだ。プロット、今日が厳守だろが」

おまえの様子が心配でと、大河は言葉にできなかった。

心配は言葉にすると、そのまま本当になってしまうだけだ。

隣に腰を下ろすと秀は少し痩《や》せて見えて、瞳が何も捉《とら》えていないようにも思えた。

「僕、割とお金のために働いてたみたい」

半ば独り言のように、秀が呟《つぶや》く。

「それは……人は誰しも金のために基本は働くけど」

厄介なことを言い出した秀に、さてどうしたものかと大河は身構えた。

「それはもちろん、書くことは好きだけど。ほとんど長編小説を仕上げたこともないのに、よく考えたら大学卒業からここまで、成り行き任せで鬼のような担当編集に言われるままに原稿上げられるものじゃないと思わない？」

突然、秀にしてはかなりもっともな言葉が、珍しい長文で紡がれる。

確かにそこは見切り発進で始めたもののたまたま大成功してしまい、逆にその成功の勢いに忙しくなり振り返ることのなかった起点だった。あまり大河は考えないようにしているが、新人研修中の自分が秀をＳＦ雑誌である「アシモフ」本誌の作家として誘ったのは公私混同以外の何ものでもなく、仕事の話にかこつけて縁《えん》を戻したかったというところが大きかった。

連絡するきっかけを探していただけの話で、きちんと思い返せば大河はそのとき、秀は断るだろうと思っていた。断られるだろうけれど、仕事をもう一度秀と話す糸口にしたかったのだ。

「いつ、おまえが、俺の、言った、ままに、原稿を上げた」

それが何故か秀が仕事を引き受けて、新人編集と新人作家の恐れを知らぬ闇雲な創作で大ヒット作を編み出してしまい、そこから二年はなし崩しに仕事のみを挟《はさ》んでつきあうという本末転倒な日々を過ごした。

今になってそんなことを自覚させられても、大河も秀には締切《しめきり》破り程度の文句しか言えない。

「ほら、そういうところが鬼」

足下の赤紫色の片栗《かたくり》を眺めて、そっと秀は溜息《ためいき》を吐《つ》いた。

「作家としての意識なんて、最近だよ。多少は持つようになったの」

言われれば秀が作家になったのはただの成り行き任せで、最近だと言われても作家としての意識を持ってくれたただけましのように大河には思える。

そんな意識が秀の中にまともにあるとはと、大河は呆《あき》れ半分安堵《あんど》した。

「今まではもう、原稿上げることで必死。書くことで精一杯。しんどくて」

いつか秀が言ったように、デビュー前に秀が書いていたものは純文学のなり損ないで、今書いている量の半分にも満たないものだった。

「しんどくてしんどくてしんどくて」

「なんべん言ったら気が済むんだおまえ」

「気が済む日は来ないから、ここでやめとく」

遮《さえぎ》った大河に、ようやく秀が少し笑う。

「しんどくて。それでも原稿上げないとって思えたのは、君がくれた仕事ってことも大きかったけど」

行く道が見える話を秀が始めるのに、けれどきちんと聞いたことはなかったと、大河は黙って先を待った。

「僕、就職が全く決まらなくてね」

「そんな今更わかりきってる暗い話から始めるのか、おまえは」

おとなしく聞くつもりでいたがそこは省いてくれと思ってから、よく考えてみればそれ有りきの話だとも気づく。

「教員免許は持ってたけど、教育実習に行った女学院からは実習が終わった日に就職は断られたんだ」

「どういうことだ?」

告白がすぐに飲み込めず、大河は尋ねた。

「本来は、母校でお世話になるものじゃない。実習。僕は三年生の時は勇太《ゆうた》のことがいろいろあったから、四年生の春に実習の単位を取ることになったんだけど。こっちには帰るところもなくて、おじいさまもう亡くなってたから」

母校で実習ができなかったわけを、簡潔に秀が語る。

「それで、江見《えみ》先生の口利きで京都《きょうと》のお嬢様女学院で実習したんだよ」

意外でもなんでもない、京都時代頼りにしていた人物の名前を秀は口にした。

「教員になるより、大学に残れって言われただろ？」

もともと秀は江見教授の国語学を学びに京都に行ったのだから、大学に残るという話にならなかったことが大河はずっと不思議だった。

「うん……そうしたい気持ちもあったんだけど、とにかく勇太を学校に行かせてごはん食べさせないとって。大学院行ったら、それは難しいし」

「江見さんならどうとでもしてくれただろうが」

京都の山に近い大きな屋敷に住む老人は、ただの国語学者というにはあまりにも立派な広い庭を眺めておっとりと座敷に座っていた。

「さすがにそれに甘える気持ちにはなれなかったよ」

勇太のことも含めて生活費を心配させないとやはり江見は言ったようだが、秀が苦笑して首を振る。

「だから、実習した女学院で。お嬢様方に国語を教えながら大学の研究もできたらなんて考えてたんだけど……」

「なんで断られたんだ？」

教師に向いていると思えるわけではないが、実習が終わった日に見切ることもないのではと、大河は余分なことを尋ねてしまった。

「実習中以外の彼女たちを知らないから、僕には本当のところはわからないけど。僕がいる二週間、女子高校生たちは猛獣のようになっていてそれが僕のせいだって女学院の先生方に責められてね。本職にするなんてとんでもないって」

「もてたのか」

安易に、大河が尋ねる。

ふと、最近少し表情がわかりやすくやわらかくなったかのように見えていた秀のきれいな顔が、見事に作り上げられた国宝級の能面のようになった。

「僕の人生に、女性にもてたと言える時期がもしあって、それがあのときだったと言うのなら僕は女の人はもういい。二度と結構です。生涯御免被ります。死ぬまで君と添い遂げます」

「何があったんだよ！　突然ハキハキしやがって！」

添い遂げると言われても氷のような顔を向けられて大河もとても喜べず、ほとんど悲鳴のような声が上がる。

「君は、少女に避妊具や大人のおもちゃやナプキンを投げつけられたり下駄箱に入れられたり引き出しに入れられたりしたことがあるかい？　その上下着姿でいや下着を着けていればまだいい彼女たちは」

「もういい！」

どんどん恐ろしくなるばかりの話を、大河は無理矢理ぶった切った。

「……聞かないの？　話したくもないけど。それで僕は、教員免許は取ったけど新しい女子高生と出会う可能性について考えるのも恐ろしかったし。何処《どこ》かに就職しようとしても、専攻がつぶしがきかないのか書類でだいたい落とされるし」

専攻のせいにはせめてさせてやろうと、今度は大河も秀の言い分に口を挟まない。

「おじいさまが僕の大学生活のために遺してくれた遺産も、底が見え始めて」

「そんなギリギリでやってたのか？」

何度も高校の放課後に寄った秀の根津《ねづ》の実家は屋敷と言っても過言ではない家で、多少事情は聞いていたものの大河は驚いた。

「実はおじいさま、遺言書では全て僕に遺してくれたんだ。財産」

初めてそのことを、秀が大河に打ち明ける。

驚くばかりで、大河は言葉が出なかった。相当な額だとは、大河にも想像できる。

「でも、亡くなった途端会ったこともない親戚たちが現れてね。裁判だなんだって言われて。僕、そういうの全く無理で」

「だろうな」

せめてそのとき頼れるくらいの距離には居てやりたかったと、大河は過去の短慮を何度でも後悔した。

「京都での学費と生活費は、おじいさまもそんな予感がしてたのか入学のときにまとめて預けられててね。だから、全部放棄したんだ。なんて言うか、遺産は僕には過分だったけど。それを全部僕にっていうおじいさまの気持ちは……そのときは、わかってなかった気がする」

ぼんやりと秀が、遠い時間を思い返す。

「今は、嬉《うれ》しいよ。おじいさまのしてくれたことが」

長くは大河を待たせずに、秀は笑った。

「それでも、全て放棄して良かったと思ってる。ここに来て君と……」

どんな風に言葉を選んだらいいのかわからずに、秀が困って口を噤《つぐ》む。

「こんな感じに、なって」

「どんな感じだよ」

的確な言葉を見つけられないままの秀に大河は笑ったけれど、大河も見つけられはしなかった。

「本当にそうして良かったと思ってるんだ。どのことを考えても、君とのこと、勇太とのこと。この町でのこと、全てに於いてそうして良かったよ。仕事のこともね」

「……そうか」

はっきりと秀が、そんな風に自分の選択に是と断定するのを大河は初めて聞いた気がした。

すぐには、それがどんな風に自分には幸いかを教える言葉が、大河は見つけられない。

「でもこのままではお金がなくなるという状況に、一時はなりまして。勇太と二人でのたれ死ぬかもという危機感の中に、君が即現金化される仕事をくれたんだよ」

「おまえっ、そんな薄利多売みたいな言い方してくれるなよ！」

しんみりとした気持ちは吹っ飛んで、大河は思わず声を荒らげた。

「だって死にもの狂いで書き上げて三ヶ月後には何十万も振り込まれたから。これを繰り返せば勇太と二人で生きて行けると必死で……それで今日まで、頑張って来られたところがあるのは否めないんだけど」

もちろん秀もそれだけで書いて来たわけではないのだろうが、今その大きな最初の目的とも理由とも言えたものが完全になくなってしまったことは、大河にもよくわかっていた。

「高校生活終わって、四月から勇太になんにもお金が掛かんなくなっちゃった」

泣き出しそうな顔で、それでも秀が笑う。

この間勇太は、大河に食費を入れたいと言ってきた。秀に言うと落ち込むだろうから、直接渡したいと言われて大河はそれを今保留にしている。

おまえに食わしてもらってたら真弓《まゆみ》に手え出せへんやろと、ふざけて勇太は笑っていた。

本当は勇太の分の食費は、秀からまとめて受け取っている。勇太から貰《もら》うなら結局大河は、それを秀に言わなければならない。

情けないことにどう切り出したらいいのかわからず、今もまだ保留したままだ。

「朝、夜明けには出掛けて行くから僕も起きられない日があって。おにぎり用意しておくと、食べて行ったり持って行ったりしてくれるみたいなんだけど。無理に起きると、いいって少し怒るんだ。変則的なのは自分だし、僕の体調が心配って。君、勇太と最近会った？」

少しおかしな言い回しをされて、そう言われると食費のことを言われたとき以来勇太の顔をまともに見ていないと大河は気づいた。

「いや……」

「夕方帰ってきて、よっぽど疲れてるのかだいたい寝てる。真弓ちゃんか誰かが帰ってきたら早めに夕飯するようにしてるんだけど、すぐ食べてお風呂入って寝ちゃうから僕もあんまり話せてない」

卒業式のあとの現状を、秀が淡々と綴《つづ》る。

「住み込んだ方が楽だろうに、勇太はなんで僕のそばにいてくれるのかな。とっくに自立してて」

白い二輪草が揺れるのを、ぼんやりと秀は目で追った。

「僕のそばじゃないか。真弓ちゃんのそばにいてくれてるんだね」

「おまえ」

咎《とが》めないではいられず、大河が大きく息を吐く。

「勇太が聞いたら泣いて怒るぞ。その台詞《せりふ》」

こんな風に秀が寂しがるのが目に見えているから、勇太が留まっているのは大河にも明らかに思えはしたけれど。

「泣いたりしないよ。最後に泣き顔見たの、いつかなあ」

大切な思い出の頁《ページ》を、秀は心の中でゆっくりと一頁一頁捲《めく》っているようだった。

「卒業式も少しも泣かなかったね」

「真弓もだ」

「寂しいね」

「ああ、寂しいよ」

同じ寂しさをちゃんと分け合うと、大河が言葉にして教える。

「これからは……」

今秀が惜しんでいる勇太の子どもの時間を、もう、取り戻すことは決してできない。勇太の大人の時間が、動き始めているのだから。

「俺たちの時間で、いいんじゃないか」

大河にできるのはただ、こうして今までとは違うものを秀に与えてやることだけだ。

「……うん」

まだ少しも勇太の手を放せないままそれでも頷《うなず》いて見せて、秀がずっと止まっていた手元のペンを蠢《うごめ》かせる。

「春の花、たくさん咲いて、きれいだな……？」

書いた文字を大河が読み上げると、秀は恥ずかしそうに白い紙を伏せた。

「なんだそれ」

とても新しいSF小説のプロットには思えない単調な言葉に、思わず大河が真顔になる。

「毎年百花園で、春の俳句募集してるの知らないの？　僕はここに来た翌年から毎年応募してる」

「プロット……作ってたんじゃねえのかよ……しかもおまえ、プロの作家だろう？　曲がりなりにも。よくもそんな大人げない真似《まね》を」

呆れ返って大河がよくよく見ると、秀が伏せた紙は透けていてたくさんの俳句が書いてはペンで消されていた。

「安心して。入選どころか、一度も佳作にも入ったことないから。俳号だってつけたのに……」

素人俳人たちのレベルが高すぎると秀が、溜息を聞かせる。

「俳号、なんていうんだ」

「ひでお。今年こそは佳作に入りたい」

本名に一字を足して俳号にするのは基本中の基本だが、それにしてもこんなにも捻《ひね》りのない俳号もなかなか聞かない。

「おまえ、言うなよ。誰にも言うなよ」

「何を?」

さっき読み上げた俳句を秀が本気で考えたのだとしたら、文才の全ては小説に投入されているものだと大河は信じる他なかった。

「なんか、全然見たことない景色」

正直、埼京線《さいきょう》という路線に乗ったのも指定された北戸田《きたとだ》という駅で降りたのも、この戸田市営球場も何もかもが真弓には初めての光景だったが、特別にと入れられた一塁側ベンチから見た野球場は新鮮を通り越して斬新《ざんしん》すぎた。

九時に試合が始まるというのも未知だった。真弓は早起きをして家を七時半に出たのだ。

「そうだよな。野球やったことないんだもんな」

なんでもいいから動きやすい服装で来てと言われて手持ちの黒いジャージで球場に来た真弓

を見て、八角《やすみ》は部のジャージに似ているから大丈夫だろうとベンチに誘った。

この約束を強引に取り付けた大越《おおこし》は、真弓のことなどすっかり忘れてしまったかのように試合に集中している。サークル勧誘のときに聞いた十倍の声を張らせて、攻撃時は一人一人に声を掛け続けていた。

もっともチームメイトに声を掛けているのは部長の大越だけでなく、皆熱の入った聞き取れない言葉を発していてベンチの中は真弓には異次元だ。

自分が知るより、男子部員の声は格段に低い。

「野球はテレビより、生で観戦する方が断然楽しいよ。そう思わないか?」

誰もが試合に集中していて、新顔の真弓のことは新入生だと思うのかかまわなかった。そんな中唯一気を配ってくれているのが、スコアブックを書き込みながらの八角だ。一応、白地に赤で大学名が入ったユニフォームを着てはいた。

ベンチの中の野球部員は皆そのユニフォームを後先考えず泥で汚して、思いのままに味方への応援を叫んでいる。

「ベンチから見る自分のチームの試合は、また格別だ」

言われると、自校のチームを皆が見ているというこの空間は、どの座席で観戦する興奮とも違うことは真弓にもわかった。

「すごい熱気です」

そう答えるのが、今の真弓には精一杯だったけれど。

熱気などという言葉は通り越して、真弓よりは背丈のある体格もいい部員たちは身を乗り出して本当によく叫ぶ。

「何より……」

笑って、八角はツーアウトで打席に立っているバッターを見つめた。

その八角の横顔に複雑さはなく、明らかに素直な憧憬だけがはっきりと映っている。

「いや」

バッターボックスから眺める球場と試合のことを今八角が思ったと視線から真弓にもわかったけれど、続きが継がれないので尋ねなかった。

「ナイセン！」

不意に、八角が大きな声を上げる。

八回裏のここまで真弓はベンチの雰囲気に呑《の》まれっ放しだったが、何より驚かされるのはこの意味不明のかけ声だし、酷く穏やかに見える八角さえ時折そうして叫ぶことだった。

「ああ、ごめん全然意味がわからんよな。今、うちの三番バッターが振ろうとしてやめたのわかったか？」

尋ねられて真弓は、いつの間にか自分も試合を真剣に見ていたことに気づく。

「はい」

「ボール球だったけど、際どいからアマチュアの大会では判定が微妙な球だ。でもツーストライクでもボール球だと見極めて、見送った。選球眼がいいんだ。だから、ナイス選球の略でナイセン」

説明する八角の声には、一昨日会った時よりずっと力と熱が籠《こ》もっていた。

「上にナイがついたらナイスなんとかだと思えば間違いないよ。かけ声の意味はそんなに大事じゃない。勢いづけるためのものだし、だいたい何言ってるか聞き取れないだろ？」

「はい」

はっきり言われて、ようやく真弓が少しくすりと笑う。

本当はずっとこの球場に響き渡る怒号のような言葉が何一つ意味のわからない雄叫《おたけ》びに聞こえて、真弓は怖かったりおかしくなったりを繰り返して堪《こら》えていた。

「惜しい！」

また、八角が叫ぶ。

「ストライク！　バッターアウト‼」

主審が大きな声を上げた。

「惜しかったな‼」

叫んだのは八角だけではなく、部員全員だ。レギュラーは皆三年生以上なのだろうと、大人の中にいる空気に真弓はずっと緊張していた。

しかもその大人に見える男たちは、皆白い汚れたボールにひたすら夢中で本気だ。

遠くのスコアボードを見ると、この八回の裏で試合は六対七の僅差《きんさ》だった。一回から取ったり取られたりを繰り返して大隈《おおくま》大学は一点差でリードしているが、次が九回なのでここで駄目押しの得点が欲しいことは真弓にもわかる。

「ラスト！　守りに行くぞ‼」

攻守交代となって、大越は耳を劈《つんざ》くような大きな声を上げた。

「おお‼」

地鳴りのような部員の声が返って、グローブやミットを鳴らして九人が飛び出して行く。

大越が走ったのは一塁、ファーストだ。

一方八角は試合の最初からずっとベンチを出ることはなく、どうやらスターティングメンバーではない。

勢いで投げ出されたバットを片付ける八角に、試合も終盤なのに自分は口を開けて眺めていただけだと真弓はようやく気づいた。

「あの、俺いくら見学って言ってもベンチに入れてもらって見てるだけじゃ。何かさせてください。ものすごく、今更ですけど……」

圧倒されるばかりで全く気が利かなかったと、九回の表になってただ座っている自分を恥じて真弓が立ち上がる。

「何か得意なことあるか？」

鷹揚《おうよう》にやわらかい声で、八角が尋ねてくれた。

問われて、すぐに答えられることが思いつかず真弓が固まってしまう。

「あんまり力がありそうにも見えなくて。……すまん、失礼なこと言ったな」

謝ってくれた八角は百八十センチあって、他の選手たちは百八十を超えている者も多かった。けれど甲子園やプロ野球で見る選手たちほどには、全体にみんなそんなにはがっちりしていない。一塁にいる大越が、誰よりも体がしっかりしている印象だった。

その大越が言ったように野球をすることが目的の軟式野球部部員たちは、みな学業も優先しながらそこそこのところで頑張っているということなのかもしれない。

「俺……」

だがもちろん野球部員たちから見たら華奢な真弓は、言われた通り力仕事に自信はなかった。

得意なことと言われてパッと言葉が出て来ない自分にまごつく。

家でする手伝いはほとんど皿や箸《はし》を運ぶくらいで、火に近寄らないようにと言うのが兄たちも習い性になっているので湯も満足に沸かせない。もしかしたら今ここで卵を割れと言われたら、緊張で失敗するかもしれないとまで真弓は思い詰めた。

手伝おうと思っても、何もできることが思いつかない。

「スコア、見てみるか？」

落ち込んで黙り込んでしまった真弓の肩を叩《たた》いて、八角はベンチに座らせた。

一回表が始まる前から書き込んでいたスコアブックを、左隣に座った八角が見せてくれる。

球場、日時、天候の欄には風向きまで書いてあった。サードから本塁へと、野球用語で書かれているがそれぐらいは真弓にも読み解ける。

「これ、すごい変わった形してますね」

一回から、延長を想定して十二回まで五つに部屋が分かれた四角いマスが並んでいて、八回までは既に八角がみっちり書き込んでいる。

「そう。五マスになってるんだけど、真ん中をホームベースに見立てるとわかりやすいかな。ここが一塁で、ぐるっと回って」

書き込んだマスを指差して八角が、右下が一塁、右上が二塁、左上が三塁打と説明した。

「あ、そしたら左下は本塁なんだ！　すごいわかりやすいですね！」

全く解読不可能に見えた謎のマスの意味が理解できて、ベンチに入って初めての明るい声を真弓が立てる。

「……帯刀《おびなた》は」

そんな真弓を、驚いたように八角は見ていた。

「なんですか？」

顔を見られていると気づいて、真弓が笑う。

「そういうとこ、すごくいいな」

大きく笑い返して八角は、試合の流れを追うことも決して忘れないまま真弓を見ていた。

何を八角が言ってくれたのか、真弓にはすぐにわからない。

「普通は、怯《ひる》んじゃうもんなんだよ。スコア表見ると。マスが見たことない形してるし、数字や記号が多いしな。絶対無理覚えられないいつけられるようになるわけないっていうのを、大丈夫だからできるようになるからって宥《なだ》めるところから始まるのが普通で」

過去そうやって何度も誰かに教えてきたのか、八角は苦笑した。

「好奇心旺盛なのか、頭がいいんだな。飲み込みが早いし」

最初から真弓には不思議に思えていたことだけれど、八角の言葉には気負いがない。

「絶対自分になんかできないってとこから入らないのが、いいよ。頑《かたく》なにならないのは、帯刀の大きな長所だな」

普通、そんな風に他人を評するとき何かしら人は構えるのではないかと、真弓でも思う。

けれど八角には、余計な恐れや媚《こ》びがまるで感じられなかった。

「俺……なんか役に立つこと、あるでしょうか？」

考える前に真弓は、気づくとそう八角に尋ねていた。

「当たり前だよ、このスコア見て前のめりになれるんだから。野球部のマネージャーだけじゃなくて、これから社会に出てどんな場面でも帯刀は必ず誰かの役に立つ人間だ」

俺が保証すると、八角が笑う。

さっき真弓が、自分には何もできないと立ち尽くしていたことに恐らく、八角は気づいたわけではないと思えた。

自然と、誰かが欲する、人を励ます言葉が必要以上に力が入らないで出てくる。やさしげに整った人を安心させる顔と八角の心は、一致している。

「ナイキャ！　いいぞ大越‼」

また八角が意味不明の言葉を一塁に投げるのに、真弓は大越を見た。

真弓と話しながらも片時も八角が目を離していなかった球場では、大越が打たれた球に飛びついてグローブに収めている。

「……ナイキャ。ナイスキャッチですね」

「そうだ。よしワンナウトだ！」

大きく八角の声が弾んだ。

スタンドからも、ベンチに入れない部員たちの声援が一際大きく飛ぶ。

「これは、勝つな今日は。落とせないからみんな必死だ」

八角は目線を、完全にグラウンドに向けた。

「春季大会は、リーグ戦なんだ。トーナメントみたいに勝ち上がって行くんじゃなくて、総当たり戦。得失点差で順位も変わる。うちは初戦落としてるから、必死だよ」

「今日は何戦目ですか？」

「二戦目。入学式の前から始まってたんだ。スタンドにいる新入生たちは、春休みから練習に参加してた連中だ。軟式っていっても、運動部だからそこは。……後一人だ！」

話している間にも二人目が見事に打ち取られて、ずっと弾んでいた八角の声が更に大きく張る。

気づくと息を呑んで、真弓も相手校の選手が立っている打席を見つめていた。

三球目が軽くバットに当たって、ファールになる。ボールがバットに当たる音がテレビで聞くより鈍くて、球が硬式と違うことがはっきりわかった。

大きく相手校のバッターが、バットを振り切る。

「ストライク！　バッターアウト！　試合終了‼」

審判の声が響いて、大隈大学のナインが皆歓声を上げた。

「やった！　一つ勝った‼　勝ったな‼」

三つ年上、それ以上の落ちつき払った大人の男にしか見えなかった八角が、無邪気にはしゃいで真弓と両手を合わせようとする。

そうしたいのだと気づいて慌てて真弓は両手を出して、厚い掌《てのひら》が当たる容赦のなさに八角の喜びの大きさを知った。

冷静沈着、温厚という印象だったのに、それだけ八角は野球が好きなのだろう。

「良かったです。シーソーゲームだったから、ハラハラしました。余計嬉しいですね」

その言葉は真弓も、心から出た。

目の前の八角の喜びを見ていたら、嬉しさが伝染した。

「ちゃんと見ててくれたんだな。そうなんだよ、勝負が見えなかったから本当に嬉しい！」

帰って来るナインを八角が一人一人迎えて、称賛の声を掛ける。

「やったな！　一つ目だ‼」

「後は全部取るぞ！」

最初の勝ちに、誰もが興奮していた。

何かに人が夢中になっている渦中にいるのだと、真弓が気づく。

勇太は職人としての仕事に、大河は本を作ることに、明信《あきのぶ》は学問に、丈《じょう》はボクシングに。秀が小説に夢中かはよくわからないけれど、真弓の周囲の人間は、真弓以外は皆何かが好きでそのことに熱心に取り組んでいる。

けれど瞬間を見ることは、ほとんどなかった。せいぜい丈の試合を観るくらいで、勇太が本気で職人として頑張っているのは知っていても、真弓はその空気感さえ知らない。

「……そんな感じなのかな。みんな」

部外者なので盛り上がるベンチで所在なく、真弓が八角の置いたスコアブックを見る。監督の欄に、大越の名前が書かれていた。

よく見ると監督の気配はせず、今は大越が部長と監督を兼任して、その上マネージャーがいないのがこの野球部のようだ。

どう見ても心から野球を愛していることを今日思い知らされた八角は、自分がマネージャーをやると言って大越を怒らせていた。

二人とも四年生で、就職や卒論で忙しいはずなのに。

少し、この渦中に存在することに真弓は袖《そで》を引かれた。

夢中になって何かに打ち込む人の中に入ったら、その気持ちに追いつけないだろうかと頭の隅で考えてしまう。

「まあ、初日の見学はこんなところで。参考になったか？」

チームメイトを存分に労《ねぎら》った八角に、ベンチを引けると真弓は軽く肩を叩かれた。

「あ、はい」

この後どうしようかと思う間もなく、別方向からビニールに入った衣類のような物が飛んでくる。

投げたのは大越で、勝ったのに笑顔でもない。

昨日から真弓は、大越の笑うところは一度も見ていなかった。

「Mでいいよな。Sがいいか」

問われて、手元のビニールを見ると中には新品のジャージが入っている。

「強引に勧誘したから、おまえのジャージ代は部費から引いとく。細かいことは八角に聞け」

是非もなく言い置いて、大越はベンチを出て行ってしまった。

「どうしてあの人常に命令形なの……」

思わず真弓も、独りごちずにはいられない。

「ごめんな、大越今部のことしか考えられなくて。いや、あいつだいたいいつも野球のことしか考えてないんだけど」

独り言は八角に聞かれていて、昨日と同じに八角は取り成した。

「このジャージ、新品だけど在り物だから。マネージャー気が進まなかったら、遠慮なく俺に言ってくれ。俺から大越には伝えるよ」

誠意という言葉以外当てはまらない八角の声は、最初から真弓には意味を持って耳に通りやすい。

やりたいかと言われると、思ったより部活らしい部活だと初日から思い知らされた。

ベンチの中を見ていただけでも仕事も多いが、自分が断るとこれらのことを全て引退まで八角がやることになるのは目に見えている。

マネージャーになればこの複雑なスコアブックも、きっと覚えなくてはならない。それを思ったら八角の声が、真弓の耳元に返った。

絶対自分になんかできないってとこから入らないのが、いいよ。頑なにならないのは、帯刀の大きな長所だな。

何もできることなどないと思っていた自分に、他意もなく八角がくれた言葉が真弓の胸に濃く残っていた。

もしかしたらそんな風にまっすぐに他人の言葉が自分の中に入ってきたのは、随分、久しぶりかもしれない。

「これ着て、いつ何処に行ったらいいですか？」

大河に言われたから、勇太に薦められたから、学生生活が有意義なものになるかもしれないから、みんなの気持ちがわかるかもしれないから。

それらの理由は今は遠くにあって、少しだけ素直な気持ちで真弓は八角に訊《き》いていた。

九時に始まった試合は昼には終わり、まだ入部も完全に決めたとは言えないので、打ち上げは遠慮して真弓は八角たちと別れた。

ジャージを渡したきり大越は真弓のことなど気にも掛けていなかったが、そのまま最後までいると最終的に大越と同じ駅に二人で帰ることになると思うとそれは真弓には未知の恐怖に近い。

大学の先輩で野球部の部長で地元の先輩でもあるが、大越の横柄さと強引さは年輩だからだとは思えない。誰にでもああなのだろう。

「でも、八角さんは大越さんと仲がいい……？　仲がいいみたいだし。部員もみんな、大越さんに不満はないみたいに見えたけど」

まだ初日なので判断もつかないことを呟きながら、地元駅から商店街方面に真弓は歩いていた。

春なので方々の庭で花が咲いていて、遠い球場から帰ってきたのだとホッとする。

入部届を用意しておくけれど、帰ってよく考えるように八角は言ってくれた。

おひとよしという凡庸《ぼんよう》な言葉も、八角にはすんなりとは当てはまらない。誠実でやさしいが、慎重だとも思えるし、何より八角には声のやわらかさとは裏腹な意志の強さのようなものを真弓は感じていた。

それは単に、あの横柄な大越に結局八角は少しも流されないというわかりやすい強さを目撃しているからだ。真弓の目の前で、大越は八角に酷いとも思えることを言って半ば怒鳴ったが、八角は全く怯んだ様子も見えなかった。

「なんていうか、みんな知らない人だなあ」

その見た目に反して芯《しん》が強そうな八角にも、地元が一緒の大越にも、真弓は一昨日出会ったばかりだ。部員たちの顔はほとんど覚えていない。

物怖《ものお》じしない性格だと自分でも思い込んでいたけれど、完全なる他所のテリトリーにあんなに長居をした経験が真弓にはない。高校三年生まではこの町を出ることさえ稀《まれ》で、自分を知る人にやさしくされてそれで堂々としていられただけだとも思えた。

「やっぱり無理かも……いきなり、あんなたくさんの知らない人たちのマネージャーなんて。みんないかつい男ばっかりだったし」

勇太にだけははっきり言ったことがあったが、真弓は知らない男が基本は苦手だった。

割と最近まで中性的というよりは女に近い容姿をしていたし、姉に乞われて女の格好も日常的にしていたせいで中学で新しく知り合った連中や高校で一緒になった男子に、嫌な思いをさせられたことも何度もある。

幼なじみの達也《たつや》が基本はそばにいてくれたが、その達也も思春期には真弓を遠ざけたことがあった。理由は今でも真弓にはわからないが、本当は酷く寂しい時間だった。卒業式の日に腕を摑まれた神尾《かみお》には、一年生の教室でシャツのボタンを千切られた。

女の方が簡単に自分を受け入れてくれるのは昔からのことで、男に「男女」と言われることがあっても女に「男女」と言われたことはない。余計なことを訊いてこない女と居る方が楽だといつだったか勇太に言ったのは、嘘《うそ》ではなかった。

ふと、勇太との初めてのキスという思い出で上書きされるまで決して一人では足を踏み入れることのなかった神社の方を、真弓が振り返る。

意識しないようにしているけれど、やはり幼い頃にあの場所で変質者に襲われたことを全く気にしていないと言い張るのは、無理があると自分でも思うことはあった。

「……考えない！」

そこに考えが行きそうになると、真弓は声に出してさえ思考を遮っていた。

いつもだ。

負荷に思ったら大河に申し訳ないし、本当はそのときの恐怖と完全に目を合わせてしまったら、こうして外を歩くことさえできなくなるような気がする。

だから真弓は、神社であったことは、実際まともには考えたことがない。一度もだ。

いいことではないと、心の底では少し思っている。

気づくと足が、山下《やました》仏具の前で止まっていた。

高校を卒業するまでは、ここで勇太の帰りを待ったりお昼を一緒にすることもあった。卒業式の後、これからはそれはできないと勇太にすまなさそうに真弓は言われていた。

「見て覚えられねえならやめちまえ！」

だから会えると思ったわけではないのだが、あわよくば顔が見たいと立ち止まっていた真弓の耳に、親方の罵声《ばせい》が高窓越しに突き刺さる。

「そんな役立たずおめえぐれえだぞ！　おんなしこと二度訊くなってなんべん言ったらわかんだてめえは‼」

「すみませんでした！」

そうではないといいと真弓は胸を摑んでいたが、大きな声で謝ったのは勇太だった。姿は見えないけれど、きっと深く頭を下げているのだろうと想像のつく声だ。

高校生で見習いだったときと、勇太の扱いが違っている。これが勇太の毎日で、これが勇太が一人前になるということなのかと、真弓には親方の声を聞いただけなのに動悸《どうき》さえした。

知らない学生たちの中に入ることで悩んでいた自分とは、あまりにも違いすぎる。

声を掛けられるはずもなく、真弓は公園に向かって駆け出した。あんな風に怒鳴られて、勇太が疲弊しないわけがない。けれど愚痴《ぐち》だけでも聞かせてとせがむ真弓に、勇太は勤め先での時間の片鱗《へんりん》さえも見せはしない。

好きなことやってるだけや。

勇太はそう言って笑っていた。

自分ならもうやめると、勇太のことを自分に置き換えることすら叶《かな》わないほど恋人は遠い。

「……俺、こんな子どものまんまで。勇太、本当に俺と恋人でいてくれるのかな」

呆れられるのではないかと唇を嚙《か》み締めても、真弓には勇太に追いつくすべが少しもわからなかった。

誰かに話を聞いて欲しいと、頼る甘えた心がまだ気持ちの隅にある。達也に会いたいけれど、達也ももうとうに竜頭町《りゅうずちょう》にはいなかった。隣町の自動車修理工場で働いている。

足下を見たまま公園に入ると、煙草《たばこ》の匂《にお》いがして真弓は顔を上げた。

ベンチで思い切り足を開いて、ジャージ姿の御幸《みゆき》が座って煙草を吸っている。

「……御幸ちゃん」

まだお互い十八のはずなので、煙草も咎《とが》めたいが御幸はあからさまに荒れていた。

「なんだ、真弓か」

どう聞いても酒焼けした御幸の声が、雑に真弓を呼ぶ。

初恋は儚《はかな》いと溜息を吐きながら、成り行きで真弓は御幸の隣に座った。

「暇そうだな」

「大学、まだ講義始まんないから。あ……そういえば御幸ちゃん、大越さんって知ってる？」

「大越？」

「竜二の、三つ上の先輩なんだけど。俺、大学が一緒でさ」

大越は御幸のことを知っていたと思い出して、特に目的もないまま真弓が尋ねる。

「あー、忠孝《ただたか》な！」

「た、忠孝⁉」

呼び捨てた御幸に、真弓は驚いて大きな声を上げた。

それだけ大越は何処から見ても偉そうだし、大学生と言うよりは警察官くらいに真弓には見えている。

「あいつマジで大人げないんだよ。ガキの頃から頭一つでかくて、山車《だし》引くとき児童会の先頭絶対譲んなくてさ。ホント腹立つやつだ。常に人の先頭に立ってないと気がすまないやつなんだよ」

忌々《いまいま》しげに御幸は、随分昔の記憶を掘り返して生々しく罵《ののし》った。

「……多分それ」

同族嫌悪だねと喉まで出掛かったが、真弓も無駄に御幸を怒らせたいわけではない。何故狭い町内に、先導者が二人存在するのだろうと溜息が出た。

このまま二人ともが竜頭町二丁目に留まるのならば、近い将来なんらかの主権を巡って恐ろしい闘いが繰り広げられると容易に想像がつく。

「大学は？」

その想像は語らずに、御幸は女子体育大学の推薦が決まっていると聞いたことを思い出して、よく見ると胸に剣道部と刺繍《ししゅう》のあるジャージを真弓は見つめた。

「やってられっかよ」

三度の飯より剣道が好きな御幸の言葉とは思えず、真弓が目を瞠《みは》る。

「どうしたの？」

「こっちは国体の個人団体総合トップだぞ？　一位様だぞ。団体優勝にも導いた部長だったんだ、ついこの間まで。日本で優勝してんだよ！　世界でだってもちろん優勝するさ。貴重な戦力が入ってやったんだ特別扱いしやがれっつうの。道場の床拭《ふ》き何回もやり直させられて、そんなん何年もやってねえのにやってられっかよ！　竹刀《しない》振らせろ！　時間の無駄だろ！　今すぐ試合に出せ！　お殿様みたいに扱え‼」

恐らくは体育大の先輩方の前でも同じことを言い放ったからこそ今このベンチにいるのだろう御幸が、まだ言い足りないと歯を剝《む》いた。

出会った幼稚園のタンポポ組でもぶっちぎりでガキ大将だった御幸は、四歳で完全に組を仕切っていた。小学校中学校と真弓は御幸と一緒だったが、天上天下唯我独尊以外の姿勢を見たことがない。

「御幸ちゃん、お変わりなくて何よりです」

「なんなんだおまえ」

「なんか、人間そんなに簡単に変われないよね！　御幸ちゃんに会えて良かった。元気と勇気出たよ！」

御幸には全く意味不明のことを言って、真弓は大きく手を挙げた。

「おう、なんか知らんけど酒でも呑むか！」

「呑まないよ！　真っ昼間だよ‼」

「昼酒の旨《うま》さ教えてやるよ」

姿形は凜々《りり》しい女剣士の御幸だが、言動は昔から壮年男性と変わらない。

そんなに簡単には、人は変わらない。変われない。自分だけではなく、幼なじみの御幸もだ。

けれどだとしたら勇太は、いつの間にか少しずつ変わっていたのだとも知る。真弓の気づかない間に、真弓には耐え難いと思うことに耐えられる人間に勇太は変わった。

つまらない弱音などもう、聞かせられないと唇を噛む。

「うち来なよ、酒あるから」

「……御幸ちゃんいい加減にして」

まだ昼酒をあきらめない御幸に力を借りて、ようやく真弓はくすりと笑った。


滅多に味わわない過度な緊張とともに、真弓は大学構内の部室で三十人の軟式野球部員の前に立っていた。

「人間科学部一年の、帯刀真弓です。よろしくお願いします」

耳に響く自分の声がこんなに小さいのもあまり聞いたことがないと思いながら、深く頭を下げる。

「見習いだが、仕事はしながら覚えてもらう。新しいマネージャーだ」

愛想のない声で言ったのは、隣に立っている大越だった。

一限が始まる前の、朝のミーティングに問答無用で呼び出されたのだ。

春季リーグは五月末まで続くし、終わった途端に春季阿久澤《あくさわ》杯が始まるがそれは勝ち抜き方式のトーナメント戦だと、真弓は八角に説明されていた。

就職活動次第だが秋のリーグまで残る四年生も多いし、自分も大越もそうするつもりだと言う八角が用意してくれた入部届を、よく読んで真弓は本当は迷いながらサインをしている。

読んで考えればいいとまた八角は時間をくれようとしたが、それを繰り返すのもすまなく思えたし、何より入部届を持って大河や勇太に相談したいと思う自分が嫌で、真弓は誰にも相談せずにサインしてしまった。

相談をしないのはもう、意地のようなものだ。弱い迷う自分を、見せたくない。大河にもだけれど、何より勇太に。

部室は長屋のような部室棟の中にあり、高窓しかないので思いの外暗かった。

緊張してもう後悔している真弓の気持ちが、その暗さとともに落ち込む。

「……大越部長の折衷《せっちゅう》案」

どうにも汗くさい部室が随分長い沈黙に包まれたかと思ったら、誰かがそうぽつりと呟くのと同時に爆笑が起きた。

笑っているのは主に上級生で、新入生と思《おぼ》しき部員たちは真弓と一緒に呆然《ぼうぜん》と驚いている。

「笑うなよ、おまえら。おまえらが大越に色々うるさいこと言うからだろう？　それに帯刀に失礼だろうが」

　名前を出された隣の大越を真弓が見るといつも以上に怖い顔をしていて、笑う部員たちを一生懸命窘《たしな》めているのは八角だ。

「そうだ。おまえらが言ったんだろうが、美人女子マネからジャガイモみたいな男マネになったらテンションが下がると」

　ジャガイモみたいなと自分の前で言ったのは大越自身の言葉ではなかったのかと、真弓は笑っている上級生たちを少し窺《うかが》うように見た。

「俺たちは女子マネがいいって言ったんですよ！　男マネなんだったら、ジャガイモでもちょっとかわいい一年生でもなんでも一緒なのがなんでわかんないんですか‼」

「かわいい男マネにしてくれなんて誰も一言も言ってないですよ！　かわいい男マネならカボチャみたいな女子マネの方がいいの俺たちは‼　カボチャでも大根でも女子がいいの！」

「こんな変化球ねえよ！」

　黒いジャージに身を包んだ部員たちは、大越が話の根本を見失っていることに笑っている。

「いい加減にしろ。おい女子マネのこと美人だのカボチャだのって分けるなら、本当に女子マネ制度は二度となしだ。それにやっと帯刀が引き受けてくれたんだぞ？」

　戸惑う真弓を気遣って、もう一度八角が部員たちに言った。

「……すみません。あの、男子マネージャー探してるって言われて」

迷った挙げ句入部届を書いたものの全くお呼びではなかったのかと、真弓もどうしたらいいのかわからない。

「いや、ごめんごめん。帯刀だっけ？　せっかく引き受けてくれたのにな」

腹を抱えて笑いながら、違うと上級生たちは手を振った。

「すまん。おまえが悪いんじゃないんだ」

わざわざ真弓を見て謝ってくれる。

「悪いのは部長だろどう考えても！」

「なんで俺が……っ」

あからさまに非難されて、顔を顰《しか》めて大越は部員を見ていた。

「俺は何度も言ったよ。おまえの探し方の基準が間違ってるって、何度も言った。そういうことじゃないって」

何度も言ったと、虚《むな》しく八角が呟く。

「テンションが下がるとおまえらが言うから！」

「今めっちゃテンション上がってますよ、部長！」

腹立たしげに声を上げた大越に、上級生の笑いは止まらなかった。

こうなると真弓もさすがに、矛先《ほこさき》は自分ではなく大越だと理解できる。

「時々やらかすよな……部長。こういうこと。根本がわかってないみたいな」

「まあ、よろしく頼むよ帯刀。おまえ完全に巻き込まれ事故だけど」

所在なさげな真弓に、背丈のある大人びた先輩たちが挨拶《あいさつ》をくれた。

「言っとくけど、俺たちかわいい男マネが欲しい危ない野球部員じゃねえから！　そこは安心しろよ‼」

一人が真顔で言うのに、「誰のせいだ」とまた大越が責められる。

「でも男マネも気兼ねなくていいかもな。ああ、こないだ戸田のベンチでスコアつけてたやつか」

「つけては……」

ようやく場が静まってきて、誰かが二戦目のベンチに真弓がいたことを思い出した。

「スコア見られるなら心強いよ。あれ、俺いまだによくわかんねえもん」

「適当にな、程々にやってくれ。男マネは部員みたいなもんだろ。気が向いたら一緒に練習してもいいぞ」

心から女子マネージャーが欲しかった部員たちは、力が抜けて苦笑している。

「……おまえはさ、本当にこう。時々庶民の気持ちがまるでわからんよな。官僚になったらそこは改めろよ」

肩を竦《すく》めて八角が、仕方なしと大越に溜息を吐いた。

「おまえまで……だいたい俺はおまえがマネージャーやるなんて言い出すから……っ」

一人ですっかり悪者というより道化になってしまった大越は酷く不満そうだが、部室の空気は悪くない。

「もういい。マネージャーは帯刀だ！　以上今日のミーティング終了‼」

完全に自棄《やけ》を起こして怒鳴ると、真弓を一瞥《いちべつ》もしないで大越は部室を出て行ってしまった。

「災難だったな、帯刀」

笑って気が済んだのか、上級生は皆もう特に文句もないと立ち去っていく。

「よろしくお願いします」

頭を下げる真弓に、いいって、というように誰かが手を振った。

まだ講義が始まる時間には少しあって八角が、部室の隅に座って待ってくれている。

「なんて言ってスカウトされたの、おまえ」

同期になる新入生の何人かが残って、事情を察して真弓に訊いた。

「あのまんま……大越部長が、男マネがいるんだってなんていうか。ほぼ強引に」

「確かにジャガイモみたいじゃないけどさ、野球わかんのか？」

無理矢理勧誘されたのかと同情を込めて、尋ねられる。

「多少は」

「部長なあ、悪い人じゃないけどちょっと話通じないとこあるもんなあ。変な縁だけど、もしかしたら四年間よろしくな。俺も人間科学部なんだ」

春休みから部活に参加している新入部員はもう、大越の人柄についてはある程度理解しているようだった。

「あ、本当に？　クラス一緒かな」

気安い声に助けられて、真弓も気が緩む。

「どうだろうな、人数多すぎて。学部は適当に受けたから、必修科目見て目眩《めまい》だ。わけわからん」

「俺も」

「だよな！　なんなんだよ脳の人間科学って……」

「それ一番わかんないよね！」

一頻《ひとしき》り、同級生と必修科目について盛り上がり、部室に入ったときの緊張感が真弓から抜けていた。

今まで真弓はよく知らなかったが、もしかするとこれが男子学生の普通の接し方なのかもしれないとふと思う。今、真弓は昔のように少し女物を着れば少女に見える風貌《ふうぼう》ではないし、笑っていた上級生たちは大分大人だ。

こうして話しかけてくれる同級生にも、過去に感じてきたような身構えさせられる子どもじみた敵意はない。敵意というか、子どもの頃は自分への興味からのいじめに近いような扱いと闘うところから始めるのが、真弓には学生生活の基本だった。

「クラス一緒だといいな。おまえなんか賢そうだから、試験のとき助けろ」

「今からもうそんな話?」

「頼むって」

呆れた真弓に、同級生も笑って立ち去る。

賑《にぎ》やかだった部室ががらんとして、気づくと八角だけがおとなしく残っていた。

「すみません、待たせちゃって」

「いや、俺は全然。どうだ? やってけそうか?」

それを訊くために八角は、最後の一人がいなくなるまで部室に残ってくれていた。

「この人間関係で、もしかすると四年間だ。毎年新入生も入って来るが、いったん始めると辞めにくくなるのは本当だ。帯刀は運動部とか、縁がなかったんじゃないか? 大丈夫か」

やはり大越より八角の方が、圧倒的に厄介だと真弓は改めて思った。

慎重を期す八角の簡単には見えて来ない芯の強さの分、強引に大越に勧誘されたことなど関係なく、今頷いたら真弓はもう断れないし辞められない。

その上できちんと断る猶予も、八角はもう一度くれていた。気づいたら頷いていたというような承諾を、八角は全く良しとしない。

穏やかに八角は正しく、穏やかに八角は強い。

「俺」

ここで真弓が嫌だと言えば、八角はそう大越に取り成してくれるのだろう。

「本当に何も、今はわかりませんが。マネージャー、やらせてください」

さすがにやりたいですとは、真弓も言えなかった。

マネージャーがやりたいわけではない。大学生活の中に、そんな選択肢は視野にまるでなかった。

だが行きがかりで足を踏み入れた野球部員たちは真弓が経て来た人間関係と違っていて、それが新しい関わりになるなら飛び込んでみたい気持ちにはなる。

夢中になって物事に打ち込む人々を、間近で感じたいとも思った。

そして何より真弓には、目の前の八角に学びたい思いがあった。

八角は真弓が今まで知らなかったような大人で、真弓は今、早く大人になりたいという強い願いに囚《とら》われている。

「じゃあ、入部届大越に渡しておくな」

笑った八角は、まだそれを留めておいてくれていた。

本当に八角は、一筋縄ではいかない人間だ。

「明日の放課後、グラウンドで。わかるか？　グラウンド」

「はい」

わずかに心細さはあったけれど、真弓は八角にはっきりと答えた。

「よろしくお願いします」

全く予定外の大学生活が始まってしまったと、完全には明るい気持ちになれずに真弓は地元駅からの帰路を歩いていた。

勧誘は強引だったがきちんと猶予を何度も与えられて、もう無理に入部させられたと言えはしない。

「誰のせいにもできないって、すごい不安」

何よりこんなにはっきりしない自分とは、真弓はあまり会ったことがなかった。

いつでも物事を簡単に決めてはきはきと人に答えて、恐れるものさえほとんどないように思っていたのに、ただ外の世界を知らずにいただけだ。

「どないしてん。こんな半端な時間に」

顔を見ることもできないけれど山下仏具の近くを通るのは真弓の癖になっていて、不意に後ろから勇太の声が聞こえた。

「勇太！」

「なんやなんや、昨日も一昨日もおんなし部屋で寝たやないかい」

軽口をきく勇太は以前と何も変わらずに見えて、真弓は腕を絡めてしまいそうになる。

「履修届っていうの、出すの始まって。時間割みたいなやつ。それでこんな時間」

本当はクラスが一緒になった軟式野球部員たちと、履修科目をつきあわせて教室で喋《しゃべ》っていた。朝のことを覚えていた部員が声を掛けてくれたのだ。

新しい人間関係が始まろうとしていることを、何故だか真弓は進んで勇太に話す気持ちになれない。

「俺は今日もうしまいや。親方、仕事は日が出てるうちがええゆうから」

「夏、どうなっちゃうの」

「どうなるんやろな。寝るのめっちゃ早いて、住み込みの先輩ゆうとったわ」

そもそも喧嘩《けんか》っ早かったはずの勇太はもう、職場の中で真弓の知らない関係性ができあがっているようだった。

昼間はもう、はっきりとそれぞれの生活だ。

「ちょっと、寄り道していこか」

顔を覗《のぞ》き込まれて、真弓は一瞬違う期待をした。

「隅田《すみだ》、寄ってこ」

そうではなく勇太は笑って、川の方に歩き始める。

寄り道に別の期待をしてしまった真弓だったけれど、本当はこのまま勇太と何処かの部屋へというのは無理だったとも気づいた。

歩幅が広いのにゆっくり合わせてくれる勇太に、気持ちが少しも追いついていない。

「ねえ、勇太」

「ん？」

「やめてよ、そういう女の子と歩いてるみたいなの」

笑って真弓は、先を走った。

「……アホゆうなや、俺女と歩いたりせんわ。おまえより体が老けてんねん」

苦笑して勇太も、早足になる。

川辺にはすぐに辿《たど》り着いて、丁度沈みかけた夕日が橙色《だいだい》に反射して酷く美しかった。

「きれいだねえ」

土手に設《しつら》えられた等間隔のベンチは空いていて、どちらからともなくそこに腰を下ろす。

「ところでそのかっこ、どないしてん」

見慣れない黒いジャージを真弓が上下で着ていることを、勇太は尋ねた。

「これ、軟式野球部のジャージ」

「マネージャー、やることにしたん？」

問われて、少し真弓が答えに躊躇《ためら》う。何度も確認されて、入部届も書いた。もう迷っているのではなく、まるで知らない時間が始まることが不安なだけだ。続けられる自信もまだない。

「うん」

「そうか。ええやん、おまえ面倒見……いいこともないな。俺、宿題も試験もいっぺんも手伝ってもろたことないなー」

「それは自分でやんないとダメなの！　勉強教えたりはしたじゃん‼」

「とうとうそんで、一回もや。びっくりするわ、彼氏やのに」

高校時代と同じ会話をして、同じように二人で笑った。

でも今話していることは、もう終わってしまった時間の話だと真弓が気づく。

生活の主軸がバラバラになってからの二人のことはまだ、ほとんど積み重ねられていない。

四月も終わっていないのに、すぐに焦ってしまう自分を真弓は心の中で叱咤《しった》した。

「まあでも、向いとる気いするからあんまり気負わんとやってみたらええんちゃう？　けどそんで一日、大学にジャージでおったんか？」

「今日の朝、着てくるように言われて。俺、あんまり着ないから気づかなかったけど楽なんだよジャージ。部員みんな、学校ん中ジャージで過ごしてる」

「……ええけど、見慣れへんなあ」

黒いいかにも運動部のジャージに身を包んだ真弓を、上から下まで見て勇太が仕方なさそうに笑う。

寂しい？

いつもの真弓なら、軽口で尋ねるところだ。

だが今は勇太の気持ちもあまり見えないし、どんな言葉が返って自分がどう感じるか想像がつかず訊けない。

「似合わない？」

代わりに、真弓はそう言って笑った。

川面を攫《さら》うまだ冷たい風が吹いて、二人の髪を撫《な》でる。

「別に、何着とってもかめへん」

笑い返して勇太が真弓の髪を弾《はじ》いた。

「制服、何処にしまい込んだんやろな。秀も、大河も」

勇太と真弓が卒業式の日に鴨居《かもい》に掛けておいた制服は、秀がクリーニングに出すと言って持って行った。もう着ないのにと二人は止めたが、しまうからと秀は言っていた。

そうやってたくさんの子どもだった手掛かりを、秀や大河は大切にしまっているのだろうか。

勇太にも真弓にも、その手掛かりが何処にあるのかわかりはしない。

「気い進まんかったみたいやのに、なんでやろうと思てん。マネージャー」

胸に「大隈大学軟式野球部」と白い糸で刺繍されたジャージを、軽く勇太は引いた。

「んー？　まだ、届け出しただけでマネージャーらしいこと一回もしてないんだけど。なんか」

勇太がやってみろって言ったし止めてくれないから意地になって、勇太はもう違う時間を生きてるし、本当は喉までそんな言葉が上がったけれど真弓は呑み込んだ。

「四年生の先輩が」

「二丁目のか？」

「それは部長。そうじゃない方の先輩が」

教えてくれることがたくさんあるように思える八角のことを、それでもまだどんな風に話したらいいのか真弓はわからない。

「いい先輩がいて。そんでかな、やろうと思ったのは」

「ふうん」

「妬《や》けた？」

少し無理をしてふざけて真弓は、勇太の顔を覗き込んだ。

「アホらし。一応ゆうとくけど俺、おまえが男ばっかしの野球部入ったかてそんなん全然心配せえへんで」

「えー？　なんで？　少しぐらいはしてよ」

こんな風に言ったら今日気楽に接してくれた野球部員に悪いとも思えたが、勇太が軽く返してくれたので真弓にはこれは恋人との言葉遊びだ。

「よう知らんけど、おまえの大学入るん大変なんやろ？　学生、みんな賢いんやろ？　卒業後の進路とかゆうんパンフレットに書いとったけど、政治家とか学者とか、なんや堅苦しい仕事ぎょうさん載っとったやないか」

「そうだけど」

「俺みたいなんがおったとして。どっかにはおるやろ、おまえの大学にも」

「勇太みたいな？」

「女はあかんっちゅうやつや」

言われれば確率統計的に、全く存在しないと考える方がおかしいと真弓も続きを待つ。

「そんで、おまえに惚《ほ》れたとしてなにができるっちゅうねん。通りすがりのナンパとちゃうんやで。おんなし学校で、おまえに当たって砕けてそんでもしかしたら人にも知られるかもしれんやろ。下手すると輝かしい未来終わるで。そないなリスク、エリートコースの大学生が冒すとは思えんわ。相手探すなら、そういう場所が他にあるやろ」

勇太にしては珍しく、長い説明はきっちり筋が通っていた。

「あれ？　勇太もしかして、そういうことあったらどうしようとか考えた？」

思いもしなかったけれど勇太はそんな可能性についても長考してくれたのだと、真弓は綻《ほころ》ぶ顔を隠せない。

「考えてへんわ。普通のことゆうただけや！」

「普通のことあんまり言わないじゃん、普段。考えたんだ？　しかも当たって砕けるの前提なの？」

最近自分よりずっと大人に見えていた勇太が焦るのに、余計に嬉しくなって真弓は揶揄《からか》った。

「当たり前やろ」

憮然《ぶぜん》と、真顔で勇太が真弓を見る。

「ちゃうんかいな」

少しだけ勇太が、心細そうな頼りなさそうな目をした。

「……そんな顔するの、ずるい」

「何が」

「もっと近くに行きたくなるじゃん、バカ」

言葉の通り少し寄って、真弓は勇太の肩に肩を寄せた。

「バカってゆうなアホ。やめや、なんかしたなるやろ」

ふて腐れて勇太が、ふいと横を向いてしまう。

「もっと」

自分を見ない勇太の肩に、真弓は頬を預けた。

「そういう……子どもっぽい顔、見せて」

小さな聞こえないような声で、真弓が乞う。

そっぽを向いたまま、勇太は何も答えない。

「俺が勇太以外の人に応えるわけないじゃん。当たり前だよ、そんなの」

それは勇太の耳に届くように、真弓は告げた。

肩にいる真弓の頭に、少し勇太が首を傾けて頭を寄せる。

「ま、いないけどねそんな人。野球部、みんなさっぱさばしてたよ。女子マネにして欲しかったのにって部長にめっちゃ怒ってたもん」

あっけらかんと言った真弓に、勇太が笑った。

「もうおまえ、女には全然見えへんもんなあ」

呟いた勇太が出会った頃を思い返すのが、真弓にも伝わる。

「秀が縫ってくれた浴衣も……何処にしまってあるんだろうね」

勇太と秀がやってきてすぐの祭りで秀が仕立ててくれた花柄の浴衣をそう言えば随分見ていないと、真弓はもう決して戻らない時間を惜しんだ。


マネージャーを始めたことを早く大河に教えたらいいと勇太は言ってくれたけれど、夕飯の食卓に大河はまだ帰宅していなかった。

「美味《おい》しかったー！　ごちそうさまでした‼」

丁寧に秀が揚げたとすぐにわかる衣がさくさくしたトンカツでごはんを食べ終えて、真弓が両手を合わせる。

一緒に食べ始めたのにもう自分の食器を片付けてしまった勇太は、それでも真弓が食事を終えるまでは居間にいようとして始まったばかりのナイターを観ていた。

「二人とも、食べるの早いね」

今夜飯台を囲んでいるのは、そう言って笑った明信と、秀だけだ。

「体に悪いよ。よく嚙んで食べないと」

まだ半分も食べ終えていない白い割烹着《かっぽうぎ》の秀が、既に横たわっている勇太に溜息を吐く。

「おまえのその台詞、俺何回聞いたやろ」

聞き飽きたとは言わずに、勇太は笑った。

「野球、観といたら。おまえ」

「うん。観てるよ」

食器を纏《まと》めながら真弓が、昨日までよりは野球に興味が湧《わ》いてプロの試合を眺める。

「野球がどうかしたの？」

勇太と真弓の会話に気づいて、明信が訊いた。

尋ねられて、答えようかどうしようか真弓が悩む。まだ始めていないし、続けられるなら大河に最初に報告したい。

「最近、好きなんだ。野球」

なんにせよ自信はなく、真弓はマネージャーの件を言わなかった。

聞こえているだろうが、勇太は知らないふりをしてくれている。

「何処か好きなチームできた？」

更に明信に訊かれて、自分に贔屓《ひいき》のチームがないことにはみな気づいているのかと真弓は苦笑した。

「俺は中立。永世中立国。スイス」

「中学の歴史の教科書みたいだね……」

ゆっくりごはんを食べていた秀が、くすりと笑う。

「大学ではもっと難しいこと勉強するよ！」

「履修届、ちゃんと書けた？」

むきになった真弓に、タイミングと思って明信は眼鏡《めがね》を掛け直しながら、気に掛かっていたことを訊いた。

丁度今日、それを巡ってクラスメイトたちと講義科目一覧を睨《にら》んでいた真弓が俄《にわか》に暗くなる。

陽気がいいから庭にいてその方が落ちつく長年番犬をやっているバースが、網戸の向こうから真弓を見て心配そうに鳴いた。

ふと見ると勇太は、野球どころではなく半分眠りに落ちている。

「お風呂入っちゃいなよ。勇太」

「……うん、今日はもう、ええかな」

「ダメ！　お風呂は毎日入って‼」

「はいはい。……ほんまにおまえは、そういうとこうるさいなあ」

高い声を聞かせた真弓に、渋々勇太は立ち上がった。

履修届のことを答えない真弓を、明信は心配で見つめたまま箸も動かしていない。

「何か、わからないことあったら相談してよ」

のろのろと風呂に向かう勇太を背にして気にしている真弓に、見ているだけでは足りずに明信は訊いてしまった。

「もう始まってる講義あんの。履修届出してないのに、必修だからやるぞって教授が始めちゃってて慌てて出席したけど」

今日、部室で紹介されたあとにばったり会った同級生に教えられて、本当に駆け込みで初めて出席した講義のことを真弓が思い出す。

「俺、勉強好きだったはずなんだけど……なんか、達ちゃんや勇太に勉強たまに教えてるときに、二人が言ってたことの意味が初めてわかってショックだよ」

「もしかして、何がわからないのかがわからない？」

普段、誰かの言葉の先を安易に推測したりしない秀が、珍しく黙っていられずに声に出した。

「そうっ、それ！　なんでわかったの秀！」

「僕も、たくさん聞いた言葉だからね……勇太を引き取って、早九年近く。勇太はなんていうか、やればできる子なんだけど。わかろうという気が……」

「僕、もしかしたらその台詞は誰よりも聞いたかもしれない」

すぐ下の弟の勉強を見るのは幼い頃からの明信の日常で、しかし残念ながら明信には丈にそのわからなさを克服させた記憶が一度もなかった。

「言っとくけど、明ちゃんの場合は明ちゃんが悪いからね」

皆に何度も言われた通り、真弓もこうして恨みに思っているように明信には勉強に於いてわからない意味が全くわからないので、わからない人間に何をどう教えたらいいのかさっぱりわからない。

結果、小学生の丈はいつも、癇癪《かんしゃく》を起こすか泣くかしていた。

「でも、今日の講義受けたら俺もそうなっちゃった。だって全然わかんない言葉で喋るんだもん……聞いたことないような四文字熟語とか専門用語みたいなのとか」

「教授は、ほとんどの人が言い方は悪いけど学者馬鹿だからね。自分が理解してることを嚙み砕く気がない人が多いから、予習が必要だよ。講義ごとに、課題の本があるでしょう？　その教授が書いたものだったり、学術書だったり。それを読んで、わからない言葉を調べておくといいよ」

そうしたらきっと簡単だという勢いで明信が助言するのを、じっと真弓が見つめる。

「それ全部の講義の分やったら、真弓の大学生活は辞書引いて終わるよね」

大学生になったらさすがに家族といてもするまいと思っていた自分の名前呼びを、うっかり真弓はしてしまった。

「そんな……まゆたん頭がいいんだから」

兄は兄で、もうするまいと思っていた幼児呼びをしてしまう。

真ん中で秀が、他人様には見てもさっぱりわからない困り果てた顔で箸を止めていた。

「調べてみると、楽しいよ。理解したときに嬉しいから」

きっと楽しいよと、楽しいもんだよ。明信は必死なあまり自分の視野のみで真弓にものを言ってしまう。

「人間科学基礎科目の他に、教養科目が進化論、脳の人間科学、自然人類学、哲学、ジェンダー論、老年学、宗教学、芸術論、科学史、科学哲学……」

二年のうちに履修しなければならない講義を、真弓は並べた。高校生までの試験は得意だったので、暗記はなんでもないことだ。

「まだ続ける？　進化論？　なんで今から進化論？　わけわかんない。ジェンダー論とか言われると、真弓も複雑な気持ちになるよね少しぐらいは。学ぶ必要あるかなそれ？　そりゃなんかしらのジェンダーだよ真弓は」

ぼんやりと真弓が、講義名だけでもうおなかいっぱいだと横に倒れる。

「知っておいたら無駄なことなんて何も……」

いつでも知識欲旺盛な明信は、一般論でまだ頑張ろうとしてしまった。

大学生活が始まりどうやら初講義も受けたというのに、真弓の興味が全く学業に向いていないことが明信には不安で堪《たま》らない。

大学は明信には象牙《ぞうげ》の塔だ。現実社会を離れて学問を探究する閉鎖空間以外の何ものでもない。学問以外の一体何が大学にあるとさえ心の底では思っているので、真弓は四年間どうするのかと明信は心配のあまり胸が張り裂けそうだった。

「明ちゃん勉強楽しい？」

そんな兄の心配をよそに、もうテレビの中の野球を眺めながら心から勉強には興味がなさそうに真弓が明信に尋ねる。

本当は他に楽しいことなど思いつかないくらい楽しいと明信は言えたが、真弓の前ではとても無理だった。

このまま真弓がずっと大学に何も見出せなかったらと思うと、そのことに真弓が一番荒れた時期に突き放すような言葉を使った明信は自分のせいにさえ思えてくる。

「真弓は、楽しくない？」

親身にはなったつもりでいたが、あのときもっと何か言えることがあったのではないかと明信はあれからずっと思い返しては自分を責めていた。

「楽しくなる予感ゼロ」

あっけらかんと、真弓は言い放つ。

「……明ちゃん、トンカツあったためなおそうか？」
隣から秀が場違いなことを言うのが自分への精一杯の心配だと気づけないほどに、明信は学生生活にまるで無気力に見えてしまう弟に気を囚われて、心は暴風雨のようになっていた。

ナイターを観ている真弓を見つめながら不安に陥り、ふと我に返っては箸を動かしてを繰り返しなんとか食事を終えた明信は、不意に、秀にアルミホイルに包んだトンカツを一枚渡された。

一枚間違えて余分に揚げちゃったから、まだ時間も早いし龍《りゅう》さんに差し上げて。
いつでも家族の数を数えているような秀がそんな間違いをするなんて珍しいと戸惑いながら、頷いて明信はもう閉店した木村《きむら》生花店の裏にいた。

雨が来るのかほんの少し空気が湿気《しけ》っていて、眼鏡が曇りそうになる。

「こんばんは、ポチ」
いつまでも大きくならないと龍がぼやく小型愛玩犬《あいがん》のポチはバースよりは若いが、眠いのか尻尾《しっぽ》で応えるのみだ。

「どうした。なんかあったか」
一度呼び鈴を押した切りぼんやりポチを見ていた明信に向かってドアを開けて、下だけ寝間着の龍が挨拶もなく尋ねる。

「え……？　あ、ごめん突然。約束もないのに、電話もしないで」

「ああ、そうだなそれも珍しいけど。そうじゃなくてよ」

慌てて謝った明信に、そんなことは特に問題にしていなかったがと、龍が下ろしている長い髪を肩に掛かったタオルで拭いた。洗ったばかりで、まだ濡《ぬ》れている。

「まあ、入れや」

いつもより丁寧に明信の背を抱いて、龍は中に入れた。

眠っていたポチが呆れたように、閉まるドアをちらと見る。

靴を脱いで龍に手を引かれながら階段を上がって、明信は花屋の二階の居間に入った。

龍とは長女が同級生で明信には七つ年上の幼なじみだけれど、初めてこの部屋に入ったのはたった二年前だ。まだ二年経ったとも言えないのに、この部屋に足を踏み入れると明信は少し安心してしまう。

それは最近感じるようになったことだ。通うようになって一年以上は、丈と相部屋の部屋に横たわると「帰ってきた」という気持ちになった。

「……これ、秀さんが龍ちゃんのお夕飯にどうぞって。間違って一枚多く揚げちゃったんだって」

今、明信は商店街の街灯を不思議な角度で眺める花屋の二階に来ると、「お邪魔します」と言わずに「ただいま」と言いそうになってしまって、結局挨拶がちゃんとできていない。

「まだ寒いのに、上何か着たら？　いつもそのまま裏戸開けるの、龍ちゃん」

トンカツを手渡しながら明信が、タオルの下は上半身裸の龍に小言を言った。

「おまえ以外、こんな時間誰も来ねえよ。なんだ、これ」

アルミで包んだ上に袋に入ったものを、不思議そうに龍が眺める。

「トンカツ。お夕飯済んじゃった？」

「んー？　呑み始めてた。トンカツは明日貰うわ、先生に礼言っといてくれ」

「うん」

言われて明信が飯台を見ると、龍は焼酎を適当に割って隣の揚げ物屋で売っている総菜をつまみに呑んでいた。つまみは揚げ物屋の理奈《りな》が作った、五目炒《いた》めだ。

「良かった。野菜の入ったもの食べてる」

「おまえの基準はいつもそれだな。おまえも呑むか」

寄って行くことは疑わずに、龍が新しいグラスを手に取る。

「……うん、少し呑む」

いつもなら明信は、酒は断った。何しろ龍と最初にことに及んだ晩のことが、酒で記憶が飛んで朧《おぼろ》にしか覚えていないので自戒を込めてそれ以来極力酒を口にしない。大学のつきあいでは仕方なく呑んだが、龍の前では呑んでも舐《な》める程度だ。

「珍しいな」

断られる前提で聞いた龍が、肩を竦めて明信が腰を下ろした場所に氷の入ったグラスを置く。焼酎に水を多めに注いで、割り方も適当だ。

「泊まってくんだろ?」

「え?」

グラスを合わせられて、何も考えずに家を出て来た明信が戸惑う。

「おまえ酒弱えから、呑んだら歩いても帰んなよ」

「そんなには呑まないよ……僕、お酒には本当に懲《こ》りてるんだから」

「まだそんなこと言ってんのか」

笊《ざる》と言われる程度には呑む龍には、酒に呑まれた明信の気持ちはわからず肩を竦めた。

「だって」

続きを言おうとして、懲りた理由に立ち戻りその恥ずかしさに明信が顔を伏せる。

テレビではさっき真弓が観ていたナイターが、まだ終わらずに続いていた。熱心にも思えなかったが、真弓は勇太もいなくなってしまった居間で無為にナイターを観ていた。好きなチームがあるとは聞いたこともないし、ナイターを楽しんでいるようにも見えなかった。

「今頃先生、大河の分なんか作り直しだな。魚でもありゃいいが。おまえがうちの冷凍庫に突っ込んでるみたいに、なんかしらあんのか。あそこんちにも」

ナイターではなく明信を眺めて、龍が溜息を吐く。

「どういうこと？」

意味が取れずに、明信は尋ねた。

「おまえがそんな顔してっから、トンカツ理由にして俺んとこによこしたんだろ」

そんなこともわからないのかと、龍が苦笑する。

「先生、いつも何考えてんのかさっぱりわかんねえけど。信頼していただいて光栄だ」

「そんな顔って……」

「鏡見ねえとわかんねえのか？　なんでそんなに参ってんだ。何があったんだよ。話してみろ」

強引というのではなく、龍はゆっくりと明信に言葉を求めた。

ぼんやりと真弓のことをひたすら考えていたが、秀にも、龍にもそんなあからさまに透けて見えていたのかと明信は自分に呆れた。目の前の真弓を見ていて、自分の不安だけでいっぱいになってしまっていた。

「……真弓、大学に通い始めたんだ」

酒を置いて、明信が当てもなく口を開く。

「ああ、私服で歩いてんな最近。人んちのガキはでかくなんのがはええなあ」

「自分んちの子でも、早いよ。僕の中のまゆたんは……幼稚園くらいで本当は、止まってて。

本当に、ただかわいくてね。かわいがってたらそれで良かった。あのくらいの頃は」

「今は違うのか」

恋人の沈んだ顔の理由は末弟だとすぐに気づいて、急がせはせずに龍は尋ねた。

「真弓が、今の大学受かったときに進路に悩んで」

「そうだったな。解決したんじゃなかったのか？」

そのとき明信が真弓にろくな助言ができなかったことで落ち込んだのをちゃんと覚えていて、龍が肩を竦める。

「あのときは……真弓は、すぐに元気になったけど。でも大学生活が始まっても、講義にも興味が持てないみたいで。このまま四年間どんな風に過ごすのかなって。僕は学生生活が長いんだから、もっと真弓に言ってあげられたことがあったんじゃないかって」

「あのな」

自然に乾いて来た髪を掻《か》いて、困ったように龍は口を挟んだ。

「本当のことを言うぞ。おまえが気にしてるそんときのことを、真弓はぜってえまともに覚えてねえぞ。賭《か》けてもいい」

「真弓が覚えてるかどうかは、少しも問題じゃないんだよ。僕が真弓の助けに、何もなれなかったっていうことが問題で」

「おまえは」

悩んで落ち込んでも主旨を見失わない明信に、感心半分呆れもして龍が溜息を吐く。

「真面目だな。だが言いたかないが、その助けを真弓は必要としてんのか？」

言いにくかったが龍は、仕方なく核心を突いた。

痛いところを突かれて、明信が黙り込む。

「俺から見たらの話だけど、あいつは多分ごく普通の大学生だぞ」

俯《うつむ》いている明信に、気持ちに障らない低い声で龍は穏やかに言った。

その言葉に明信こそが助けられて、自然と顔を上げる。

「大学生なんざテレビや近所のガキぐらいしか知らねえけど。勉強するのが目的で大学通ってる大学生、俺はおまえしか知らねえよ」

「でも僕は、子どもの頃から本が大好きで。大学に入って好きなだけ本が読めて自分の好きなことが勉強できるのが、嬉しくて嬉しくて……」

言いながら明信も、それが自分の価値観でしかないことをようやくはっきりと思い出した。

「おまえの方が珍しい大学生だと思うがな。真弓より、全然」

「……そうだね。そうだった。真弓には何か僕とは別の楽しいことがあるはずなのに、自分と一緒に考えてた」

「そこまで深く考えるこたねえだろ」

「良かった」

おい、と声を大きくした龍に、やっと朗らかに明信が笑う。

「まゆたんがおかしいよりは、僕がおかしい方がいいよ。安心した。ありがとう、龍ちゃん」

心から安堵して息を吐く明信を、切ない気持ちで龍は見つめた。

「珍しいたあ言ったが、別におまえはおかしくもなんともねえよ。バカ」

手にしていた酒を飯台に置いて、龍が明信の髪に触れる。

「本が好きで、勉強が好きで。落ち込んで自分を責めるくらい、弟が心配で」

明信には鎧《よろい》のようなものだとよく知っている眼鏡を、躊躇わず龍はすっと外した。その鎧を脱がせることには龍も慣れていて、丁寧に飯台の上に乗せる。

「そんなおまえがここにいてくれて」

髪を抱いて龍は、静かに明信の唇に唇を合わせた。

「窓開けて、でかい声で自慢したくなるよ。俺は」

いつでも初めてそうされたように惑う明信に仕方なく笑って、龍が抱いた体を座布団の上に横たえる。

「……何を？」

回りくどい言葉が自分に掛かっているだけにすんなりとは理解できなくて、明信は問い返してしまった。

「聞きたいのか」

耳元に唇を寄せて、低い声で龍が尋ねる。

「ううん……いい」

「わかってんだろ?」

肌を探られて頬に口づけられて、明信は小さく頷いて龍の肩を抱いた。

もう一度唇に、唇が寄せられる。

淡く口の端を食《は》まれて、明信の体が動いた。歯を立てられたあとを舌がなぞって、くちづけが深まるのに息を詰めて、明信はただ龍の広い背を摑んでいることしかできない。

「……龍、ちゃん……」

うなじを吸われて、掠《かす》れた声で明信は龍を呼んだ。

「待って、僕……お風呂」

「待てねえよ」

「でも」

抗《あらが》ううちに明信のシャツの前は、全て開けられている。

「それに、酒、呑まねえうちがいいんだろ?」

問われて明信は、すぐには意味がわからなかった。

「おまえ」

頬を撫でて龍が、裸眼で少し焦点の合わない明信の目を覗いて笑う。

「俺との最初のこと、ちゃんと覚えてねえのすげえ後悔してんだろ」

前々から気づいていたと、龍の声が明信を揶揄った。

「……そうだよ。だって」

消し忘れられたテレビから、ナイターの解説が聞こえる。灯《あか》りも点《つ》いたままで、必死に明信は龍の胸を押し返したが敵《かな》わなかった。

「僕、好きな人と初めて……そういうことしたのに、ちゃんと覚えてないなんて。そんなのすごく後悔してるよ」

「あんとき俺のこと好きだったか？」

意地悪というのではなく、単純に疑問だと龍が尋ねる。

「だから、それも」

覚えていないからと、明信はとうとう口を噤んだ。

夜は滅多に車の通らない商店街から、不意にエンジン音が聞こえる。

立ち上がって龍は灯りとテレビを消すと、肩に掛かっていたタオルを飯台に投げた。

「それはこっちも怪しいとこだけどよ。おまえは覚えてねえ方がいいんじゃねえの？」

恋人になってからあまり触れてこなかった最初の夜のことを、龍が口にする。

「正直、あそこまでおまえが酔っ払ってボロボロになってなかったら、俺たち一生こうなってねえぞ」

肩を浮かせた明信に触れて、龍はその体の上に覆い被《かぶ》さって言った。

「言われてみればそうかもね……」

素面《しらふ》で、正気で、大河との諍《いさか》いからの迷いもなく、この部屋に寄って龍に抱かれることになったとは明信にも想像できなかった。

あのとき自分があんなに不安定でなかったら、間違いなく七つ年上の疎遠になっていた幼なじみの手を摑んでいない。

考えたことはなかったが、そのもしもを思うと今こうしていることの方が奇跡だと教えられる。

「……どっちが良かった」

髪を抱かれて、虚《うつ》ろな瞳に瞳を合わせられて、明信は龍に訊かれた。

もう声に揶揄いはなく、少し龍の気勢が下がって心細くさえも聞こえる。

「言わないと、わからない？」

くすりと健やかに明信は笑って、龍の頰にわずかに触れ返した。

同じ笑いが、龍の唇から落ちる。

「いや」

唇に龍は、唇を合わせた。

「安心しろ、俺が全部覚えてるし」

下唇を軽く噛んで、そこを舐《ねぶ》る。

「……っ……」

「おまえが知りてえなら、どんなだったか全部話してやるよ」

揺らいだ肌を撫でて意味を含めて龍が囁《ささや》くのに、明信は手の甲を掻いてやるくらいしか抗うすべがなかった。


硬式野球部ほどではないがやはり運動部なので、サークルのようにはゆるくはない。確かそう言い置かれたが、いざマネージャーを始めてみたらこれは完全に運動部だと真弓《まゆみ》は思い知らされていた。

一通り全員での練習が終わったナイターのあるグラウンドで、使用時間の終わりまで自主練をする部員を待ちながら用具の手入れをする。春季大会の試合はほぼ三日置きで、講義に出られない日もあった。

大会中なので部員の練習にも熱が入り、ぼんやり始まるはずだった真弓の大学生活は想像もしなかった忙しさになった。

今もキャッチボールというには随分鋭くボールがグローブに入る音を聞いていて、まだ真弓にはそれは不思議な感覚だ。

こういう空間に、真弓は全く縁がなかった。中学の時にテニス部に入ってはいたが大河《たいが》が運動部に入れと言ったので籍を置いていただけで、いわゆる幽霊部員のようなものだった。

「子どもの頃からエースで四番」

試合や大会も参加した経験がないと、無意識に真弓が昔何処《どこ》かで聞いた歌を口ずさむ。

「懐かしいな」

いつの間にかそこにいて用具の手入れを手伝ってくれていた八角《やすみ》が、くすりと笑った。

「あ、すみません八角さん。いつも手伝わせちゃって……。この歌、聞いたことありますか？」

「ＣＭの歌らしいが、球場では応援ソングだ。スタンドで歌ったこともあるよ。ここにいるやつは、だいたいみんなそうだ。子どもの頃からエースで四番で、大学生になっても野球やりたくて」

笑う八角を見上げると、少し困ったように眉《まゆ》を寄せる。

「俺の高校の野球部は長野《ながの》県の甲子園出場常連校だったけど、俺は三年間ベンチにも入れずスタンドで応援だ。リトルリーグには九人しか六年生がいなくてな、ライトを守ってた。中学ではなんとかレギュラーだったが」

自分の野球史は決して輝かしくはないと、しかし卑下するでもなく事実のまま八角は真弓に教えた。

「大学は野球部のことは考えずに選んで、軟式なら野球をやれると思って入ったが。勘が悪いのか軟式に慣れるのに時間が掛かって、戦力になれなくてな。打席には何度か立ったが、まだ一打点もチームに貢献してない。大越《おおこし》が言ってただろ?」

入学式の日に大越が怒鳴った言葉を真弓が聞いていたと覚えているのか、八角が苦笑する。

「でも、俺も好きなんだよ。野球。……おい! そろそろ上がらないといつまでも帯刀《おびなた》が帰れないだろ」

熱心にキャッチボールしている一年生二人に、八角が声を張らせた。

「すみません!」

「つい夢中になって」

言われて気づいたと言うように、真弓と同じ人間科学部の白田宗佑《はくたそうすけ》と葛山裕明《かつらやまひろあき》が、すぐに練習をやめて走ってくる。

「マネージャーが最後全部灯《あか》り落として鍵《かぎ》閉めて帰るんだ。気を遣ってやれよ」

言いながらも八角は笑うので、白田も葛山も困ったように頭を掻《か》くだけで済んだ。

「悪いな、帯刀。試合まだ出られないから、体力余っててよ」

高校時代随分真面目に野球をやっていたのか、白田の髪は完全に坊主頭の伸びかけだ。

「俺はまだ軟式の球に慣れないんだよね。軽くてなあ」

「そんなに違うもん？」

クラスも同じで履修もほとんど一緒に選んだ葛山に、真弓が尋ねる。いかにも野球少年だった白田と違って、葛山は言葉と同じく見た目も軽いが喋《しゃべ》りやすい。

「量ってみたよ俺。十グラム違う」

「十グラムってどんぐらいだよ」

数字で言われてもますますわからないと、真弓は肩を竦《すく》めた。

いつの間にか八角の姿が見えなくなっていて、様子を見に来てわざわざ白田と葛山に練習をやめさせてくれたのだと気づく。

「なんだろうな……砂糖とかだと……」

「砂糖で言われてわかるかよ！」

真面目に考え込んだ葛山に、白田は笑った。

「でも毎日触ってて、まだ違和感なんだよ。十グラムでかいぞ」

「みんな高校までは硬式なんだね」

「そ」

ボールを掌《てのひら》から投げては受けてを繰り返す葛山に真弓が問うと、二人が少し複雑そうな顔をする。

「正直、うちは硬式が派手だから。プロに行く選手もいるしドラフトの頃は大騒ぎだ。同じ高校からも、やれるやつは硬式行った」

溜息《ためいき》を吐《つ》いて白田が、やはりまだ慣れないのかボールを握った。

「なんていうか、軟式選んだときには挫折感あったんだけどさ。まあ、でもうちの大学で良かったよ俺は。軟式野球部」

ボールを手の中に留めて、葛山が素直な言葉を聞かせる。

「そうだな」

白田も短く、同意を見せた。

不用意にわけを、真弓が尋ねてしまう。

「なんで？」

白田と葛山が、顔を見合わせた。

「そうだな……よその大学でもこんな感じかもしんねえけど。部長からレギュラーから、みんな同じ気持ちで軟式選んだってすぐわかったし」

「誰も、遊び半分だって言わないかんなあ。俺たち多分、ここまで真面目に野球やれんの最後だから。社会人になったら無理だろうしさ。チームのモチベーション一緒って、大事じゃね？うちで良かったよ」

問われたので気持ちを探すように、白田と葛山が丁寧に言葉にしてくれる。

「そっか。なんか、本当に良かったね」

心から真弓はそう思ったけれど、それ以上彼らの気持ちに寄り添う言い様が見つからなかった。

「おまえはどうなんだよ、帯刀。俺ら待たせといてなんだけど」

「続けられそうかー？　あんま運動部って感じしないもんなあ、おまえ」

一応心配してくれて、白田と葛山が訊《き》いてくれる。

「体力は割とあるよ。それに、今んとこ結構楽しい。試合も、自分の所属してるチーム応援すんの初めてだから。こんなに興奮するんだってびっくりした。すごい嬉しいよ、試合勝つと。てゆうかかなり勝つし、うち」

それは本心で、初めて経験している楽しさを真弓は声にした。

「おー！　そら良かった。先輩たちが、部長が女子マネ探しに行って帯刀連れて来たって言うからさあ」

「大越部長、真面目で冗談通じねえかんなー」

頼まれたことは真弓には災難だったのではと、二人は気にしてくれていた。

「まあ、その分副部長が八角さんだからすごいクッションになってて助かるけどな」

「……え？」

何気なく落とされた葛山の言葉に、真弓が完全に用具をしまい込もうとした手を止める。

「八角さん、副部長？」

その情報は与えられていないと、真弓は驚愕《きょうがく》した。入学式の日に声を掛けられてこうしてマネージャーとして多少馴染《なじ》むまで、現在も、密に面倒を見てくれているのは大越ではなく八角だ。

「あー。なんか無理矢理多数決で決められたって聞いたから、言いたがらないのかもな。八角さん。帯刀、後から入ったし」

「八角さん、嫌がったそうだ。副部長引き受けるの」

何処か申し訳なさそうに二人が言うのに、それは真弓には八角らしくない話に思えてますます不思議になる。

理由の伝え方に困って、白田と葛山は黙り込んだ。

「だから……八角さんスタメンにあんまりなんないから。ベンチに入れない日もあるのに副部長は務まらないって、はっきり断ったって。三年生が言ってた」

「でもそういうことじゃないって、また例のごとく部長が強引に決めたらしいよ」

「なんつうか、八角さんいないと色々無理だよ。部長だけじゃまとまんないから。部長もそれわかってんだろ」

入りたての一年生にも、大越のリーダーシップには八角のサポートが必要だと見えるのか、白田と葛山が頷《うなず》き合う。

それなら余計に大越がマネージャー探しに躍起になったわけだと、真弓は初日の強引さを思い出した。

「ハラ減ったな。ラーメンでも食ってくかー」

「俺とんこつがいい。帯刀も行こうぜ、ラーメン」

気軽に誘ってくれた二人に、迷って真弓はすぐに返事ができない。

大学が始まり半月以上が経って、真弓はこうしてすっかり野球部と行動するようになり勇太《ゆうた》とはまともに話せる時間がなくなっていた。

けれど三日話せていないと、勇太は無理をして起きていてくれる。

三日話していないので、今日がその日だ。約束ごとはないけれど、きっと勇太は起きている。

「ごめん、ちょっと用があって。それにここ閉めてかないとなんないから、また誘ってよ」

白田や葛山ともう少し親しくなりたい気持ちもあるけれど、勇太と話したい思いの方が完全に勝った。

「そっか。じゃあ、あと頼むわ」

「またな」

特に引き留めたりはせず、二人が手を振ってグラウンドを出て行く。

「明日、試合で」

朗らかに真弓は、手を振った。早く帰って、勇太と話したい。

そう思ってからふと、疑問が過《よ》ぎった。

何を？

自分に問い掛けてしまって、グラウンドの灯りを消さなくてはと思っていた足が止まる。

三日に一度、眠そうな目を擦《こす》りながら勇太は、真弓の話を聞いてくれていた。大学のこと、野球部のことを聞きたがってくれて、真弓は勇太に問われるまま話した。

それは自分の時間をただ一方的に勇太に教えているだけで、勇太との会話ではない。

その上勇太は、自分の仕事の話はほとんどしてくれなかった。

少しぼんやりと、真弓はグラウンドを眺めた。自分一人のために今、ナイターが煌々《こうこう》と灯《とも》っている。

勇太との会話も、こんな風景に思えてくる。

「……まだ、大学始まったばっかりだってば」

自分に言い聞かせて、真弓は灯りを消しに掛かった。これを点けっぱなしにしたら、ただでは済まない。

大学構内と隣接している大きなグラウンドは硬式野球部が毎日使っていて、この第二グラウンドは軟式野球部と、女子軟式野球部が交互に使っていた。

何故一つの大学にそんなに野球部があるのかと真弓は思うが、それだけ野球をやりたい学生がいるということなのだろう。

施錠もして、部室棟にゆっくりと歩く。

部活が終わって真弓がみんなより遅く行動するのは、後始末だけが理由ではなかった。

最初の日に真弓は、大越にさりげなく言われた。

全部片付けて、最後の最後に一人で部室を使え。

誰も居なくなったことを確認して部室に入ると、真弓は隅でジャージを脱いでTシャツに手を掛けた。部員たちがユニフォームからジャージに着替えるこの部室で、真弓が着替えることはない。Tシャツにジャージなので、そのまま来てそのまま帰る。

そもそも真弓には幼い頃からずっと、こういうときにいかに人前で着替えないで済むかを考えて、そう行動する癖が染みついていた。

それでも今日は勢い部員たちと一緒にランニングしてしまい、汗を掻いたTシャツをどうしても着替えたかった。この部室で着替えるのは、真弓は初めてだ。

「……大越さん、知ってるんだ」

高校まではこういうときは、トイレでこっそり着替えていた。

着替えるかもしれない時間に一人になるように大越に強く言いつけられている理由に、真弓が今更気づく。

同じ町内の、二丁目と三丁目だ。あまり考えないようにしているが、きっと町内に留まらず大きな事件だったことに間違いはない。

だから人前で肌を晒《さら》したくないかもしれないと察して、大越ははっきりと時間を分けてくれている。この間まで顔も知らなかった者に、そこまで詳しく自分の事情をわかられていることを改めて思い知る。

「考えてみたら、当たり前か。誰も何も言わないけど」

目を合わせないようにしていることに、不意に、真弓は捕まった。

「みんな、知ってるんだな。俺があの神社で」

変質者に襲われたことをと、そこまでは声にはならない。

「達《たっ》ちゃんたちも、その話しない。しちゃいけない話だって……きっとみんな思ってる」

神社の境内で、真弓が変質者に背中を何度も切りつけられたことは、みんな知っているけれど決して言葉にはしない。

部室の使用時間を分けてくれた大越も、理由は誰にも言わないのだろう。真弓自身にさえも。

誰もそのことには、触れない。なかったことのようにさえ、真弓は思う日も多い。

Tシャツを脱いで、自分でも鏡で見てみることもほとんどない背中に真弓は無意識に触った。

「誰も言わないの、当たり前か」

はっきりと、傷跡の感触が指先に触れる。

「俺が普段、忘れてるから」

呟《つぶや》いて真弓は、それは嘘だと耳元で誰かに囁《ささや》かれた。

誰の声なのかと考える間もなく、自分の声だと気づく。

少しも忘れてはいない。ずっと、何年も何年も、そのときのことを真弓は忘れたふりをしている。迂闊《うかつ》に思い出してしまわないように、注意深く真弓は事件に厳重に蓋《ふた》をしている。

それは決して開けてはいけない箱だ。

「一年、みんな帰ったか？」

不意に、八角の声とともに部室のドアが開いた。

悲鳴が漏《も》れそうになった口元を押さえて、真弓はすぐに背中をドアと逆の方に向けた。

けれど呆然《ぼうぜん》と戸口に立っている八角は、真弓の背中を見たと、はっきりとその驚きを顔に映してしまっている。

「……っ……」

黒い野球部のジャージを素肌の上に羽織ってチャックを上げて、目についた荷物だけ摑《つか》んで真弓は言葉もなく八角の横を擦《す》り抜けて部室を飛び出した。

帰宅して真弓は、食事はいいと秀《しゅう》に言おうかと思った。喉《のど》を通りそうにない。

けれど、どんなときでも食欲がなくなることがほぼない自分がそんなことを言えば、どれだけ秀が心配するかと、無理をして食べた。味はしなかった。

すぐには勇太の顔も見られないと、今日乾いた洗濯物を摑んで風呂を使う。

長風呂はしない癖がついているのに、なかなか湯船から出られなかった。長風呂をしないのは、家族が多いからだ。全員が長風呂をしたら、最後の一人は深夜になってしまう。

何度も真弓は、八角の顔を思い出していた。

咄嗟《とっさ》に正面に向き直したが、八角の顔には今まで見たことのない表情が浮かんでいた。見てはいけないものを見た顔を、きっと、八角は相手に見せてしまうような人物ではない。あんな表情をしたくない人だ。

それでも咄嗟に、八角もその顔を隠せはしなかった。

「誰か入ってんのか?」

不意に、脱衣所から大河の声が響いて、真弓はそれにさえも悲鳴を上げそうになった。

「……ごめん、今出る」

「いや、長いからのぼせてんのかと思っただけだ。ゆっくり入れ」

声で真弓だと気づいて、大河はすぐに脱衣所を出て行く。

家の中でも、兄たちも安易に真弓の背中を見たりしない。

そういう、気にしないようにしてないことにしていた、普段から厳然とある家族の気遣いまで、一つ一つ真弓の目の前に浮き彫りになる。

最近抱き合っていないけれど、勇太は肌を寄せ合うとき真弓の背中に必ず、くちづけた。ゆ

っくりと丁寧に、傷の一つ一つにくちづける。

最初に勇太は、約束してくれた。

なるやろ？　俺のもんに。この傷ごと。

恋人になったきっかけは、積み重ねはあったけれど教室でみんなに背中の傷を真弓が見られたことだ。

神社で襲われた男には、酷《ひど》い目に遭うとわかっていて付いて行った。そんな目に遭えば自分を置き去りにした大河が後悔すると、幼くても真弓はそう考えた。だから大河がいつまでも負い目に思うことになった傷はそのときの自分の気持ちのままに醜いと、真弓は勇太に泣いた。

醜いことなんかない、俺はこの傷好きや。きれいやで？　おまえの背中。おまえの気持ちみたいに、まっすぐで。

自分の心と同じに醜いと泣いた真弓に勇太は、抱きしめて傷にくちづけてそう言ってくれた。もう誰にも負わせまいとしている真弓を勇太は、認めてくれた。

抱き合うごとにきっと勇太は、その約束を必ず果たしてくれている。いつまでも勇太は、真弓の背中の傷をちゃんと愛してくれる。

真弓が忘れたふりをしても、勇太は忘れない。

その傷はいつでも、真弓の背中に刻まれているものだから肌を見る勇太が忘れられるはずがない。

ぼんやりと風呂から上がって、タオルで真弓は体を拭《ぬぐ》った。

目の前に洗面所の鏡がある。背中を向けて真弓が、自分でその傷を見ることはない。

今日は見てみようか。不用意に他人が見てしまった背中がどんなものなのか、確かめてみようか。

そう思ってもできずに、真弓はパジャマに着替えて脱衣所を出た。

「ごめん、待たせちゃって」

居間で一人でビールを呑《の》んでいる大河に、風呂は上がったと声を掛ける。

「待ってねえよ。プロ野球ニュース観てた」

手元には隣の豆腐屋の冷や奴とビールを置いて、大河は肩を竦めた。

「どうだ、大学。少しは慣れたか」

テレビの方を向いたまま、大河が背後の真弓に尋ねる。

さりげなさを装ってくれていることが、真弓にはわかった。物心がつく前から、頼りにしていた兄の気持ちだ。どんな気遣いなのかすぐにわかる。

「勉強、追いつかないよ」

本当は兄とゆっくり話す時間があったら、野球部のマネージャーを始めたことを話そうと真弓は決めていた。

きっと兄がそれを喜んでくれると真弓は知っていた。集団の中に入って立ち働いている自分を、真弓は大河に誰より先に教えたかった。

けれど兄の心にいつまでも科《とが》として消えないのだろう背中の傷を今日、部員に見られたことで、明日真弓は試合に行けるかどうかもまだわからない。

「晩ご飯、ちゃんと食べたの？　大河兄」

「食べた食べた。いつまでも食っててっと秀が仕事しねえから、さっさと食べたよ」

ようやく、兄が真弓を振り返った。

「おやすみ」

笑えるか自信がなくて、言い残して真弓が二階への階段を駆け上がる。

右手の部屋に入ると、今日はもう寝てしまったと思い込んでいた勇太が、真弓のベッドに座っていた。

壁に背を預けて、横たわると眠ってしまうからか、勇太はいつもそうして真弓を待ってくれている。

起きられてはいない。目を閉じてその姿勢のまま、勇太は半分眠っていた。

「……風呂、上がったん」

それでも起きていようという意識から眠りは浅く、真弓の気配に勇太が掠《かす》れた声を上げて目をこじ開ける。

「寝ててくれていいのに。ごめんね、勇太」

灯りを消してベッドに入って、「もう眠ってよ」と真弓は勇太の頬《ほお》に触れた。

「三日、おまえと話してへん」

いつもの台詞《せりふ》を、勇太が言う。

三日、勇太は真弓の話を聞けていない。そう言われてこの間も話していて真弓は驚いたのだが、勇太は三日前に眠そうにしながら聞いていた話を全てきちんと覚えている。

部員の名前も覚え始めて、「そんでその人、どないしたん」と真弓の毎日を追ってくれていた。

それは少し、真弓には不可解なことに思えた。

勇太が眠そうだからではない。つきあい始めてから高校生のときも勇太は、時々真弓の日常の話をかなり適当に聞くことがあった。クラスメイトの話や、教師の話。適当に勇太は相槌《あいづち》を打って、聞いてないでしょう、聞いてるやんと、つまらない喧嘩《けんか》は何度もした。

なのに勇太は今、一面識もない真弓の大学での人間関係のことをきちんと聞いて覚えてくれている。

そこには不自然さがあって、不自然なことは真弓を不安にさせていた。

「じゃあ、横になって話そうよ。……俺、今日は勇太の話が聞きたい」

手を引いて真弓が、勇太を自分のベッドに誘う。

疲れのまま横たわった勇太に、真弓はただ、寄り添った。

「毎日おんなしや。怒鳴られて木や道具、運んで。見て仕事覚えて。俺、覚え悪ないと思っとったんやけど、やってみんとできんことぎょうさんあるみたいや」

ほんの少しだけ、勇太が弱音を分けてくれる。

弱音とも言い難い、自分の現状を勇太は話した。

「おまえは？　同級生に友達できそうやって、ゆうてへんかった？　仲良うなれたか」

「……うん。今度、ラーメン食べに行く」

「そらええな」

行ったらええと、呟く勇太の言葉には適当さはやはり少しも見えない。

もう眠っただろうかと思いながら、真弓は勇太に呼びかけた。

「勇太」

「……ん？」

なんとか勇太は、起きてくれている。

背中を、今日勇太以外の他人に、見られた。

家族や、この町の者は今まできっとみんな、そんなことがあっても見ないふりをし続けてきてくれていた。

確かに見た顔を、八角はしていた。

自分の背中に目を瞠《みは》る者の顔を見たのは、真弓には高校一年生の夏の教室以来だ。制服のシャツを引かれて、ボタンが全て弾《はじ》けた。剝《む》き出しになった背中に虚勢を張って笑ったけれど、教室中が静まり返っていた。

教室を出た真弓を追ってくれたのは勇太で、シャツを着せてくれて抱いてくれた。

「俺、マネージャー辞めるって言ったら呆《あき》れる？」

今日部室で八角に背中を見られたことを、真弓は勇太には言えなかった。

「なんかあったん？」

部室に勇太に来てもらうわけにはいかない。あの日のように、勇太に背中にくちづけてもらって毎日抱いて言葉を注いでもらえはしない。

「自信、なくて」

「熱心に、やっとるからやないんか。俺は呆れはせんけど、簡単には決めへん方がええと思うけど」

眠りに手を引かれていた勇太の声が、やけにはっきりした。

続けられたらいいと勇太が願ってくれているのが、真弓に伝わる。

「……よく、考える」

おやすみと真弓は、勇太の頰にキスをした。

心配そうに暗闇でも、勇太が見つめていてくれることがわかる。

「眠いよ、勇太。大丈夫。ちゃんと考えるから」

真摯《しんし》な声を聞かせると、安堵《あんど》して勇太が目を閉じた。

しがみついて真弓は、本当は背中にくちづけて欲しいと乞いたい。けれどそうすれば勇太は、何かしらがあったのだとはっきり知るだろう。

漠然と、これは自分で考えなくてはいけないことだと真弓は思った。

風呂も、兄弟や勇太や秀としか入っていない。温泉にも、貸切湯や人気のないときを見澄まして少し入ったことがあるくらいだ。

修学旅行や体育は、入学のときに大河が必ず学校に事情を話して、大目に見てもらったり教師の気遣いで時間を分けられたりしていた。

野球部のマネージャーを今辞めてしまうのは、簡単なことだ。そうすれば今日のように誰かに見られることは、大学生活の中では可能性が減るだろう。

けれど、これから先どうするのかと、真弓はそのことを初めて考えた。

大学生活もまだ四年、卒業後どんな進路でどんな集団に自分が入っていくのか全く予想もできない。

ずっと、こうやって何かあるたび逃げるのだろうか。

背中は自分のもので、一生、切り離すことができないのに。

本当は真弓は、勇太を揺り起こして抱いて欲しい。何度も背中にキスをして、最初に言ってくれた言葉を聞かせて欲しい。

この背中は恋人のもの。

三年前に勇太と抱き合ってから今日まで真弓は、それを疑わずに自分では背中を見ないでいた。

翌日は白田や葛山に別れ際挨拶《あいさつ》した通り春季大会で、試合にマネージャーが行かないわけにいかないと真弓は無理矢理球場に行った。

何も変わらず、八角はいつも通りだった。

中一日を空けた練習にも、だから真弓は行くことができた。

考えてみたら八角が、誰かに言うはずもない人間であることくらいはもうわかる。見なかったふりをし続けてくれるかもしれない。

また最後の一人になった部室で、ロッカーから荷物を出して真弓は大きく溜息を吐いた。

「……なんの解決にもなんないけど、今すぐ辞めなくてもいいってことかな」

もうここで着替える気持ちにはなれないが、すぐにマネージャーを辞めなければいけない事態ではない。

今までは叩《たた》かれなかった部室のドアが、二度、ノックされた。

「はい」

「まだいるか？　帯刀」

驚いて返事をすると、帰ったと思ったが八角の声だ。

「……はい。今、部室閉めます」

慌てて鍵を摑んで、部室を出る。

外に出ると中庭を見渡す廊下の柱に、八角が寄り掛かって立っていた。

「忘れ物ですか」

「いや。おまえ、待ってた」

鍵を閉めた真弓に、穏やかに八角が笑う。

「バッティングセンター、つきあってくれないか？」

今日は本当は、勇太が起きている日だった。

どうしようと、真弓は声が喉まで出掛かった。帰りたい。たとえ勇太が起きていなくても、この間背中を見られたときのように走って逃げて家に帰りたい。

長い時間、真弓は八角を待たせてしまっていた。

気づくと無言で、頷いていた。声は出ない。

ここで駆け出したらきっと、これから先もずっとただ闇雲に逃げ続けることになる。

これは、誰でもない自分の背中のことだ。

試合や練習中とは違う、金属バットと硬球の固い音が暗い夜空に響き渡る。

大学近くの古いバッティングセンターはビルの屋上にあって、学生だけではなく会社帰りのサラリーマンが、打席を埋めていた。

常連なのか八角はプリペイドカードを持っていて、二周、バットを振っている。よく当たるし、打球もネットに強く突き刺さった。

だが途中で八角が設定を変えてから、当たりが悪くなる。

球が速くなっているからだと、バックヤードで見ている真弓にもそれはわかった。

「まっすぐ飛んで来るのにな。俺は百三十キロ超えると、ピッチングマシンでも当たりにくくなるんだよ」

情けないと笑って、八角が投球が完全に終わった打席から真後ろで見ていた真弓のところに戻って来る。

「おまえも打ってみないか?」

「え?　でも俺、本当に野球ちゃんとやったことなくて……」

突然バットを渡されて、戸惑って真弓は声を上げた。

「見てみろ、周り。時々カップルもいるし、ここは遊び場だよ」

気負うなと、八角が真弓の肩を押す。

「低速から始めた方がいいよな……あ、ヘルメット俺のでいいか？　そこにあるから」

「しないとダメですか？」

八角のものだからというのではなく、バッティングセンターの貸し出しのものでも人が使ったヘルメットに真弓は多少抵抗があった。

「しないと駄目。硬球は本当に危ない」

命令口調と言うよりは言い聞かせる単調な声に、逆に従わざるを得ず真弓がヘルメットを被《かぶ》る。

「その白い枠線の中に立って、打ちたいように打ってみな。行くぞ」

何か八角がセッティングしてくれて、ピッチングマシンが動き出すのがわかった。

試合の打席でもないのに、初めてのことに真弓が緊張する。それでも飛んで来た球に闇雲にバットを振ると、掠りさえしなかった。

「もう……いいですよ」

「ボール、見てみろ。意外とゆっくりだよ、丁寧に振ったら当たる」

言われてすぐに二球目が飛んで来て、また真弓が空振りする。

けれど確かに、さっきよりよく球が見えた。いつの間にかバットで球を追っていて、一球当たったらその音を聞くのが楽しくなる。

当たっても全てファールがいいところだったが、最後の最後で正面に打ったボールが高く返った。

「うわ！」

思わず声が出たところで、絶え間なく投げられていた球が終わり一周終わったのだと知らされる。

後ろを振り返ると、八角が笑っていた。

「すっきりするだろ」

「楽しかったです！」

「もう一周行くか？」

尋ねられて真弓はやりたい気もしたが、既に脇が痛い。

「明日、筋肉痛凄《すご》そう」

「このくらいならそんなに影響ないぞ」

ヘルメットを外して戻った真弓に、八角は肩を竦めた。

「運動らしい運動、して来なかったんで」

「……そうか」

理由に思い当たった顔をして、八角が声を落とす。

その声で真弓も、八角が理由を知っていることを思い出した。バットを振っている間は、忘れられたのに。

「腹減ったろ、メシつきあえ。今日だけ奢《おご》ってやる」

「いいですよ、そんな」

「他の連中には内緒だぞ」

らしくない軽口で言われて、真弓は八角の後ろをついてバッティングセンターを出た。

あまり真弓は外を歩かない時間だが、繁華街は明るい。それも真弓には珍しい光景だった。

学生街なので飲食店はいくらでもあって、古い定食屋兼居酒屋の前で八角が立ち止まる。

「旨《うま》いんだここ。ここでいいか？」

「あの、俺本当に」

「つきあってくれよ。俺、学生アパートなんだ。実家長野だから」

戸惑う真弓の背を、強くはなく八角は押した。

「自炊、毎日はできないよ」

連れられて中に入ると、歳の行った夫婦がカウンターの中から八角を見つける。

「あら、いらっしゃい。久しぶりじゃない」

「ご無沙汰《ぶさた》してます。帯刀、なんか食べられないものあるか？」

馴染みの店のようだが丁寧に挨拶をして、八角は奥のテーブル席に向かった。

「ないです」

「じゃあ、適当でいいか」

「はい」

「すみません、今日のおすすめ定食二つ」

安普請の席について八角が声を張ると、カウンターから「はいよ」と気安い声が返る。

向き合ったら沈黙が訪れたが、程なく二つのトレイを持って女将《おかみ》が真横に立った。

「随分かわいい子だね。後輩？」

「そう、新入生でマネージャーやってもらってて」

「はじめまして」

自分のことを言われていると気づいて、真弓が頭を下げる。

「挨拶できりゃ上等！　あんたは今日はビールはいいの？　生小でよかったらサービスしとくよ」

思い切りよく真弓を褒《ほ》めてくれて、女将は八角に尋ねた。

「……今日は、酒はいいや。ありがとう女将さん」

頭を下げて八角が酒を断り、トレイを受け取る。

「食べな」

「……はい。いただきます」

目の前に置かれた定食に、そう言いながら真弓はなかなか手をつけられなかった。

どういうつもりで今日、八角が自分を誘ってくれたのか。酷《ひど》い傷を見て、それを誰にも言わずにいてくれるということなのか。酷い傷を見て、それを八角は憐れんでいるということなのか。

自分からとてもその話はできず、真弓は仕方なく箸《はし》を取った。

味噌汁《みそしる》から口をつけると、家で毎日飲んでいる秀の味付けとまるで違って最初はそれが不思議だったが、段々とこれはこれで美味《おい》しいと気づく。

あたたかい焼き魚やひじきを和《あ》えた小鉢に箸をつけて、やさしい味が胃に染みるのを真弓は感じた。

「美味しかったです。ごちそうさまでした」

ちゃんと味わって全て食べ終えて、八角に頭を下げる。

「なんかあったら、ここに食べに来るといい」

見ると八角の手元の器もみな空になっていて、立ち上がって八角はセルフサービスになっている茶を二人分運んでくれた。

時間が夕飯時と少しずれているのか、店内は六割客がいる程度だ。

「良かった。部活出てくれて」

不意に、八角が声音を変えないまま言うのに、真弓はすぐにそれが本題だと気づけなかった。

けれどまっすぐに自分を見ている八角と目があって、背中の傷の話だとゆっくりと真弓も理解する。

「ごめん。俺、見なかったことにした方がおまえにはいいのかわからなくて」

真弓の顔色が変わったのを見て、八角はすぐに謝った。

「おまえが決めてくれないかと、思ってな。変か、そんなの。嫌か？　この話」

真弓の気持ちが追いつくのを、ゆっくりと八角が待ってくれる。

そこで一旦話を止めて、渡した言葉を真弓が飲み込むのを八角は見ていてくれた。

「だけど、おまえの傷だから。おまえが決めるのがいいと思ったんだ」

傷と、はっきりと八角が言葉にする。

渡された言葉を、真弓は微動だにせず聞いた。

今も知らないふりをしようとしたけれど、自分の背中には酷い無数の傷がある。鏡に映してみなくてもふってみなくても、忘れても考えなくても誰も見なくても、背中にはずっと傷がある。

これから先もずっと、自分の背中には傷はあり続ける。

何故だか八角が気負いなく言葉にした傷という言葉が、自分のものだと、真弓には腑《ふ》に落ちた。

「俺」

どうしてこの傷があるのか、普段真弓は考えない。

「子どもの頃、家の近所の神社に連れて行かれて」

傷があることとさえ、考える時間はないに等しい。

「変質者に」

だからこんな風に人と向き合ってきちんと話すこともなく、どんな言い方をしたらいいのかわからずに声が途切れ途切れになった。

「触られて、抵抗したらその人急に様子がおかしくなって」

高校一年生の夏に、勇太には話した。そのときも覚えている限りは、教えたつもりだった。

話した場所も、襲われた神社だった。

「震えて、声も大きくなって。喚《わめ》きながら」

けれど少し、気持ちを逸《そ》らしていた。勇太に話したときの真弓は。

「刃物、出して」

誰かの過去のように、映画を観るように、自分の身に起きたことと思わないように心を離していた。

それはいつでもそうする習いが、真弓にはずっとあったからだ。

「逃げようとして、それで背中」

どんな目に遭ったか克明に思い出したら、外も歩けなくなる気がする。

「何度も、切りつけられて」

あの神社に行けるのも、何処かで自分を騙《だま》しているからだ。

「気を失って……」

「怖かっただろう」

記憶のあるところまでようよう語り終えた真弓に、八角が声を落として問い掛ける。

俯《うつむ》いていたと気づいて、真弓は八角を見た。

似合わない少し険しい顔を、八角はしている。憐れんでいるのとも違う、痛ましいというだけではない。

そのときの子どもをただ思って、八角は見たことのない顔をしていた。

そんなことはできるはずがないのに、八角はその子を守れなかったことを悔やんで自分を責めてさえ見える。

大人になれば誰もがそう思うことなのかもしれないと、真弓には自然とその感情を受け入れられた。

「……はい」

だから今ここにある気持ちをこの人には伝えても許されるのかと願って、短く答えた。

唇を嚙《か》み締めて、長く蓋をしていた思いと向き合う。

「おまえはいつも、よく笑ってて。みんな、帯刀がマネージャーになってくれて雰囲気がよくなったって言ってる。部が明るくなったよ」

一人ではその怖さに震える自分を支えきれないと思った瞬間に、八角がいつもと何も変わらないやさしい声をくれた。

「そんなこと」

「酷い傷だった」

直視せずにきた傷のことを、八角がはっきりと、痛ましい重荷だと言う。

「おまえが生きてて、良かった。きっと、ご家族も、おまえに関わった人はみんなそう思ってる」

ほとんど言葉にされずに来たことだけれど、言われれば真弓には関わった人々の気持ちをそうだと疑うことはなかった。

「俺はおまえが助かってくれて本当に」

殺されると思ったとは勇太にも言ったけれど、本当にそうなることを真弓は想像せずに来ている。殺されたならと思えば、誰と会うのももう怖い。

「ありがたいと思うよ」

不思議な言い回しをした八角の声を、じっと、真弓は聞いていた。

「俺、自分が悪いってずっと、思ってて」

醜いことなんかない、俺はこの傷好きや。

確かに勇太がそう言ってくれた傷を、それでもずっと重荷に思っていたままの自分にも、真弓は気づかざるを得なかった。

「子どもだったんだろう？　誰かにそんなこと言われたのか？」

淡々とするように努めていたのだろう八角の声が、少し波立つ。

「自分で」

おまえが嫌いや言うなら、この傷俺がもろてもええか？

抱いてくれた勇太に、酷くすまない気持ちがしながら、けれど真弓はしまい込んでいた思いを声にせずにはいられなかった。

「自分で、自分が悪かったたって」

なるやろ？　俺のもんに。この傷ごと。

頼りにしていた言葉がさっき聞いたように耳に返って、勇太の傷なのにごめんと、心の中で何度も勇太に謝る。

「子どもじゃなかったとしても、おまえが悪いなんてことあるわけがない。誰かがおまえの背中に振り下ろした刃だ。おまえがつけた傷じゃない」

わかるような平易な言葉を選んで八角は、真弓にそう教えた。

「……俺が、つけた傷じゃない」

ふとすると忘れてしまいそうになるそのことは、声にするとはっきりと意味を持って真弓のものになった。

「俺、本当は」

誰にも言わずに閉じ込めてきたことが、唇にのぼり掛けている。

「今でも少し、男が怖いんです」

その思いが恋人ではなく他人の手を借りて解放されるのを、真弓はけれど止めることができなかった。

絡んでくる高校の先輩を桜橋《さくらばし》から隅田川《すみだがわ》に突き落としたり、押し倒してきた神尾《かみお》を石で殴りつけたりした。

小柄でも華奢《きゃしゃ》でも、誰にも負けないほど自分は強いと思い込もうとした。けれどあれらはみな、過剰防衛のようなものだ。

本当は男に摑み掛かられたときいつでも、また、同じ目に遭うのではないか殺されるのではないかと、真弓は怖かった。

「マネージャー、大丈夫か？　無理してるんだったら言え。大越には俺から言うから」

男ばかりの部活にいることが苦痛なのではないかと、八角が案じてくれる。

「ちが……」

瞬時に出た声が上ずって、一度息を吐くと真弓は大きく首を横に振った。

「違うんです。みんな、楽しいしいいやつだし。俺、多分初めて普通に男友達っていうか、男の同級生と接してて。初めから少し安心してて。こんなに、楽しいんだ。普通に友達といるのってて思ってて」

心の中で様々な思いが一度にひっくり返されたようになって、それを掻き集めて八角に伝えようとして真弓が焦る。

「今までずっと、知らない男にはなんかしら警戒してました。必要以上の暴力を、俺から振ったこともあります。俺、それは俺が強いからだって思い込んでたけど」

思いついた端から、声にした。

「本当は」

きっと、それを理解してくれる人が目の前で聞いてくれている。

それでもこれ以上言えなくなった真弓を、随分長いこと八角は待ってくれた。

「男が怖いのを、ずっと我慢してたのか」

充分すぎるほど沈黙を許してくれてから、八角が真弓に尋ねる。

小さく、真弓は頷いた。思わぬようにしていた気持ちが自分に確かにあったことを、認めた。

「当たり前だ。怖くないわけがないだろう」

特別にやさしいわけでも特別にいたわるわけでもなく、それが普通の感情だと八角が紐解《ひもと》いてくれる。

「……っ……」

ずっと堪《こら》えていた涙が、零《こぼ》れ落ちた。

嗚咽《おえつ》しそうになるのをなんとか真弓が耐える。

涙が外に出してくれる感情を見送りながら、それでも勇太以外の他人の前で自分が泣くなんてという戸惑いはあった。この怖さは、勇太にも少しも分けていない感情だ。

自分でさえずっと心の中の箱の奥に厳重に閉じ込めて、見ないように見ないようにしてきた。

早く泣き止まなくてはと思いながら止められず、真弓が両手で顔を覆う。勇太や大河なら、抱いてくれる。そしたら真弓は、声を上げて泣くかもしれない。

けれどこれは二人には言えなかった思いで、八角はただ、真弓の気が済むのを黙って待ってくれていた。

「すみません……人目、悪いですよね」

やっと、真弓が口を開く。ハンカチを持っていたはずだと鞄《かばん》を探ると、八角が駅前で配っているようなティッシュをくれた。

「そんなことはどうでもいいよ」

落ちついた八角の声と等しく、人出入りの激しいこの店の中で不躾《ぶしつけ》に真弓を見る者はいない。

最初から八角は奥の席を選んでいて、長居をするかもしれないとは思ってくれたのだろう。

「これから、どうする。帯刀」

貰《もら》ったティッシュで涙を拭《ふ》いて鼻をかんで、赤い目をした真弓に八角は訊いた。

その先を問うて、真弓がいつの間にか俯いていた顔を上げる。

「わざわざ誰かに言う必要はない話だ。俺も誰にも話すつもりはない。大越もそう思って、おまえの時間を分けたんだろう。察せなかったのは俺が本当に悪かった」

「そんなこと」

「だが、男ばかりの部活だ。夏には合宿もある。みんなで風呂を使わないとならないときに、おまえだけ分けるのは難しくなっていくかもしれない。俺や大越がいるうちは何か考えもするが」

目の前にある問題を、一つ一つわかりやすく八角は、真弓に教えた。

「四年間、野球部に三十人からの男がいて。誰一人おまえを傷つけない保証はできない」

それが一番、不安なことだと八角が難しい顔をする。

未知の可能性について、真弓はまだ想像も及ばなかった。

「少し、考えた方がいい。野球が好きなやつはみんないいやつだと言いたいが、今後どんなやつがおまえの背中を見るかわからない。想像もつかない惨《むご》いことを言う人間は、残念だがそんなには少なくない」

そういうものが普通の社会だと、なんの責任もない八角が申し訳なさそうに綴《つづ》る。

「必要以上の覚悟がいることだよ。マネージャーを続けるのは」

言われて、真弓は改めてそのことを考えないわけにはいかなかった。

ちゃんと向き合ったことがないから、ちゃんと考えたことがない。

野球部のことだけではない。

高校まではとにかく見られないようにする習い性で、それが叶《かな》っていた。水泳を自分で判子をついて休んでまかり通ったのも、大河が学校に最初に事情を話して様々大目に見てもらっていたのも本当に大きかったのだと今更思い知る。

今までそうして家族や地元の人間関係に守られてきたけれど、これからはそうはいかないことがどんどん増えていく。卒業後、会社に入ったとしても教員になったとしても集団行動がないところの方が珍しいかもしれない。

「俺、どうしたら」

一人で答えなど出るはずもなくて、気づくと真弓は縋《すが》るように呟いていた。

「今までは人に見られないようにして来たんです。すごく気をつけてました。だから考えたことがなくて。自分でもちゃんと……見てもいなくて」

縋る先は八角だ。

何か八角なら助けてくれるのではないかと、真弓の声に必死さが滲《にじ》む。

「俺は」

そのまなざしから目を逸らさずに、八角は自分のこと以上に考え込んでくれて見えた。

「敢《あ》えては、見せる必要も話す必要もないと思う。おまえの負担が大きすぎる。おまえには何も責任がないのに、そんな負荷をいちいち負っていくのは理不尽なことだ」

八角の選ぶ言葉が、固くなる。ここまでは真弓に理解させようという気持ちが言葉を砕いていたのだろうが、今八角は自分の考えを整理していた。

「先のことも、不安か？」

「初めて、こんなに不安になりました。俺、この先どうしたらいいんだろうって……」

問われるまま、真弓が答える。

訊いてくれたのも、八角が初めてだ。

長く深く考えている八角に、責任を負えないのなら訊かないのが普通だと真弓は気づいた。

最初から八角は、この話に最後まで責任を持つ気持ちで時間を割いてくれている。

「こういう言い方をすると抵抗があるかもしれないが……野球部のことは、最初のテストケースだと考えたらどうだ」

「テストケース？」

どういう意味なのかと、そのまま真弓は尋ね返してしまった。

「もちろんおまえには、マネージャーとして部に馴染んで欲しい。みんなもおまえがいてくれて助かってる。おまえにも部活を楽しんでも欲しいよ」

それは大前提だと、八角が言い置く。

「ただ、これから先新しい人間関係を築くときに、気にするなって言ったって背中のことは……おまえには俺は重荷だと思う。だから」

言い方を、八角は選んでいるようだった。

「在学中は俺も目を配るし、大越も知ってることだ。そういう中で、おまえが背中のことどうつきあって集団の中で過ごすか、試してみたらどうだ」

いつも、八角は何も人に強制はしない。これも提案だ。

だがそこには、そうしてみて欲しいという八角の思いが強く映るのを、真弓は感じた。

「耐えられないようなことがあったら、すぐに辞めていい。卒業しても、相談には乗るよ。OBはでかい顔するもんだから」

何一つ真弓には、嘘にもその場しのぎにも聞こえない。

「何かあったら、すぐに俺に言ってくれ」

在り来たりでさえある言葉を、心から頼りに思ってしまう。

「でももし今すぐに辞めたいなら」

「俺、続けたいです」

これでは強制のようだと思った八角が「辞めていい」と言う前に、真弓は自分の意志を声にしていた。

驚きはしなかった。

辞めて、このことから逃げてそれでどうすると思えた。

「これからも……自分の体で、生きてかないといけないから」

自然とそう、思うまま八角に告げる。

「そうだな。……じゃあ、改めてよろしく頼むよ。マネージャー」

そう言って八角が笑ってくれたとき、淡々とした声音の八角にもここまでは緊張があったのだと知って、真弓は感謝する他なかった。

唇を噛んで、頭を下げる。

よせと、八角は手を振った。

「なあ」

茶を注ぎ足して、力を抜いて八角が違う話のように真弓を呼ぶ。

「でも俺は……たまたま見ちまったけど」

けれど背中のことだと、神妙に真弓は黙った。

「その傷ごと、おまえだと思う」

少し困ったように、伝わるかどうか不安に思って八角の声が小さくなる。

「正直に言うと、本当によく助かったと血の気が引くような傷だった。そういう思いをしたのに、おまえの笑顔には俺は曇りを感じない。人にもおかしな気を遣わせないし」

神社で自分を抱いて勇太が言ってくれたことと、同じことを八角が言ってくれていると、真弓は気づいた。

「なんていうか、健やかに俺には見える。俺はおまえを」

らしくなく八角の声が、迷う。

「すごいと思うよ」

簡単な言葉で、八角はけれど心からそう言ってくれた。

自分一人でそれは、貰った言葉ではないと真弓が答えに惑う。

「……今までは、たくさん人に助けられたんです。言い出したら、切りがないくらい。たくさん」

健やかでいられたのは、決して自分だけの力とは思えなかった。

「今は、八角さんに助けられてます。俺は運がいいです」

言ってから、これはいつか、勇太に言った言葉だと思い出す。

勇太に出会えて、自分は絶対運がいいとその背を抱いて教えた。岸和田《きしわだ》から勇太と帰ってきた、出会ってもうすぐ二年目になる梅雨が明けた日だった。

恋人へのすまなさと寂しさが、どうしようもなく真弓の胸を掻く。

「そう思えるおまえが、偉いんだよ。借りられる手は遠慮なく借りろ。貸せないときはちゃんと言うから安心しろよ」

そう言われて真弓は、部室の鍵を閉めて何時間経っただろうと時計を見た。

「ごめんなさい俺、八角さんの時間いつもこんな」

今回のことだけでなく、部の細やかなこと、スコアの付け方やわからないルールまで、真弓は全て八角から教わっている。

「だから、できないときは言うから気にするなって。卒論の準備も順調だし、俺は就職ももう決まってるんだ」

それを教えられて真弓は、一旦胸を撫《な》で下ろした。

「就職先、訊いてもいいですか？」

同じ学部から何処に行くのかと、すっかり声の調子を変えて深刻な話を終わらせてくれた八角に力を借りて、真弓が尋ねる。

「イベント会社。プロ野球チームと提携してて、少年野球イベントをドームでやったりするんだ。野球のことだけじゃないが、そういうプロデュースをして全部やる。発案から片付けまでなんでもやる、そういう会社だよ」

「八角さんらしいですね」

「そうか？　広告系と近いから、おまえに務まるのかって大越には言われたがなあ。極端に分けたら業界系だから、俺もそこは少し不安だよ」

そう説明されると八角にはとてつもなく似合わなくも思えて、真弓はまだ職業そのものを自分がわかっていないと溜息を吐いた。

「大越は」

ふと、部長の名前を呟いて、八角が少し沈黙する。

「これから、官僚になるための国家試験なんだ。五月末には難しい試験が控えてる。国家公務員採用総合職試験の一次だ。そこから希望省庁への入庁まで、いくつもの筆記や面接を繰り返す」

説明された大越の進路内容の幾つかは、真弓には漢字に変換することもできなかった。

「あいつは、人の暮らしをこういう風に良くしたいっていうはっきりしたビジョンを持ってるんだ。それを実行できる仕事に就くためには、ここからは普通なら野球部の部長なんかやってる場合じゃない」

意味を完全には理解できない真弓に気づいて、大越がどういう仕事をしようとしているのか八角が噛み砕いて説明する。

「去年、全日本選手権、予選で敗退したんだ。うち。みんな口惜しいより恥ずかしいって、気が抜けてそこで辞めた上級生もいたんだが。大越は口惜しいって言って、軟式舐《な》めてたんじゃないかって自分に腹立てて。全日本まで部長続けるって言い張ってな」

仕方なさそうに八角は、大越を語って苦笑した。

「希望省庁にも、必ず入るだろう。あいつは、すごいよ」

よくわからなかった八角と大越の関係が、ようやく真弓にも少しは見えてくる。

こうして八角の時間を部活中に取るときに真弓が一番気に掛かるのは、時折大越が八角を睨《にら》んでいることだった。

そもそも八角に野球をさせるために、大越は真弓をスカウトしたのだ。自分に掛かりきりになっている八角を睨む大越の気持ちが、不意に真弓にもわかったような気がした。

「横柄だが、他人に厳しい以上に自分に厳しいやつだ。おまえのことも知ってて、誰にも何も言わなかった」

「そうですね」

時には酷い言葉を八角に向けるように見えた大越と、目の前の八角の間にあるものは、まだ真弓には慣れない他人への尊敬と尊重かもしれない。

「まあ、マネージャー始めさせてから着替えのことなんかは気づいたんだろうな。入学式におまえに会ってすぐそのことに気がついてたら、多分やらせなかったよ。そういうやつなんだ。よく見てやってくれ、あいつのことも。見た通りの人間とは、多分少し違う」

その尊敬と尊重が今、真弓からは八角へと向けられている。

さっき八角もそれを、真弓にくれた。すごいと、心からの言葉を八角は言ってくれた。

「少し、怖いです」

呟いた真弓の言葉を大越のことだと思ったのか、八角が苦笑する。

怖いのは、勇太以外の人と自分を分け合うことだった。一度もしてこなかったことに、大きな戸惑いと不安が真弓にはある。

自分が勇太のいない場所で自分の時間を持つ可能性など、真弓は今まで少しも考えていなかった。働き始めた勇太が自分から遠くに行くことばかり心配して、自分の方が勇太から遠くに行くことを想像もしなかった。

過去にはなかった時間が、否応なく流れ始めている。

このまま自分が何処に行くのかまだわからず、真弓はそれが酷く怖かった。

「あいつ、ちょっと抜けてるところもあるんだぞ？　おまえのことだってマネージャーにしちまってから心配して、内心大慌てしたんだろうよ。なんか抜けてるんだよ」

まだ、八角は大越の肩を持とうとしている。

「それは、なんかわかりますけど」

「だろ」

怖い人間ではないと八角が、大越を庇《かば》って笑った。

笑い返して真弓はまた、戸惑いが大きくなる。一人の人間として八角を尊敬して、慕っている。頼りにしている。

これは人の当たり前なのだろうか。みんなこんな風に外に世界を広げていくのが普通なのか。

自分はそれを望んでいるのか。恋人に今日のこの話を、できるのだろうか。

できない話が積もっていったら、勇太と自分はどうなってしまうのか。

今はただ見えないことが多すぎて、真弓は不安に胸を摑まれた。

忙しい毎日は思い掛けなかったけれど一月以上続いていたので、こんな日もあるとは真弓ももう忘れかけていた何も用事のない日曜日というものが現れた。

試合のない日曜日がゴールデンウイークを過ぎて訪れ、八角の発案でその日の練習がなくなった。もしかしたら八角は、大越を休ませたいのかもしれない。国家試験が近い。

前日に明日は何も無いと告げられて、土曜日の夜に真弓が帰宅すると勇太はもう眠っていた。

八角の前で泣いた晩も帰った時間が遅すぎて、さすがに勇太は起きていなかった。

そこから毎日話そうとしながら時間が経ち、起きたら今日こそ八角に背中のことを打ち明けたと言おうと真弓は思ったけれど、疲れた顔でぐっすり眠っている勇太を起こす気になれない。

「バースの散歩、行ってくるね」

いつも通りの時間に真弓が起きてしまった日曜日の朝は家族も皆バラバラで、早い時間は大河も丈《じょう》も眠っている。

明信《あきのぶ》も見当たらず居間にいた秀に告げて、真弓は外に出てバースのリードを取った。

「ゆっくりお散歩しよ？　おじいちゃん」

五月初めの、空が高くてさわやかな風もある日曜日だ。本当は勇太と過ごしたい。

「……散歩から帰ってきたら、起きてるかな」

起きていたら勇太に、今度こそ八角の話ができるだろうかと真弓は爪先を見た。

「くうん」

最近は走ることもないバースが、立ち止まる。

俯いて左右を見ずに車道に出そうになったことに、真弓は気づいて慌てた。

「ごめんおじいちゃん。いつもありがとね」

幼稚園のときに「おまえのおじいちゃんだ」と長女の志麻《しま》が何処からともなく連れて来たバースは、一番走りたかっただろう年頃にも、真弓がリードを持つと辺《あた》りを見渡してくれた。

「おじいちゃんは……本当に賢いなあ。俺よりも賢いよね。……長生きしてね」

しゃがんで真弓が、バースを撫でる。

あまりバースは、もうたくさんは散歩をしない。近頃は遠くに行くのは億劫《おっくう》そうだ。

「公園行って、お花見て帰ろうか」

撫でているだけでは足りずに、真弓がバースの首を抱きしめる。

「路上で、何バースとラブラブしてんの」

「達ちゃん！　帰ってたの？」

頭上から幼なじみの声を聞いて、真弓は大きく笑って立ち上がった。

「ずっとはいられませんよ社宅ー、ご家族のみなさまが住んでらっしゃるあの団地に一人でー」

適当なパーカーに適当なスウェットの達也《たつや》が、疲れ切ったように伸びをする。

「何その喋り方」

そんなに会っていないわけでもないのに酷く懐かしく思えて、真弓ははしゃいだ。

「日曜日とかマジで、ホント困る。なんもすることねえし、メシコンビニだし部屋は汚ねえし。親父に頭下げても家帰りてえわ、さすがに。ゴールデンウィーク意地張って超後悔したから、そんで今帰る途中なわけ」

以前と全く変わらないテンションで、達也がだらだらと喋る。

「帰った方が、お父さんもお母さんも喜ぶよ。うっかり達ちゃんに会えて、俺もラッキー」

「一人か、散歩」

露骨に喜んでいる真弓に、達也は肩を竦めた。

「うん。勇太まだ寝てるから」

へえ、と屈《かが》んで達也がバースをゆるく撫でる。

「久しぶりだな、バース。よーしよしよしよしよし、まだまだ元気だな。よし」

「ワン」

言い聞かせた達也に、バースは一生懸命応えた。

「一緒に散歩しない？」

「おー、いいね」

誘った真弓に達也が、また大きく伸びをする。

「バース、もうそんなに遠くには行かないからその辺ね」

「……そっか」

ゆっくりと歩いて真弓と達也は、近所の花が咲く公園に向かった。

日曜日で公園には、朝から親子連れが遊んでいる。

「皐月《さつき》がきれいだね」

薄紅色の花を眺めて、百花園で覚えた花の名前を真弓は口にした。

「何がサツキ？　あ、五月だな今。五月って確かサツキとかいったな」

同じ百花園のある町で育っても、達也は花の名前など一つも覚えない。

ベンチが空いていたので、二人はどちらからとも並んで座った。バースがもう疲れている。

気持ちよさそうにバースは、真弓の足下に丸くなってひなたぼっこを決め込んだ。

いつの間にかバースが歳を取っていることを切なそうに達也は眺めたけれど、何も言いはしない。

「どうよ、大学」

気軽な風情で、達也は真弓の近況を尋ねた。

「なんと、部活やってる」

「へえ！」

高校までずっと一緒だった達也は、真弓のその報告に大きく驚いた。

「何やってんの」

「軟式野球部のマネージャー。まだ勇太しか知らないから、内緒ね。続くか自信なくて、大河兄にも言えてないんだ。……でも一月続いたから、もう言おう。今日」

考えてみればジャージで帰る日もあるし洗濯もまめにしてくれているから、秀は何かしらわかっているはずだと今更真弓が気づく。わかっていても、けれど秀は真弓が言い出すまでは何も言わずにいてくれるような気がした。

「そうか。なんか画期的だな、おまえが運動部。マネージャーとはいえ。大丈夫か、いきなりそんな」

やれてんのかと、達也が心配を重ねる。

「俺」

先に、達也に話しては駄目だろうかと真弓は口ごもった。

背中のことは、達也もよく知っている。小学校、中学校、高校と、達也は背中のことだけでなく真弓を気に掛けてくれていた。

「四年生の先輩と……仲良くしてるんだ。仲良くって、変かな。でも、初めての男友達かも」

「俺は？」

初めての男友達はどう考えても自分だろうと、やる気はないながらも達也が不満そうな声を上げる。

「達ちゃんは、生まれたときから装備されてたからさ」

「あんまりだろそれ！」

さすがにいつも体温低めの達也でも、瞬時に真弓に言い返した。

「だって、達ちゃんは絶対いなくならない人なんだよ。俺には。家族と同じ。何処に居ても、達ちゃんは達ちゃん」

多くの説明はいらないように思えて、真弓が簡潔に告げる。

「まあ……そら、そうだ」

「そういうとこに、ずっと居たって気づいた。外に出たら、すごく大切にされてた家が見えたよ。達ちゃんのことも」

背中を見られたこと、その理由を話して八角と気持ちを分け合ったことを、真弓は達也に話そうかと迷った。そして、どんな風に勇太に聞いてもらうのがいいのか、言わない方がいいのか相談しようかと甘えた。

「あのさ……達ちゃん」

「なあ」

語り出そうとした真弓を、不意に、達也が遮《さえぎ》る。

「俺、彼女とかあんま長続きしたことねえからわかんねえけど。俺が勇太なら、切れんぞ」

「何が？」

突然達也にそんなことを言われて、意味がわからず真弓は戸惑った。

「おまえ、なんかあったんだろ？　学校とか、その部活とかで」

「あったってほどじゃ……」

図星を突かれて真弓が、ただ口ごもる。

「それ、今俺に話そうとしてんじゃねえの？　誰にも言えてねえ、勇太に言えねえようなこと」

生まれたときから、いや生まれるその前からのつきあいは伊達《だて》ではなく、達也は真弓が大事な話をしようとしたのを察していた。

「勇太、すげえそれやだと思うよ。俺に最初に話せよって思うんじゃねえの。わかんねえけどさ」

どうしてもっていうなら聞くけどと、それでも達也は小さく言い添えてくれる。

見透かされて、真弓は耳まで赤くなった。

自分のことだからと、今までとは違うように気を張ったつもりでいたのに、達也の顔を見た途端に緩む自分がただ情けない。

「俺はおまえの標準装備だから、絶対にいなくなんねえから。だから頼んのは最後にしとけば」

冗談めかして、達也は笑った。

少しも深刻にならない、真弓には見慣れた笑顔だ。

「……達ちゃん」

それでも少し久しぶりに見たら、達也もいつの間にかすっかり大人の顔をしている。もうきっと、達也に制服は似合わない。隣の町での、真弓の知らない達也の毎日がある。

「いつも、ありがとね」

それでも安心させてくれる達也に、他に言葉など見つかるはずもなかった。

昼を家で食べるという達也と別れて、バースのペースに合わせて真弓は家に帰った。

庭にバースを帰して、また撫でる。本当は真弓はもうバースを家の中に入れておきたかったけれど、バースがそれを嫌がっていることも知っている。寒い日や暑い日は心配で家に入れてしまうが、バースはきっと外を守りたいし家に上がると酷く居心地が悪い。目の届くところにバースに居て欲しいのは、真弓のわがままだ。

「またお散歩しようね」

言い置いて真弓は、玄関から家に上がった。

「勇太起きた?」

居間を覗《のぞ》いて尋ねると、大河が遅い朝食を秀に賄《まかな》われている。

「起きて、遠くに木材取りに行けって電話掛かって来て。メシ食って出てったぞ」

無精髭《ぶしょうひげ》の大河が、答えてくれた。

「……そう」

日曜日も仕事なのかと、溜息が零れる。けれど八角とのことは話しておかなければと日々思う一方で、どんな風に話したらいいのかまるで見当もつかないので安堵もあった。

こんな気持ちのいい日に勇太と一緒にいられなくて安堵する自分が、真弓にはやり切れない。

「大河兄」

それでも、マネージャーのことは今大河に言おうと、真弓は居間に足を踏み入れた。

丁度食事が終わって、茶を飲んでいる大河の横に正座する。

「……どした」

その改まった様子に、大河が明らかに身構えた。

まだまだ兄には心配させるばかりなのだと、改めて真弓が思い知る。

「俺、大学で軟式野球部のマネージャー始めたんだ」

「え……?」

突然の真弓の報告に、大河は酷く戸惑っていた。

「いつから」

「入学式で、大河兄が帰ったあとスカウトされて。部長が、二丁目の大越忠孝《ただたか》さんなんだ。わかる？」

大越とは相変わらずそんなに会話もしていないが、近所の者が部長だと知ったら大河が安心するような気がして真弓が名前を口にする。

「御幸《みゆき》と同じ町会か。何個上だ」

「四年生。三つ上」

「おまえ、知ってる人か」

「知らなかったんだけど、大越さんは俺のこと知ってたんだって。それで、マネージャーやらないかってあの日声掛けてくれて。今、ちゃんとやってる。春季大会っていうのやっててね、大学軟式野球部の。三日置きくらいに球場にも行ってるんだよ」

気配を消すようにして秀が真弓の分の茶も淹《い》れているのに、やはり気づいていて黙っていてくれたのだと真弓にはわかった。

朝は時間がまるで合わず、晩に会っても黒いジャージの真弓を見る機会がほとんどなかった大河は、ただ驚いている。

何より真弓が運動部と関わることを、大河はきっと想像もしなかった。

様々な不安が大河の心を過ぎるのが、目を見ていたら真弓にも知れた。

既に真弓が経験する羽目になった着替えのこともきっと、大河は考えている。高校までは大河が、入学を前に学校に真弓の背中の傷のことを話しに行っていたのだから。

大学ではさすがに、その必要はないと大河は思っていたのだろう。

「やれてんのか」

長い時間掛けて心配を全て自分の胸に納めて、それだけ、大河は真弓に訊いた。

尋ねたいことの何もかもを大河が飲み込んだことが、真弓にはよくわかった。

「うん。楽しいよ、こんなにちゃんと部活に参加すんの初めてだし。そうだ、今度みんなで試合観に来てよ。強いんだよ、うちのチーム。勝率高いから楽しいよ。野球、好きでしょ？」

「……ああ、好きだけどおまえは」

そんなに自分が野球に興味がないことをやはりみんなが知っていると、真弓が苦笑する。

「いつもうちナイターついてるから、俺もなんか身近で。ルールもなんとなくわかってたから、入りやすかった。スコアブックつけられるようになったよ」

それを大河に教える声が真弓自身の耳にさえも、大人びて聞こえた。

「そうか」

きっと同じように兄にも届いている。

「良かった」

短く言うのが兄には精一杯で、笑えてもいなかった。

「……なんかあったら」

無意識のように大河の唇がそう綴って、途中で横に結ばれた。

続く声を、真弓はよく知っている。

なんかあったら、必ず俺に言えよ。絶対に俺が、なんとかしてやるから。

それは真弓が言葉を理解するようになってからずっと、兄に与えられ続けていた約束だ。

今日はもう、兄は言わない。

「いや」

そうして兄が口を噤《つぐ》まなくてもそのことを、真弓は知っていた。

もう、この先は一人で歩いて行かなければならないと、真弓もわかっている。

もう、今までのように手を貸すことはできなくなっていくと、大河もわかっている。

「試合、観に来て」

ありがとうと言いたかったけれど、ただまっすぐに真弓は大きく笑った。

笑顔は間違いなく、大河が守ってくれたものだ。健やかだと、出会ったばかりの八角が称《たた》えてくれた。

誰よりも大河に、見せたい。

「必ず行くよ」

返った大河の声がほんの少し、遠く聞こえた。

「秀も来てね。……俺、早起きして眠くなっちゃった。ちょっと昼寝する。ごめん、お茶淹れてくれたのに」

兄との間柄までもが昨日までと違うことはやはり寂しくて、一息に言って真弓が居間を出る。階段を上がって窓と襖《ふすま》を開け放してある左右の部屋を、立ち止まって廊下から真弓は見た。

皆留守のようで、西側にある明信と丈の八畳間も開け放されている。兄たちの部屋をあまり覗いたことはない。まるで真ん中に見えない国境でもあるかのように、丈が住む南側と明信が住む北側が全く違っていて可笑《おか》しくなった。

丈の領域は酷く散らかっていて漫画雑誌が積み重なり、明信の方は整然として難しそうな本ばかりある。

片付けて、片付けるよ、勝手に片付けないでよ、だって片付けないからと、この部屋割りになってから次男と三男のその珍しい兄弟喧嘩だけは途絶えることがない。

今は二人ともが、そこにいない。

自分たちの部屋に入って、真弓は豆腐屋のある窓の方を眺めながら畳に座り込んだ。

木材を取りに行ったと、大河が言っていた。勇太の帰りは遅いのだろうか。

やはり今日は勇太がいなくて良かったのかもしれない。

目の前にいたらすぐに勇太にしがみついて、真弓は泣いてしまったような気がした。

今までとは違う言葉を、さっき兄と交わした。今までは必ず言ってくれた言葉を、兄は声にすることなく最後まで堪えた。

いなくてよかったと思いながら、勇太に縋り付きたい。

心細く寂しくて、それでも自分には恋人がいるはずなのに、この部屋には最初から誰もいなかったかのように真弓は今一人だ。

「……勇太。俺、この間勇太の知らない人の前で、泣いたんだよ……」

その言葉をずっと、真弓は勇太に言えていない。

だからこの先に続くことも、本当は勇太がいたとしてもまだ何も言えない。

ちゃんと最初に勇太に話せと、幼なじみは教えてくれた。言えもせず寂しいばかりなのは自分のわがままだけれど、景色が変わる速度と一緒には気持ちが大人にはならない。まだ追いつけない頼りなさがいくらでも残っている。

「なんで、日曜日なのにいないの」

泣き出しそうだと真弓は、無理に声を出した。

「勇太は俺より、仕事が大事なのかな。……なんて」

ふざけてそう、独りごちる。

以前なら本気で言ったかもしれないけれど、今は冗談でも言えない。どんなに勇太が両方を大切にしようと心を砕いて時間を割いているか見ているし、そんなことを言って万が一にでも軽蔑《けいべつ》されたくない。

　口に出してみたのは、外に出しておかずに何かの弾みでそんな感情に囚《とら》われるのが、本当に嫌だからだ。

　なのに気づくと廊下に誰かの気配がして、真弓は息を呑んで振り返った。

　昨日の洗濯物を抱えて、秀が戸口に立っている。

　聞かれたことが死ぬほど恥ずかしくて、勇太の仕事ぶりをよく見ている秀に咎《とが》められるかもしれないと真弓は身構えた。

　静かに秀が、部屋に入ってくる。すっかり慣れているのか勇太の棚に、洗濯物を入れて秀は真弓の前に座った。

「その言葉、僕は常々思っていたんだけど」

　ほとんど説教らしい説教も秀にはされたことがないが、今は何を言われても仕方がないと真弓が項垂《うなだ》れる。

　他人が言うのを聞いたなら、真弓自身も馬鹿馬鹿しいまるで違うものを秤《はかり》に掛けるのかと呆れることだ。

「言わせる方が悪いよね」

　しかし真顔の秀は、想像とは違うことを真弓に言う。

「言わせる方が、百二十パーセント悪いよ。そう思わない？」

同意を求める秀は、どうやら心から大河のことを責めているようだった。

「思わないよ秀。おかげで自分を見つめ直すいい機会になったよ……」

兄の恋人に他に言い様もなく、真弓は秀の言葉ですっかり勇太を責めるような気持ちは潰《つい》えたと首を振るしかない。

「僕、多分、一番大学生になった真弓ちゃんの顔を見てる人間だと思うんだ。この家の中で」

ふと、心の中で大河を責め咎めていた能面のような顔を緩めて、秀は微笑《ほほえ》んだ。

言われて真弓も、部活に入ってすっかり変わってしまった生活の中でも朝必ず会うのは秀で、夕飯のときにもほとんどいてくれていると気づく。

「急いで大人になろうと、しないで」

しないでいいんだよとは、秀は言わなかった。

最初から懇願で、そうしないで欲しいと願ってくれる。

「急に何もかもが変わったら、誰でも驚くよ。驚いたら、転んだりする」

小さな子どもの手を引くような秀の声を、真弓はずっと聞いていたくなった。

「転んだら、痛いよ」

呟いてから秀は、それを最初に言ったのは自分ではないと考え込んだ。

「これはいつか……真弓ちゃんが僕に、言ってくれたんだったね」

囁かれて真弓も、確かに秀にその言葉を告げたことが蘇《よみがえ》る。

「……いつだったっけ？」

けれどいくら考えても、それがいつどんなときだったか、真弓には思い出せなかった。

「秀も勇太もずっと昔からここにいるみたいで、一つ一つは思い出せない」

「そんなに？」

首を傾《かし》げた真弓に、秀が笑う。

ふと、ゆっくりとした動きで秀は、真弓の隣に座り直した。

肩を真弓に寄せて、少しだけ高いところから秀が、真弓の頭に頭を軽く当てる。

「僕は、勇太があんなに大人になっちゃって本当はすごく寂しい」

ぼんやりと秀は、勇太が住む部屋を見ていた。

「これは、勇太には内緒だよ」

内緒の気持ちを、秀が真弓に分けてくれる。勇太には言えない同じ気持ちを、そう感じてもいいと秀が言ってくれた。

その寂しさはけれど、自分の比ではないことは真弓にもわかった。

本当に秀には切ないことだけれど、勇太は庇護《ひご》を離れた。終わった時間を秀は惜しみ、その勇太とのこれからの時間のことを真弓は思っている。

「秀」

大人になった勇太の時間は、真弓に与えられたものだ。

「三年前の七月二十日」

隣で肩を寄せている、兄の恋人がもたらしてくれた。

「頑張ってうちに来てくれて、ありがとう」

兄には言えなかったありがとうを、兄の恋人に告げる。

「……うん。すごく頑張ったんだよ、あの日。僕」

笑おうとした秀の口元が揺らいで、真弓は見ないふりをした。

「玄関開けて秀が立ってたときは、何考えてるか全然わかんない無表情だったけどね」

「嘘。倒れそうなくらい緊張してたよ?」

「全然わかんなかった」

軽口をきいて、二人で笑う。

少し他人だから、言えることもある。

少し他人だから分け合える思いもあると、真弓は秀と、勇太の不在を埋め合った。


ナイターの眩《まぶ》しいグラウンドに、大越《おおこし》の鋭いノックの音が響く。

春季リーグも終盤に差し掛かり、順位も僅差《きんさ》で争う中で上位に食い込んでいるので野球部員はみな必死だった。

ノックのためのボールを大越の足下から放るのは、一年生のキャッチャー候補がやっている。グラウンドの隅で真弓《まゆみ》は、難しい書類と睨《にら》み合っていた。地べたに座って立て膝《ひざ》にボードを乗せて、今にも唸《うな》り出しそうだ。何ヶ月も先の大会出場申請書だった。こういう事務的なことの方が大学野球部のマネージャーとしては多いと大越に言われて、これならスコアを付ける方がマシだと頭を抱えていた。

初めて書くものだし、二回既に修正液を使ったので今は鉛筆で下書きしている。

「あーもー！　また間違えた‼」

消しゴムで消して以前の要項と照らし合わせて、とうとう真弓は声を漏《も》らした。

「それ、一人で無理だろういきなり。大越に言われたのか？」

座り込んでいる真弓の頭上から、八角《やすみ》がいつも変わらないトーンの落ちついた声を落とす。

「はい……あの、無理って言いたくないんですけどなかなか厳しいです」

定食屋で泣いてしまった後も八角はまるで態度を変えず、真弓に野球部のことを教えてくれた。やはり急に一人で何もかもを任されてもわからないことばかりで、こんな風に八角が目を配ってくれるのは助かる。

それに、背中のことを翌日から何も思わない顔で笑ってくれた八角が、真弓には頼もしかった。

「書き方教えるから、少しずつ覚えて」

何もなかったようにでもなく、気負いもせず、八角はずっと普段通りだ。

真弓の隣に胡座《あぐら》をかいて、八角は去年の申請書を見せながら一つ一つ要点を確認してくれた。

「秋季リーグのときにはまたこういう仕事が増えるなあ……主催当番が回ってくることもあるし、広報させられることもある。ごめんな、最初に仕事全部説明してないな」

すまなさそうに八角は、情報が足りなかったと真弓に謝る。

「いえ、そんな八角さんが謝るようなことじゃ全然ないです」

「経験ないのに、一人じゃやっぱり無理があるよな。俺、できる限り手伝うから、なんでも言ってくれよ」

なんでも言えと、八角は真弓に言った。背中の話をしたときにも、確かそう言ってくれた。

今までは大河《たいが》がくれていた言葉だ。きっと勇太《ゆうた》もくれる言葉だ。

けれどこれからはこうして、大河も勇太も知らない人から貰《もら》うことが増えて行って、それをありがたく思っても自分は恋人に言えないままなのだろうかとまた惑う。

大事なところで引っかかってそこから先に進めていないことを、真弓はどうしたらいいのかまだわからないでいた。

それなのに八角を頼りに思いすぎている。

「主催当番ってなんですか？」

たった三つ年上なだけだと、時々それを思い出して真弓はなんとも言えない気持ちになった。三年後自分が、八角のように大人になれているかまるで自信がない。

「主催当番はかなりきついぞ」

それでも八角のような人になりたいという思いが、いつの間にか真弓にはあった。

八角のような大人になれればきっと、何もかもが迷うことなく上手く行く。だから八角のようになりたいけれど、なれる予感はゼロだ。

「リーグ戦参加の各校に順番に」

「八角！」

主催当番について説明を始めた八角に、不意に、怒声に近い大越の声が飛んだ。

「おまえの番だろうが、ノック」

知らぬ間に大越は何度か八角を呼んでいたのか、グラウンドの部員たちはみな困ったように八角と真弓を見ている。

「ああ、すまん飛ばしてくれ。大会申請の書類を」

「なんでおまえが書類を書く！　なんのためのマネージャーだ‼」

何故だか酷《ひど》く腹立たしげに言って、大越はバットを置いてバッターボックスから八角に向かって歩いて来た。

ですするんだ‼」

「おまえ半分マネージャーと変わらんだろうが！　帯刀《おびなた》がいるのにどうしておまえが事務方ま

いつでも真弓には大越は逆らいがたい存在だったが、こんな風に頭ごなしに怒鳴るのを見るのは初めてだった。

「帯刀は一月前に初めて野球部のマネージャーになったばかりだぞ。先輩マネもいないのに、こんな主務みたいなことを全部任せて放っておけるか」

明らかに憤りが顔にも声にも出ている大越につきあわず、平然と八角が答える。

「じゃあ誰か他のやつに任せろ。おまえが掛かりきりになったらおまえがマネージャーなのと変わらんだろうが！」

体が自然と引けて、真弓は怖くて動けなかった。

映画やドラマ、時折町中で見かけるヤクザやチンピラの罵声《ばせい》の怖さの比ではなかった。

「……マネージャーとして部に貢献したいと、俺はもともと言ったはずだ」

「いい加減にしろ。おまえはマネージャーじゃなく選手であることを選んだんだから、その筋はきちんと通せ！」

常識も良識もある、恐らくは人一倍知恵も知識も理性もある者からの恫喝《どうかつ》は、筋の通らない罵声を聞くよりずっと恐ろしいのだと初めて知る。

そう思うのは真弓だけではなく、グラウンドの者は皆、突然八角に怒鳴りだした大越にただ沈黙していた。

「少し落ちつけ、大越」

もうどうにもならない空気に、それでも八角が溜息《ためいき》を吐《つ》いて大越を宥《なだ》めようとする。

「俺はもう四年だぞ」

呟《つぶや》いた八角に、大越の鋭い目が一段ときつくなった。

「ああおまえは四年だ。野球ができるのもあとせいぜい半年だ。なのになんでそんな引け腰でいられる」

静かになった大越の声に、声を荒らげていたのが逆上した挙げ句のことではないと知れる。

「試合に出たくないのか。やる気がないのかおまえは。思い出作りのつもりなら迷惑だ」

今こうして問う大越の方が、怒鳴っているよりずっと怒っていた。

「……そんな、言い方」

ようよう、真弓が声を絞り出す。

「俺が、まだ使えないから。だから八角さんの手を、煩《わずら》わせてるんです。俺が」

「おまえは関係ない。俺は八角と話してるんだ」

なんとか言葉を綴《つづ》った真弓を、大越は見もしなかった。

「練習量も減ってるようなやつ、スタメンに選べるわけがないだろう。おまえこのままだと春季リーグ一度も試合に出ないで終わるぞ」

監督も兼任している大越は、スターティングメンバーも自ら選んでいる。

そのことに誰も不満は言わず、大越の決め事には皆是非もなく従った。

「おまえの公平さは信頼してる」

立ち上がって、八角が大越と目線を合わせる。

「おまえの言う通りだ。俺は腰が引けてる」

認めることを言う八角が真弓にはわからなかったが、これ以上庇《かば》う言葉が出てくるはずもなかった。

「よく考えるよ、約束する。悪かった」

丁寧に言って頭を下げた八角を一瞥《いちべつ》して、大越がもう何も言わずに立ち去る。

「今日はもう終わりだ。解散」

全員に告げて、大越はグラウンドを出て行ってしまった。

誰もがどうしたらいいのかわからず、声も出ないし動けもしない。

「みんな、すまんな騒がせて。俺がサボってるんで、大越に喝入れられたんだ。練習半端になって、ごめんな。気をつけて帰れ」

穏やかに八角が声を掛けるのに、ようやく部員たちは息を抜いた。

「……お疲れ様でした」

「お疲れ様でした」

部員の数だけ声が重なって、いつもより足早に皆引けて行く。

「おまえも、帰っていいぞ。素振りでもしてくよ、俺は」

立ち上がることもできずに固まっていた真弓に、八角は苦笑した。

あんな風に部員たちの前で詰《なじ》られて、何故八角が笑えるのか真弓には少しもわからない。

「……八角さん、副部長なのに。俺、本当に甘えすぎてました。すみませんでした」

「おまえは関係ないって。大越もそう言ってただろ?」

いくら謝っても足りないと謝罪を重ねながら立ち上がった真弓に、すぐに八角はそれを遮《さえぎ》った。

素振りをすると言いながら、何故だかその気配はない。珍しく八角は長く黙り込んで、ぼんやりと真弓に背を向けた。

「これが、いい機会かもしれないいな」

ふと、真弓がいることも忘れたように、八角がナイターの方を眺めて独り言を落とす。

「なんの、機会ですか?」

意味がわからないならまだ良かったが何か嫌な予感がして、真弓は尋ねた。

その声で初めて真弓が居合わせたことを思い出したのか、ハッとして八角が振り返る。

気まずそうに真弓を見た八角の顔は、今まで見たどの顔とも違った。困ったように笑おうとして笑えずに、口の端を不自然に引いている。

「俺、本当は嫌なんだよ副部長」

自嘲《じちょう》的なことを口にする八角ではないのに、口調がどうしようもなく弱くなった。

「マネージャーになれたら、楽だって気持ちがあった。おまえが引き受けなかったら、俺は間違いなくマネージャーやってたよ」

そのやり取りのとき真弓は実際に居合わせたし、八角が副部長をはっきりと断ったとは白田《はくた》や葛山《かつらやま》から聞かされている。

「どうして……」

それでもなおこうして今改めて八角の口から聞くと、何処か酷く不自然に感じた。

「俺にもくだらないプライドみたいなもんがあるんだ、情けないけど。肩書きに実力が伴わないのは辛《つら》い」

それはきっと本心で、小さくなる八角の声が辛い。

「おまえに仕事教えながら、このまま中途半端な立場に納まろうって気持ちがあった。大越は見透かしてたんだ」

けれど不自然なのは、八角の行動だと真弓は気づいた。

本心ではどんなにプライドが傷ついていても、言われれば確かに練習量も減らして逃げに回るのは八角らしいことではない。

「選手を降りる」

決め事を強く、八角は口にした。

「え!?」

ほとんど反射で、真弓が尋ね返してしまう。

「こんな曖昧《あいまい》なことを続けた俺が悪い。それで大越をあんなに怒らせて、練習もみんな早く切り上げる羽目になった。俺の中途半端さで、部の和を乱してる」

降りる理由は理路整然としていて、確かにその通りだと説得されてしまう者もいるだろうと真弓は思えた。とても八角らしいと思う者もいるだろう。

「選手を降りて、マネージャーになるよ。おまえの先輩マネになって、主務も俺がするしおまえにも一から全部教える」

けれど真弓は、どの言葉も納得できなかった。主務の意味さえ本当はわからなくても、それを八角から教わることを自分が少しも望んでいないとははっきりわかる。

「明日、大越にちゃんと言う。それがいい。俺もその方が気持ちが楽になるし、すっきりする」

自分に言い聞かせる八角は、嘘《うそ》を吐いているとはっきりと真弓はわかった。

「絶対ダメです！」

気づくと説得する材料など何も持たないまま、叫んでいた。

「……帯刀？」

「選手降りるなんてダメです！　八角さん就職決まってて、野球選手でいられるの秋までなのに」

野球が好きだと、それは真弓は確かに八角から聞いていた思いだった。

最後のシーズンだと、大越も最初から言っていた。

「野球、やりたいのに！　シュムとか、別に全然やりたくないでしょう⁉　なんだかわかんないですけどそれは全部俺が自分で調べて自分でやります‼」

「おまえ、もしかして主務の意味わかってないだろ……」

漢字に直せていないことに音で気づいたのか、意味もわからないのにどうやってと八角がさすがに呆《あき》れた声を聞かせる。

「意味から調べます。それは俺がやります。俺の仕事です。八角さんが最後のシーズン思い切りやるために俺がする仕事なんです！」

闇雲に言葉を掻《か》き集めて、真弓は叫んだ。

「八角さんが大好きなのは、野球観ることじゃなくて野球することじゃないですか！　なんであきらめちゃうんですか！」

「どんなに好きでもグラウンドに立てないからだ！」

必死で声を上げた真弓に、八角が聞いたことのない感情からくる大きな声を返す。

それは怒鳴ったのではなく、真弓には悲鳴に聞こえた。

「……すまん」

呆然《ぼうぜん》と声を聞いている真弓を見つめて、八角こそが呆然と立ち尽くす。

「子どもの頃からずっとだ。人一倍練習してるつもりでも、少年野球でレギュラーになれたのは六年生からだ。監督の温情みたいなもんだってあからさまにわかった。五年生にもっと戦力になるやつがいて、大事な場面ではそいつが必ず代打になった」

声にされなくてもその少年なりの惨《みじ》めさは、真弓にも伝わった。

「中学も同じ」

まるで似合わないのに、自嘲的に八角は笑った。

「それでも、ガキの頃からずっと甲子園観てたから、何も考えないで強豪校に行った。プレイすることなんてほとんどなく応援して終わって」

溜息を吐いて、歩いて来た道を八角が一つ一つ振り返る。

「子どもの頃からエースで四番の大越を見てると、俺はやっぱり体も薄い。身長は変わらないのに。体のデキが悪いのか、ただ下手くそなのか。練習が足りないのか。これ以上どうやって練習するって……そうやって、九歳からだ。九歳で始めた」

ただ黙って、真弓は八角の言葉を聞いていた。

「もう頑張るのは疲れたよ」

それが本心だということも、よくわかった。

「でかい声出して、悪かった。怖かったろ。大越の怒鳴り声聞いたばっかりなのに……ごめんな」

もうすっかりいつもの八角に戻って、穏やかに笑う。

「疲れても」

どんな横暴さで自分が口を開いたのか、真弓は判断する間もなかった。

「疲れてもやめないでください。疲れてもあきらめないでください。俺は」

気づくと身を乗り出して、真弓はほとんど八角に摑《つか》み掛かっていた。

「八角さんが一番好きな景色見るとこが見たいです！　見て欲しい。八角さん言葉上手だから自分のこと騙《だま》してる。八角さんだってまだ見たいはずで‼」

「俺の……好きな景色？」

「打席から見える景色が一番好きなの、俺知ってます‼」

どうしても八角の嘘を通してはいけないと、ただ必死で真弓が訴える。

「なんで……」

言ったことはないはずだと、八角は問いかけを途中で途切れさせた。

「初めて、ベンチ入ったときに。入学式で会った八角さんものすごく落ちついてたのに、試合中すごく楽しそうで。ベンチから見るの楽しいだろうって言いながら」

あのときの八角の素直すぎる羨望《せんぼう》は、真弓の中にずっと残っている。

「どんな風に打席見てたか、俺、忘れられません」

声にしてから、これを八角は言われたくないのではないかと真弓は初めて我に返った。

けれど思いのまま告げた言葉は、もう取り戻せない。

「……すみません、俺。でも、どうしても八角さんに……」

恐る恐る真弓は、八角を見た。

「野球、続けて欲しいんです」

やさしい穏やかな八角に、喚《わめ》き立ててしまった。それも八角が言われたくないようなことを言ったかもしれない。

息を呑《の》んで真弓は、それ以上言葉が出ずに唇を噛《か》み締めた。

「……参ったな」

小さく、八角が呟く。苦笑とも溜息ともつかない声が、零《こぼ》れ落ちた。

「見透かすなよ……そりゃ、俺だってしたいよ。野球」

一度も見たことのない弱さを、八角が横顔に映す。

「でも、選手としてプレイできない歯痒《はがゆ》さも限界だった。だから」

言葉の一つ一つが、八角自身を叱咤《しった》していた。

「一番好きなことから、本当に逃げようとした」

断罪する声さえ、細く痩《や》せる。

「情けないな」

「……八角さん、俺そんなつもりじゃ」

ようやく真弓をまっすぐ見て笑う八角が辛くて、そこまで気持ちを追い込んでしまったのは自分だと真弓は酷く気持ちを焦《じ》らせた。

ほんの少し、八角が真弓を待たせる。多分言葉を、少し躊躇《ためら》って八角はそれでも笑顔でいた。

「やめるの、やめた」

時間を掛けて八角が、似合わない子どもっぽさで悪戯《いたずら》っぽく笑う。

「逃げずに頑張るよ。打席に立つために」

そして真摯《しんし》に、約束を真弓にくれた。

言葉もなく真弓が、八角を見上げる。

「おまえ、意外と厄介なやつだな」

もうすっかりいつものように笑って、八角は真弓の髪をくしゃくしゃに撫《な》でた。

「マネージャー、向いてるよ。俺はやる気が出た」

肩を竦《すく》めて八角が、手近にあったバットを摑む。

長く、真弓は息を吐き出した。

怒らせてしまうのではないかという不安以上に、本当に八角が選手を降りてしまったらという不安への必死さからやっと解放される。

良かったという思いの他に、真弓はもう一つ、新しい八角への気持ちが胸にあることに気づいた。

今まで目の前の八角は完璧すぎて、頼りながら何処《どこ》かで自分には不安があったのだとわかる。その不安は、八角自身が何をどう感じているかわからないことで、八角の感情が見えないから何処まで踏み入っていいのかわからない怖さだった。

「居残り練習してくよ。俺が閉めてくから、鍵《かぎ》くれないか。俺、体の芯《しん》が薄いんだ。大越より五キロ足りない。それもあきらめてたけど、トレーニング今日からちゃんと始めるよ」

誰もいなくなったグラウンドで、肩を落とした八角が笑っていてもまだいくらかは心を弱らせているところもあるのが見える。今までは少しもわからなかった、人の持つ当たり前の弱さだ。

「俺にも……手伝わせてください」

本当は一人にしてやった方がいいのだろうかと迷いながら、そうできる真弓ではなくて気づくと申し出ていた。

「体の芯を鍛えるトレーニング、しないとって思いながらそれも本当にずっとサボってたんだ。言ったら筋トレだから、一人でできる」

弱っているのに八角は、子どもにやさしくするように真弓に接する。

「そういうトレーニングがあるんですか？」

「ああ。本当はテキストも持ち歩いてるんだ。少しやって、結局肉がつかない体質なのかなってあきらめてたけど。もともとそんなにやってなかったよ」

　持ち歩いているというのは常のことのようで、八角はグラウンドの端に置かれた薄いスポーツバッグからそれを取り出した。

「大越はみっちりやってる。五キロ差は結構前だから、あいつもっと鍛えたかもな。そうするとスイングのときに体がぶれないから、ピッチングマシンでも百三十超えると俺が当たらなくなるのはそれでなんだよ。主軸がぶれてる」

　わかってはいたんだと、呟く八角の声がまだ弱い。

「見せてもらってもいいですか?」

「ああ」

　八角が手にしていたテキストを受け取って、真弓は丁寧に眺めた。

　本当なら持ち歩いているにしても、鞄《かばん》は部室に置くはずだ。いつもやろうと八角は思っていたのだろう。練習後の誰もいないグラウンドや、ノック待ちの時間に。

　驚いてそれを見ている真弓をよそに、八角は本当にトレーニングを始めようとしていた。

「こういうの、あるんですね。そういえば図書館にスポーツ科学のコーナーありました。俺ももっと勉強します。それにこれ、相手がいた方がいいみたいじゃないですか。つきあいます」

「いいって。帯刀が体鍛えてもしょうがないだろ」

「そんなことないですよ！」

　真顔で言われて真弓は、むきになって八角の前に尻《しり》をついた。

「足合わせて押し合ったり、腕引き合ったりするといいって書いてあります。俺も一緒に体鍛えます」

「そうか？」

　半信半疑のように八角に問われて、真弓から足を浮かせる。

　図解を見ながら足の裏と裏を合わせて、説明通りに真弓は八角の足を押した。

「おまえ……悪いけど力あんまりないから」

「だから！　俺も八角さんと一緒に力つけますから!!」

「足押し合うのは無理だろう。じゃあ腕思い切り引いてくれ」

　力のバランスが悪すぎると、開脚して真弓の両腕を八角が引く。

　精一杯力を込めて、真弓も腕を引いた。

「んー！」

「あのな……頑張ってくれてありがたいけど。ほとんど負荷になってないぞ」

「俺にはなってますよ！」

「おまえだけが鍛えてどうするんだよ！」

　引かない真弓に、八角が噴き出して声を立てて笑う。

可笑しくて堪《たま》らないと笑う八角の朗らかな顔を、真弓は見ていた。

「よかった」

無意識にそんな言葉が、ぽつりと落ちる。

「何が」

「八角さん笑ってくれて」

なんのことだと尋ねられて、真弓は笑った。

「いつだって笑うよ」

「あ、違うかな。笑って欲しいんじゃなくて」

開脚した足を合わせたまま、困ったような八角の言葉に真弓が考え込む。

「無理して笑うとこ、見たくない」

見てしまった八角の切ない笑みが思い出されて、真弓はほとんど独り言のように呟いた。

「八角さん今まで、ちゃんと俺に笑ってくれてたんだってわかりました。さっき、無理して笑ってたから」

「無理なんて」

「無理して笑うなら、笑わなくていいです。笑わないで欲しい」

腕を引いてと、真弓が両手を伸ばす。

「俺は、八角さん笑わなくても全然平気です。八角さんの、なんていうか」

適切な言い様を探して、真弓は少し沈黙した。

「そのときの気持ちでいて欲しいです。できれば、俺といるときぐらいは」

伝わるだろうかと思いながら、八角に笑う。

「ほら、手、引いてくださいよ。俺頑張って引き返しますから」

急《せ》かした真弓に八角は、言われるまま腕を引いた。

テキストに書いてある秒数と回数を確認して、その動きを繰り返す。

「なんか、力ついた気がしませんか？」

「おまえせっかちだな」

手を放して言った真弓に、八角は呆れたように言った。

「あ」

「どうした」

その笑った目が少し髪に隠れて、大越はまだリクルートスタイルだが、八角は髪が伸びすぎていることに真弓は気づいた。

「髪、邪魔じゃないですか？」

「ああ、就活中はきっちり切ってたんだがな。就職決まった途端に年度末新年度で、春季リーグ始まったから床屋行く暇なくて」

髪の先が目に入りそうに見えて、真弓がそれを払おうと手を伸ばして止める。

「でも、そうやって髪伸びてると少し子どもっぽく見えます」

「なんだよ。そんなに普段おっさんくさいか？　俺まだ二十二になってないぞ」

「おっさんって」

そんな風に言われて、普段自分が主にその言葉を向けては非難している大河の日曜日を思い出して、真弓は噴き出した。

だいたい無精髭《ぶしょうひげ》にほとんど下着で、右手に新聞を持って眠そうな兄と八角は全く違う。

それに大河は真弓には最初からそばにいてくれた大人だったが、八角は初めて外で出会って自分をまともに相手にしてくれた大人だ。

「八角さんは、俺にはすごく大人の人です。初めて話す、大人の人ですよ」

意味を問うようにか、八角は真弓を見ている。

「最初俺、緊張してたと思います。八角さんは俺なんか全然意味わかんないくらい大人で、なのにやさしくしてもらって。そのことにも緊張してたかも」

入学式で出会って、八角の前で泣いて、それでも今日までその緊張は多少あったように真弓は思った。

「でも、本当に野球が好きで。今日、初めて……八角さんのいろんな気持ち見せてくれて。少し安心しました。俺」

けれど今少年のように笑った八角が少し身近に思えて、感じたことを真弓が口に出してしまう。

「安心か？　情けなかっただろ俺、今。どう考えても」

「そういうとこない方が、不安ですよ。一方的に俺が大人の八角さんに、頼り切りの方が怖いです。もっと、情けないとことか見せて欲しいし子どもっぽいとこも見せて欲しいです」

「なんでそんなとこ見たい」

問い返す八角の声が、不思議そうに途切れる。

「少年野球のイベントする会社に就職しちゃったり。……野球できるの秋までなのに、今から新しいトレーニング始めたりする八角さんは」

普通の青年とはそれでも、八角は言えないように真弓は思った。

「少し、近く感じて。嬉《うれ》しいです。不安とか不満とか、そういうのも俺聞かせてもらえたら……なんか、安心します。何も、言えないかもしれないけど」

自分を律しているし、他の四年生を見ていても特別に大人で強くてやさしい。

そこに何も無理がないわけではないと、今日、やっと真弓は知った。

「髪、長い方が似合うと思いますけど、前髪目に入りますよ。ちょっと切った方がいいかも。前髪くらいなら、俺切りましょうか？」

自分に八角にしてやれることがあればいいと願いながら、真弓がその前髪を払おうとする。

けれど、黙って真弓の話を聞いていた八角が、いつの間にか真弓の顔を見ていた。

その目と目が出会ってしまって、不自然な長い沈黙が落ちる。

普段と違って、八角の目は真弓には、怒っているようにも見えた。

不意に、真弓は前髪に触れようとした手を八角に打ち払われた。

手を弾《はじ》く音が思いの外大きく響いて、払った八角の方が驚いたような顔をしている。

「ごめん」

慌てて小さく謝って、八角は立ち上がった。

「用事、思い出した。先、帰るな」

もう真弓を見ないで、その場を八角が去って行ってしまう。

急ぎ足の八角に、声も掛けられないいままただ呆然と、真弓は姿が消えるのを見送った。


五月半ばになり、春季リーグもあと二試合を残すところとなった。

大隈《おおくま》大学は順調に勝利を重ねていて、リーグ優勝圏内にいる。

「このまま行くと全日本だな」

駅前にあるラーメン屋で、大盛りチャーシュー三枚乗せを瞬く間に平らげた白田が意気込んで言った。

「俺たちただスタンドで応援してるだけだろ?」

苦笑する葛山も、しかし満更でもない浮かれた気持ちなのか機嫌良く笑っている。

「全日本?」

このメンツでラーメンを食べたのは三回目だが、葛山の強い主張でいつもとんこつだと真弓は白いスープを飲んでいた。

「え?　おい大丈夫か帯刀マネージャー」

すっかりスープも飲み終えた白田が、真弓の問い返しに真顔になる。

「八角さんから説明してもらってないのかよー。春季リーグやってんのは、優勝校が全日本に出るためなんだよ。二位じゃ意味がないんだ」

同じく箸《はし》を置いた葛山に呆れられて、真弓はスープは残してレンゲを置いた。

「……まだ聞いてなかった。それ」

問い掛けられた言葉に、思いの外酷く落ち込む。

全日本というのは、大越がそのために部長を続けているという大切な全日本選手権だとは理解した。そのために今チームが奮闘していることを真弓は知らずにいた。

他にも八角から、聞けていないことはある。

三日前、始めたばかりのトレーニングを切り上げて帰ってしまってから、八角の真弓への態度が変わっていた。

翌々日に試合があり今日は練習があったが、いつものように真弓に声を掛けない。最低限必要なことは助けてくれるが、表情も硬く見えて、わけを問おうとすると理由をつけて去ってしまった。

「八角さん、何かあったのかな」

避けられている気がして、つい真弓が呟いてしまう。

「普通だよ」

鷹揚《おうよう》に部員に目を配っているのはいつも通りだと、白田はすぐに返した。

「普通だなあ。おまえもしかしてこの間のこと気にしてんの？　部長が八角さんに怒鳴ったこと」

同意してから葛山が、三日前のことを口にする。

「二人は気になんないの？　結構、酷かったと思うけど。部長」

言われれば八角の態度が変わったのはその日からで、大越の言葉に何か原因があるのだろうかと真弓は溜息を吐いた。

「部長と八角さんのことなら、気にすんなって四年生に言われたよ。俺」

「八角さんに怒鳴ったこと？」

気にするなというようなレベルのものではなかったと、真弓が顔を顰《しか》める。

「たまにあんだって、ああいうこと。でも四年部にいて、部長は八角さん以外に怒鳴るとこ一度も見たことないから心配すんなって。だから、おまえの仕事手伝ってたことが原因にしてもおまえには腹立ててないんじゃないの？　部長」

そんなことを心配しているわけではなかったが、葛山や白田の様子から、八角がその日から違うと感じているのは自分だけだとも知った。

「他のヤツには絶対切れねえから、大丈夫だってさ」

「部長と八角さん、普段仲いいよな？」

少しわけがわからないと、白田が葛山の言葉に首を捻《ひね》る。

「仲いいっつうか、部長と副部長だから一緒には居るけど。そもそも部長があんまふざけたりしないしなあ。あんまっつうか全然っつうか。俺が大越部長と仲よかったら息詰まって四年ももたないよ」

もっともなことを葛山が言って、しかし部長の話だからか白田は返事はしなかった。

「そろそろ行くか」

この駅前のラーメン屋は安くて量が多いと学生に人気で、気づくと外に軽く列ができている。

「そうだな」

白田が立ち上がるのに葛山も立って、真弓も慌てて荷物を摑んだ。夕飯は食べて帰ると連絡してあるが、毎回報告してくれなくても大丈夫だよと秀《しゅう》は笑っていた。

ラーメンでさえ同級生との外食に、真弓はまだ慣れていない。今のところ同席した者に従って行動するのみだ。

「あと二つ、勝って全日本行けるといいなー」

「スタンドで応援してるだけだっつったの誰だよ。……あ、噂《うわさ》をすれば八角さんじゃね？」

店を出て駅の方を眺めて、白田が言うのに真弓が同じ方を見る。

やはり何処かに寄ってから学生アパートに帰るところなのか、八角は一人で改札の近くに居た。

「八角さん！　お疲れ様です‼」

大きな声で臆することなく、白田が挨拶《あいさつ》をする。

少し驚いた風情で振り返って、笑おうとした八角の顔が真弓を見て固まった。

「……お疲れ様です」

挨拶をする真弓を見ず三人に軽く手を振って、八角が改札を潜《くぐ》って行ってしまう。

立ち尽くして、真弓はその背中をただ見ていた。

「確かにちょっと、元気ないかな。八角さん」

多少はいつもと違うかと、葛山が呟く。

「気のせいだろ。部活のときは普通だったぞ」

「そうだな。四年生の話だと、八角さんは部長がたまにああなんのにもすっかり慣れてんだって。いつも宥め賺《すか》して終わっちまって、だから余計に大越がむきになんのかなーっつってたよ。同期にも謎らしいよ。部長のあれは」

自分たちが気にしてもしょうがないと葛山が言い添えたのはもっともで、三人で改札に歩いた。

大学生になって初めて使っている定期で、真弓も改札を通る。

もうとっくに、八角の気配はしない。

「おまえもあんま、気にすんな」

路線が別れる間際に、葛山が真弓の肩を叩《たた》いて言った。同じ方角に行く白田も、「そうだぞ」と頷《うなず》いている。

「またね」

二人に手を振って真弓は、ホームへの階段を上がった。

白田と葛山と話すうちに、大越のせいで八角の様子がおかしいと自分の中でもすり替えようとしていたことに気づく。

そうではない。さっきの八角は、真弓を見て笑うのをやめた。

何か八角の気に障るようなことを、確かに自分がしたのだ。

ホームの真ん中で立ち止まって、真弓は帰宅ラッシュの波に肩を押されて蹌踉《よろけ》た。

「なんか……あのとき余計なこと言ったからかな」

思い当たることならいくらでもある。就職先を野球イベントを主催する会社にした八角のこと、野球ができるのは秋までなのに頑張ろうとする八角のことを、真弓は自分の言葉で称《たた》えたつもりだったが揶揄《からか》って聞こえたのかもしれない。

そんなことならまだいい。

打席に立つ八角の憧憬を知っていると、真弓は言ってしまった。感情に任せて、様々なことを八角に喚いた。

胸がざわついて、真弓は黒いジャージの白い刺繍《ししゅう》を強く摑んだ。

あんなに心を割いて接してくれた人に、きっと傷つけてしまうようなことを間違いなく言ってしまったのだ。

それはもう、どうしたらいいのかもわからないやり切れない自己嫌悪だった。謝り方も何も自分一人では今は思いつかない。

一番相談したい人には、真弓はまだ八角の存在さえまともに話せていなかった。

同じ部屋で寝起きしているのに、少し長く勇太とちゃんと会えていない。言えないことがあるから、昨日八角のことを悩みながら帰っても既に眠っていた勇太を起こしたりはできなかった。

浅い眠りの中で、ようやく真弓は勇太に会った。

勇太、俺、勇太以外の家族じゃない人に背中の傷見られたんだ。勇太だけのもののはずの背中を見られて、それで勇太にも教えてなかったその傷が刻まれたときの気持ちをその人に打ち明けたんだ。

夢の中で真弓は、勇太にそれを言おうとして声が出なかった。

彼のことを酷く傷つけたかもしれなくて、そのことで胸が締め付けられたように痛い。そのことに気持ちを囚《とら》われている。

聞いて欲しくても、どうしても声が出なかった。

間違いなく何かが、動いている。ずっと変わらないと信じて疑いもしなかった真弓の視界は今、大きく変化し始めていた。

それがもしいつか勇太ではない人と歩く未来への岐路だとしたら、真弓は怖くて堪らない。

「……勇太……」

唇が強《こわ》ばって、紡いだ自分の声に真弓は目覚めた。

「なんや。夢の中でも俺かいな」

返事が聞こえて驚いて目を擦《こす》ると、二段ベッドの下段の枕辺を覗《のぞ》き込むようにして勇太がすぐ下の畳に座っている。

「……あれ？　今日、日曜日？」

　窓が開いていて気持ちのいい風が入る空は青く、普段なら勇太はもうとっくに仕事に出ている時間なので真弓は惑った。

「一個、でかい仕事昨日済んだんや。親方がこれが最後やゆうて、寺の本堂の建て替え丸ごと引き受けよってん」

「え？」

「それがようやっと終わって、昨日。さすがに親方も明日は休むちゅうてぶっ倒れとったわ。せやから今日は休み」

　驚いて訊いた真弓に、勇太が肩を竦める。

「そんな大仕事してたの？」

「ほんまはそんなん、せえへんのやで？　仏具屋や元は。親方は年取ってから仏様彫るんが本業みたいになっとったけど、元は木地師《きじし》も彫師もなんでもかんでもうちはやっとったんやちゅうて」

　知らない言葉が出て来て真弓は一つ一つ尋ねたかったけれど、先も気に掛かって黙って聞いた。

「つきあいの長い鐘《かね》ヶ淵《がふち》の寺に本堂丸ごと頼まれて、死ぬ前にどうしてもやりたいちゅうて引

き受けよったん。もうめっちゃ大変やったわ」

「それでずっと忙しかったんだ……」

体を起こして、真弓はベッドを降りて勇太の隣に座った。

「けどあれ、また引き受けよるで。随分楽しそうやったわ、親方」

「勇太も楽しかったんじゃないの？」

愚痴る勇太の声が明らかに弾んでいて、真弓が笑う。

「そら……」

違うとは言えずに勇太は、根元が黒くなった金髪を掻いた。

「まあ、ずっと職人部屋籠《こ》もってるよりはな。寺と行ったり来たり、いい檜《ひのき》が出た欅《けやき》が出たっちゅうては軽トラの運転全部俺やし」

「楽しそう」

特別に忙《せわ》しなかったのだということを、終わって初めて勇太は語ってくれた。

「ちゃんと就職した途端すごい大変になったから、ずっとそうなのかと思ってたよ」

「また本堂やるとか親方が言い出さへんかったら、ここまでやないと思うで。わけわからんかったわほんま、卒業式の後からこっち」

「そんなすごい仕事してるなら、教えて欲しかったな」

ほんの少し、真弓が勇太を咎《とが》める。

日常ではなかったと教えられて、真弓はこの状態が勇太が勤めている限り続くのだから慣れなくてはと自分も必死だったと気づいた。

「別に俺はほとんど力仕事しかしてへんからすごいのは親方やけど……。ほんまのことゆって、突然こんなめちゃめちゃ仕事きつなって。俺毎日明日辞めるんちゃうんかって思うててん。情けなくて、言われへんかった。おまえに」

　本当に情けなさそうな顔をして、勇太が苦笑する。

「おまえが辞めてもええっちゅうたら、辞めてまうんやないかって。そんで黙っとった。堪忍や。おまえにゆうたら、甘えてまうのわかっとったから」

　目を瞠《みは》って、それでも真弓は揺らいだ自分の顔を勇太に見せまいと伏せた。

　卒業式から数えたらほとんど二月の間、毎日そんな風に思いながら勇太は今日まで自分を律していた。自分のことはもう、自分で決めなくてはと勇太は思っている。

　その間ずっと、真弓は野球部でのこと、八角のことを勇太に話さなくてはとそればかり考えていた。勇太の顔を見るごとに。

「鐘ヶ淵、お寺がたくさんある古い町だね。その本堂、見に行きたい」

　自分が八角のことを勇太に話さなくてはと思う強迫観念に近い思いと、勇太が真弓に仕事のことを話さずにいた思いは、きっとまるで違う。

「俺、なんもしてへんて」

もっとずっと、穏やかで静かな気持ちで勇太はいたのだろうと、真弓は思った。

済んだらどんな風に話そうか、最後まできっとやり抜けるからそのときに話したいと、勇太がそんな風に思っていたことが真弓にはわかる。

毎日勇太の顔を、見ていたので。

「何言ってんの。二月、どんだけ頑張ってたか俺ちゃんと知ってるよ」

それなら勇太も、もしかしたら毎日真弓の顔を見て思うことはあるのかもしれない。

変化や惑いに勇太は気づいているのかもしれないのに、何も真弓は問われない。

尋ねられもしない自分がどうしたらいいのか、答えは真弓の手元に呼ばれなかった。

「今日も結局、夜明けに目え覚めてもうた。終わって興奮しとるんかな。二度寝できへんかった」

「起こしてくれたら良かったのに。俺、もうすぐ学校行かないと。久しぶりにちゃんと話したかったよ。もっと勇太の話聞きたかった」

そして自分のことも話したかったけれど、糸口が真弓にはまだ見つからない。

「おまえの顔、見てたかったんや」

ふと隣にいる真弓の方を向いて、勇太は荒れた手を頬《ほお》に伸ばした。

「最近こんなに、ゆっくり見られることなかったから」

そっと、壊れ物のように肌に触れて、じっと真弓の顔を見つめる勇太の目が酷く大人びて遠い。

「よう見ると、なんやちょっと大人みたいな顔になったな」

「……勇太もね。毎日見てたのに、すごく大人みたいな顔になっちゃった」

不意に、泣いてしまいそうになるのを真弓は堪えた。

「勇太は」

唇がどうしても、少し強ばる。

「不安にならないの？」

問うのは自分が不安だから、それだけだ。自分の不安に勇太の同意を求めている。

真弓がこうして勇太の知らない時間を遠くに思うように、勇太も同じことを思う日もあるはずだ。それが二人が離れていく一歩だと勇太はまるで思わないのかと、真弓の声がどうしても恋人を責めてしまう。

責めている自分が、酷く醜く思えてやり切れなかった。

固くなっている指が、真弓の頬を撫でた。髪を抱いて、勇太が肩と肩を寄せる。

「ならんと思うん？」

短く言って、勇太は笑った。

「なら……」

不安だと言って欲しい、何もかも尋ねて欲しい。心の底には、もう他者との関わりを勇太に止めてしまって欲しい思いさえ真弓にはあった。

一番離れたくない人とそれは、別れていく兆しにどうしても真弓には思えることがある。

全くの、別々の時間を互いが持つことが。

「けどこんな不安、おまえは気にしたらあかん」

体温を重ねて、溜息のように勇太は呟いた。

「なんで？　勇太が不安になるようなことは俺は何もしたくないよ」

ずっと、ただ八角のことを聞いて欲しいのではなかったのだと、今更真弓が知る。今真弓は、八角のことを考えている時間が長すぎる。それが不安で、引き留めて欲しくて必死だった。

勇太の知らない時間が増えていって、その時間が自分に大切になることなど真弓は今まで考えたこともなかった。

やがて二人がそれぞれに生きる始まりなのではと何度でも思ってしまって、怖くて仕方がない。

「俺」

窓の方を眺めて、豆腐屋の向こうに見える朝の空に勇太は目を向けていた。

「死ぬまで、おまえとおるつもりなんやけど」

不意に、今話していることとはまるで違う流れに思えることを、勇太が真弓に告げる。

「おまえはちゃうん？」

問われて、すぐに答えたかったのに真弓は驚いて声が出なかった。

「そのつもりだよ。何度も何度も、約束したよね。ずっと俺、勇太といたいよ」

「そしたら、おまえが大学行っとる四年なんかちょっとの間や」

以前もくれた、真弓の学生生活を思う言葉を勇太は綴《つづ》る。

「俺のことばっかり考えとったら、もったいないやろ。俺はそう思う。……そう、思うことにしとる」

少しだけ、自分に言い聞かせるように勇太の声が弱った。

「おまえかて、気いついとるやろ？　俺は親方のとこで、おまえの知らん人たちと仕事の時間過ごしとる。仕事だけやない。いろんな話聞いたり、俺も話したりする。上手く言えんけど」

長く話すのはいつも、勇太の得手ではない。

「それはやっぱり、俺の時間や。おまえとの時間とは全然ちゃう。そんでも」

苦手なのに勇太は、二人の間に少しある距離を埋めるためにできないこともしようと努めてくれている。

「親方や、先輩弟子や。寺の坊さんとか、木材選んでくれる材木屋のおっちゃんとか。賄《まかな》いくれるおばちゃんとかと喋《しゃべ》る。それは俺の時間やけど、いつかそういうんがおまえを助けることもあるかもしれんし」

注がれる言葉を、真弓は必死で聞いた。

「なんも、おまえとは関係ないこともあるやろけど。これから先ずっと俺らこうやから、慣れてかなあかんとかとちゃうで」

言いながら勇太は、自分でも簡単には説明ができないと考え込む。

「前、おまえゆうとった」

「……何？」

「今通っとる大学受かって、悩んどったときや。俺にはわからんことがあって、そうゆうことはあって。それはおまえだけの問題で、そんで、これが自分やってゆうた。俺に」

二月に、大隈大学に合格して悩んだ真弓の出した答えを、勇太は声にした。

「よく、覚えてるね」

確かにそんな風に勇太に言ったことを、真弓ももちろん忘れてはいない。

「ほんまはちゃんとは意味がわからへんかったから、めっちゃ引っかかったんや。そんで何度も、思い出しとった」

それが勇太を不安にしていたことは、細くなった声から真弓にも伝わった。

「それは」

「今、ちょっとわかる気いすんねん」

ちゃんとあのときの気持ちを語ろうとした真弓を、笑って勇太が振り返る。

「俺もおまえも、別々の人間や」

心の中で思いながら二月に真弓は言いはしなかったことを、勇太が返した。

「そんでもずっと、一緒におりたいねん」

何処に向かうのだろうと不安になる間も置かず、勇太はまっすぐに真弓を見て、気負いのない言葉をくれた。

「そしたら、おまえの時間も俺の時間も、それぞれちゃんとせなあかんのやろなって。そら、わからんこと増えて俺かて色々考える。疲れとってもおまえの帰りが遅い晩に、寝つけん日もあるよ」

黙っていたことを勇太が、苦笑しながら真弓に明かす。

「けど何度も考えて、俺、おんなしとこにいつも辿《たど》り着くねん」

「……どんなとこ？」

先を急く思いを堪えられず、真弓は勇太の目を見て訊いてしまった。

「俺は、おまえのこと信じとる。せやからなんも心配はせんって、いつもそう思って眠る」

それは本当のことだと、勇太の目が教えている。

「おまえは？」

頼りなくはならずに、勇太は訊いた。

乾いていた緑に水が染み込むように、真弓には勇太の声がよく聞こえる。

「信じてるよ。勇太のことも」

芽吹くことができずに足掻《あが》いていた種が、心の中で育ち始めた。

「自分のことも」

ようやく日差しを見たように目を開けて、真弓が勇太にはっきりと笑う。

言葉を、ずっと勇太は聞いているようだった。

やがて広くなった両腕が、そっと真弓を抱く。

「いつか、たった十八やそこらでって笑うんかもしれんけど。俺ら、お互いが信じられへんようになったら世界が終わるやろ」

顔は見えず、耳元に落とされた勇太の言葉を真弓は聞いていた。

「うん」

掠《かす》れずに声が、何も気負うことなく真弓の喉《のど》から出て行く。

「そんなに簡単に、世界は終わるもんやないで」

笑って、勇太は真弓を放した。

「大丈夫や」

顔を見て勇太はけれど少しだけ、自分に言い聞かせている。

大きくただ、真弓は頷いた。

自分の毎日を不安に思わない勇太を、疑っていたのではない。迷うことの多い、惑うばかりの自分が信じ切れないことが、真弓には何より不安だった。

動いていく時間に、心が育たず追いつかずにいた。

「勇太」

大丈夫と言って、恋人はいつでもそこにいてくれるのに。

「なんや」

自分にできることをして全てが済んだら、それから勇太に何もかもを話そうと真弓は決めた。

今悩んでいることは、この先を歩いて行くためにきっと、最初に自分で考えて決めなければならないことだ。

「おはようって、まだ言ってないって思って」

「なんや今更」

一人で歩いても、隣にはいつも勇太がいる。

「最近、言えてなかったから」

それでも手を繋《つな》げない日もあるから、一人でまっすぐに歩けるようになろうと、真弓は勇太に笑った。

「おはよう」

謝ろう。今日、八角に。

自分で考えて自分の言葉で、八角を傷つけてしまったのなら自分の力でそのことに向き合おうと、真弓は昼休みの大学構内を歩いた。

学部は一緒だが講義は一年生と四年生では全く違うし、普段はわざわざ会おうとしなくても部活と大会で二日と空けずに会えているので、いざ探すと大学は町一つ分ほどにも広い。

それでも、学生が昼休みを過ごす場所はいくつもなくて、図書館の閲覧室で真弓はその姿を見つけることができた。

「八角さん」

無意識に早足になっていたので、息が切れて呼びかける声が上ずった。

もちろん大きな緊張も、真弓にはある。

「……偶然だな」

驚いたようにゆっくりと、八角は読んでいた本から顔を上げた。

今日は部活がないので、お互いに私服なのが珍しく感じられる。八角はシャツを、真弓はTシャツにデニムで、二人ともが野球部のジャージでないことも何か緊張を呼んだ。

「ああ、そうか。スポーツ科学の本、読んでくれてるのか。ありがとうな」

まさにそのスポーツ科学の本を読んでいた八角が、真弓に笑おうとする。

「いいえ」

そうではないと、真弓は首を横に振った。

「俺、八角さん探してたんです。部活じゃないときに会えないかなって。昼休みだし」

笑おうとして、真弓の声がいったん止まる。

「午後、講義ありますか？」

神妙な声しか出ずに、問いかけが酷く改まった。

「いや、もう四年だからほとんどないんだが」

嘘は吐けず八角はそう言いながらも、真弓からは完全に腰が引けている。

「そしたら、今日は俺につきあってもらえませんか。バッティングセンター」

なんとか口角を上げて、真弓は八角に笑いかけた。

無理の映る笑顔を、八角は何故だか痛ましそうに見ている。

「おまえは一年なんだから、午後の講義もあるだろう」

それでも真弓の誘いに、八角はいい顔をしなかった。

「今日だけサボります。普段は真面目にやってますから」

つきあってくださいよと、もう一度言った真弓に八角が溜息を吐く。

「本当にバッティングセンター、行きたいのか？」

真意を問われて、答えられずに真弓は黙り込んだ。

「……すみません。そうじゃないんです。俺」

避けられているのには間違いないけれど、八角は嘘を好まない。

「八角さんと、話したいんです」

観念して本心のままを、真弓は告げた。

昼休みの図書館は混んでいて、閲覧室にいるのは真面目な学生が多い。立ったまま話している真弓は、時折学生や司書からあからさまに咎める目線を向けられた。

そのことには八角も気づいていて、長く考え込んで手元の本を閉じる。

「場所、変えよう。構内でも話はできるよ」

少しだけ真弓に笑ってくれて、八角は立ち上がった。


「ここ、誰も使ってないんですか？」

広い構内の端にある四階建ての、古いと言うにはアンティーク過ぎる建物の中に足を踏み入れて人気のなさに真弓が辺《あた》りを見回す。

「もとは経済学部の校舎で、一昨年まで事務棟に使われてたんだ。耐震に問題があるとかで、今昔の校舎は片端から建て替えだ。取り壊される順番待ちだよ」

寂しそうに言って、明るい大きな窓のある部屋に八角は入った。

「どうして八角さんはここに？」

「大越が経済学部だから、昼たまにここで食うんだ。部のことを打ち合わせしたりな。打ち合わせっていうか、話し合いだな。あいつ、俺にはすぐ怒るから」

自分だけが大越を怒らせることを、苦笑する八角は自覚している。

「人がいない方がいいんで、ここに来る」

「大越さんはどうして……」

本題とは無関係な大越の理不尽を尋ねてしまいそうになって、真弓は言葉を切った。

「教職、取る予定あるか？」

窓辺に腰を預けて座って、不意に、以前のように穏やかに八角が真弓に尋ねる。

「はい。教員免許、取る予定です」

「俺も三年のとき、教育実習に行ったよ。単位は最後まで履修したから教員免許は持つことになるけど、実習中に教員になることはあきらめた」

「八角さん、先生すごく向いてそうなのに」

何故、突然脈絡もなく教職の話になったのだろうと惑いながら、あきらめたというのが意外で真弓は訊いてしまった。

「自分でもそう思ってたんだが、実習中強く生徒を叱《しか》れなくてな。部でもそうだろう？　叱るのはいつも大越だ。俺はみんなにやさしくして、好かれるのはそれは俺だろうが」

溜息を吐いた八角は、酷く己を不甲斐《ふがい》なく思うように見える。

「愛情のない相手を叱るなんて真似《まね》、できないぞ。疲れるし、自分だって気持ちが滅入る。俺は頼まれても他人に怒ったりしたくない。それは愛情があってもだ」

綴られた言葉に真弓は、教職の話が大越のための話だったと理解した。

けれど言っていることはわかっても、あんな風に部員たちの前で八角を恫喝する必要があったとまでは真弓には思えない。

「俺は、部長は感情的すぎたと思いますけど」

「俺が慣れたんで、あいつは余計に怒るんだ。薄情なのは俺の方だよ」

この間のことで八角は、自分自身の逃げを咎めて気持ちを弱らせはしたが、大越を全く責めていなかった。

「あいつを悪く思わないでくれ」

まだ大越については納得しないのが透けて見えたのか、八角が真弓に乞う。

「あの」

いつの間にかすっかり話をすり替えられていると、真弓は首を振った。

「俺、部長の話をしたかったんじゃないんです」

このままでは大越を庇われて時間が過ぎると、そう言い置く。

切り出すのには勇気がいって、大きく真弓は息を吸い込んだ。

「ごめんなさい！」

一息に言って、窓の方を向いて八角に頭を下げる。腰を折って深く下げた頭は、簡単には上げられなかった。真弓はもう、目もきつく瞑《つぶ》っている。

「……え？」

戸惑いを露《あら》わに、八角は声を漏らした。

「俺、何か八角さん傷つけるようなこと言ったんですよね。野球やめないでくださいって言ったときに」

まっすぐに尋ねることしかできなくて、頭を落としたまま真弓が続ける。

「いや」

「あの日から八角さん、俺のことほとんど見ないし。雑談も全然……いえ、それはいいんです。違う、良くないけど。でも」

もとのように、親しくやさしくして欲しいから謝っているのではないと、言いながら真弓ははっきりと自覚した。

「八角さんは、俺が家族以外で尊敬した初めての人で。三つも後輩ですけど、なんていうか俺、八角さんが好きで。だけど、八角さんに嫌われるのが嫌で謝ってるんじゃないんです。そうじゃなくて」

怖《お》ず怖《お》ずと顔を上げて八角のやさしい顔を見ると、どんな感情がこんなにも自分を駆り立てるのかを思い知る。

「八角さんみたいな人を、傷つけるようなこと自分が言ったのが許せなくて。なのに八角さんに許してくださいなんて矛盾してるけど」

たどたどしいけれど、心にあるまま正直に真弓は八角に伝えた。

「もう一度、チャンスください。俺にちゃんと、謝らせてください」

できれば本当は同じ間違いをしないために、どの言葉がどんな風に八角を傷つけたのか教えて欲しい。けれどそれを訊くのは余計に八角を痛ませるだけだと、真弓は堪えた。

「本当に」

「よせ!」

ごめんなさいと謝罪を重ねようとした真弓を、八角が大きな声で遮る。

高い天井に響いた声に驚いて、真弓は八角を見た。

「……大きな声を出して、すまん」

少し怯《おび》えた真弓の顔に、八角が酷く切なそうに声を弱らせる。

「おまえは何も悪くないんだ。悪かった……一人で考えようと」

途中で言葉を切って、そのまま本当に八角は考え込んでしまった。

真昼の光が五月の窓から充分に入って、俯《うつむ》いた八角の横顔を透かす。伸び過ぎた髪が全て下りていて、目元が隠れて真弓には八角の心ごと何も見えなくなった。

「こんな誰もいない、叫んでも誰にも聞こえないようなところに来て怖くないか」

「どうしてですか」

問われた意味がわからず、真弓が理由を尋ねる。

「俺しかいない」

「何も怖くないですよ」

当たり前のことだと、真弓は迷わずすぐに答えた。

顔を上げて、八角が真弓を見る。

黙り込んでいる八角の作る沈黙は長かったが、何か自分への言葉を整理しているのはわかって、おとなしく真弓は待った。

「おまえには、俺がどのくらい大人に見えてるのかわからんが」

当てもないような低いトーンで、八角がやっと声を聞かせる。

「まだ、学生だし」

「すみません、俺……」

「いやそうじゃなくて」

また謝った真弓に、慌てて八角は手を振った。髪を掻いて、また八角が考え込む。

「あんな風に、大人だとか言われることってないんだよ」

けれど言葉を聞いて真弓は、八角が考え込んでいるのではなくてその話をしたくないようにも思えてきた。

「頼られてるみたいで」

「頼ってます……すみません。頼りっぱなしで俺」

続きを聞いていていいのかという迷いが、真弓の中にも生まれる。

「違うよ。俺もガキだから。それはやっぱ、気分良いんだ。おまえが色々、俺のこと言ってくれて。……一緒にトレーニングしようとしたとき」

やはり始まりはそこだったのかと、真弓は唇を横にきつく閉めた。

「あのとき、おまえのことといいなって思っちまったんだ」

懺悔《ざんげ》のように、八角の声が無理に張る。

「え?」

意味が読み解けず、反射で真弓は声を返した。

「すまん。少し控え目に言った」

もう一度強く髪を掻いた八角に、これ以上無理に話させる方が酷だと段々と真弓にも伝わる。

「やっぱりおまえ特別にかわいいんだなって、思って。無意識に、男にも襲われるよなって思っちまった」

打ち明ける八角の声は罪悪感に苛《さいな》まれた挙げ句のもので、疲れて掠れていた。

「本当に最低だよ。そんな、子どもの頃に背中切りつけられるなんて怖い思いをしたおまえに、少しでも原因があったようなこと考えて本当に俺は最低の人間だ。それで、おまえのことまともに見られなくなった」

「そんな。それは、だけど」

どう答えたらいいのか、真弓にもすぐにはわからない。

かわいいと言われることには、子どもの頃から慣れ切っていた。高校生まで男にも女にも言われたし、野球部に入部した日にも大越を咎める上級生たちが笑っていたのはやはり真弓の容姿有りきのことだ。

「あの、部長が俺にマネージャーをって言ったのは。部長は黙っててくれてますけど、俺十五歳まで女の格好して地元で祭りの山車《だし》の上に乗ってて。女官役っていう、晴れ着みたいなの着て化粧してました。町の写真館には今でもそのときの写真がたくさん飾ってあるんです。だからなんですよ、よく女の子にも間違えられたし」

別に八角が自分をかわいいと思うことに真弓は特別の違和感を感じられず、とはいえ以前勇太にふざけたように「俺かわいかったから」と言える空気でもないので困り果てる。

「おまえがもし女の子だったとしても、事件のことをおまえのせいにしたらそれは俺がろくでもない人間だからだ。帯刀」

不意に、まっすぐに八角は真弓を見て怒ったような顔をした。

「これから先も、このことは覚えておけ。おまえの背中の傷をおまえのせいにするやつがいたら、それはそいつが最低の下衆《げす》だからだ」

「八角さんは……自分のことを言ってるんですか？　一瞬そんな風に思ったからって」

「違う」

必死になる真弓を止めて、けれど八角がすぐに首を振る。

「いや、違わないな。俺、あのときおまえのこと見て」

大きく、八角は息を吐いた。

「少し不埒《ふらち》な気持ちになった」

それを八角は、どうしても言いたくなかったのだと、告げられてからようやく真弓がはっきり気づく。

「それで驚いて、おまえのせいにした。本当に悪かった」

心から八角は、自分の内側だけで起きた感情の何もかもを咎めていた。

「自分に自信がなくなって、おまえを避けた。おまえといるのが怖くなったんだ」

もっと早くにちゃんと察して、そんなことを八角に言わせずに済むこともできたはずだと、落ち込む八角の顔を見て真弓が悔やむ。

今までもこういうことはあった。卒業式に腕を摑んだ無言の同級生も、一年生のときには真弓に興味を持つことを真弓自身のせいにして責めていた。しつこく絡んだ高校の上級生は、橋から川に突き落とした。

こうして八角に言いたくなかった気持ちを言わせてしまったのは、大学に入ってそんなことを真弓が遠くに思っていたからだ。

誰でもないそれは、普通に接してくれた八角のおかげだった。

「……八角さんは、普段は恋人は女の人ですか？」

どう反応したらいいのか見失って、真弓が当てもなく問う。

「ああ。二年前二級上の彼女にふられて、そこから一人だけど。学部生だったんだが、卒業して社会人になった途端にふられたよ」

訊かれたままあっさりと八角は失恋話を聞かせた。

そんなことまで言わなくていいのにと、覚えず真弓が噴き出す。

笑ってから、ゆっくりと真弓は八角の言葉を反芻《はんすう》した。教えたくない衝動も全て明かしてくれて、そうはしたくないという話を八角はしてくれたのだと理解する。

「八角さんが年上彼女ってなんか意外な気もするけど、同い年じゃきっと子どもでつきあえないんでしょうね」

「だから、俺そんなに大人じゃないって」

「今も自信、ないですか？」

肩を竦めた八角に、真弓は目を見て訊いた。

「俺は」

すぐに首を振ろうとして、八角が慎重に言葉を止める。

「絶対、おまえにだけはおかしな気持ちで触りたくないんだ」

おかしな気持ちと、八角は言った。

それはもしかしたら、勇太が真弓に触れるときや、真弓が勇太の背を抱きたいときと近い気持ちなのかもしれない。

「もう絶対、おまえを怖い目に遭わせたくない。他人にもそんなことをされて欲しくないが、俺自身がおまえを傷つけるようなことがあったら俺は自分を二度と許せない」

ただの衝動だったのか、少しは恋だったのか、それは真弓にはわからない。

「おまえだって、いやだろう？　俺がおまえに」

わずかにだけれど、八角の声が躊躇った。

躊躇いにほんの少しだけ、八角の気持ちが映るのが真弓にも知れてしまう。それを知られることを八角は酷く恐れながら、わずかに違う答えを望んでいるとわかった。

「そういう気持ちで触ったりしたら」

「はい」

完全に問われる前から、答える言葉は真弓には一つだけだ。

衝動だとしてももし恋だったとしても自分には同じだと、真弓には考えるまでもないことだった。

「ごめんなさい。いやです」

同じだけれど、八角には今までしてきたようには返したくない。

「謝る必要なんかない」

「でも俺、八角さんがそんなこと。俺が嫌がるようなこと絶対しないの、知ってます」

全身を尖《とが》らせて、そういう者に絶対に近づくなと跳ね返したときと真弓も違う。八角への気持ちも、まるで違った。

「八角さんそんなことできない」

正直に打ち明けてくれただけでなく、真弓は八角を知っている。

「……そうだな。でも」

俯いて小さく、八角は笑った。

「一度こんなこと思ったから。おまえに触ることは、俺は二度としないよ」

自分に八角は、そう誓って見せる。

「それって」

「トレーニングは一人でやる。一度思ったら次がまたあるかもしれない。先のことはわからん」

見えない未来までは約束できないと、八角は真弓から少しでも離れるように窓に背を余計に寄せた。

「大丈夫ですよ。それは、トレーニングは無理には手伝いませんけど」

理性のたがが外れるようには見えない己にそんなに用心する八角に、真弓が笑う。けれど近づくことは、もしかしたら残酷なのかとも理解する。

「俺、好きな人がいるんです」

最もお互いのためであるだけでなく、ただ素直な揺らがない思いが、言葉になって真弓の中から零れた。

「その人と、ずっと一緒にいます。だから大丈夫です」

まっすぐに八角を見て、大切なことなのでゆっくりと声を綴る。

微笑《ほほえ》んだ真弓を、驚いたように八角は見ていた。

「そうか」

頷いて八角も、穏やかに笑う。

「ごめんな。そんなこと言わせて」

「いいえ」

言いたかったんですとまでは言わずに、真弓はその好きな人を思って八角を見た。気持ちを寄せてくれたのだろう八角に、今まで跳ね返して来た者たちには感じなかった、すまないという感情が湧《わ》く。それは真弓の、八角への敬愛だ。

もし八角の心が、真弓が勇太を思う気持ちや、勇太が真弓を思う気持ちと少しでも同じならむしろ、粗末にしたくないと強く思えた。それはずっと真弓には、できなかったことだ。作為を持って触れるものを全身で跳ね返した。好意を寄せる者が、怖かった。けれど誠意を持って接してくれる八角は、怖くない。

怖くないのは八角のおかげであり、そして、恋人のおかげだった。

好きな人がいて、ずっと一緒にいる。これからも一緒にいる。そのことが真弓を今、助けてくれていた。

友人でいたい人、尊敬する人との間をちゃんと、人と人として気持ちを結んでいける言葉を嘘ではなく言わせてくれたのは紛れもなく信じ合う恋人の存在だ。

「メシくらいは、またつきあえ」

「はい。でも今度は割り勘にしてくださいよ」

戯《おど》けた真弓に、もう行こうと、八角が歩き出す。

「一応先輩だからなあ」

誰もいない埃《ほこり》の匂《にお》いのする部屋を出ながら、ほんの少し寂しそうに八角は言った。

「おまえは俺には、野球部の最後の後輩だな」

ふと初めてそのことに気づいたと、八角が遅れてついて行った真弓を振り返る。

「トレーニング、あれからちゃんとやってるんだ。一人でできる。体重が増えるところまではまだ行かないが、いくらかは重心がしっかりした」

逃げずに始めると言っていたトレーニングを、そんな風に悩む時間の中でも八角が続けていたと聞かされて、真弓は驚いた。

「現役のうちに、一度でも打点に貢献できるといいんだが」

願うだけではなく努力もあきらめない八角に、真弓はただ、感嘆する。

「きっと」

短く、真弓は八角を信じていると伝えた。

振り返って八角が、初めて見たときと変わらないやさしい目を見せる。

とても、八角が好きだと真弓は思った。

それは、勇太への思いとはまるで違う。家族でもなく、恋愛でもなく、ただ個と個として出会った人を尊敬している。一緒にいて話をしたいと願っている。

これは自分の、新しい時間の始まりだ。

だから、大切な人に、隣を歩いている友人のことを知って欲しい。

今から歩いて行く未来がいくらかは別々だとしても、初めて見た景色の話を真弓は恋人にしたかった。

それは決して、秘密を持ちたくないという義務からではなく。友人の隣を歩いているのが、ただ今の自分だからそれだけのこと。

勇太に会いたいのは、真弓にはごく当たり前の思いだった。

サボったりせずに講義には出ろと八角《やすみ》に強く言われて、少し遅れたが真弓《まゆみ》は午後一つだけあった講義に出席した。

練習がないので、寄り道を誘って声を掛けてくれた白田《はくた》や葛山《かつらやま》に「ごめん」と謝って足早に構内を離れる。

電車を乗り継いで地元駅で降りて、駆けるように家に真弓は帰った。

「ただいま！　勇太《ゆうた》、いる？」

玄関を駆け上がり居間を覗《のぞ》くなり尋ねると、丁度、勇太がTシャツにジャージで横たわってテレビを観ている。

「どないしてん。そないな勢いで」

突然の休日を完全に持て余して、勇太は特に興味もなさそうな番組をつけていた。

そんな風に勇太がいることが珍しいので嬉《うれ》しいのか、秀《しゅう》は自室で原稿をせずにやはり居間にいる。

「だって、休みだって言うし」

どうしたと言われるとなんと言ったらいいのかわからずに、曖昧《あいまい》に真弓が笑う。

「走って帰ってこんでも、俺行くとこもないわ」

「おかえり、真弓ちゃん。二人で百花園でも行って来たら？　久しぶりなんじゃない？　こんな時間あるの」

自分も勇太との時間を惜しんでいたのだろうに、「仕事しなくちゃ」と秀は立ち上がった。

「百花園なあ。まあ、どっか行こか。その辺」

花には関心のない勇太は百花園には気のない声を聞かせたが、何処《どこ》にも行かずに今日は真弓を待っていてくれたようだった。

「俺、行きたいところがあるんだ。つきあってくれる？」

「なんや、改まって」

少し畏《かしこ》まった言い方をした真弓に、勇太が伸びをしながら起き上がる。

「そうだね」

立ち上がる勇太を待って、真弓は笑った。

「少し、改まってかな」

たくさん勇太に話したいことがある。

けれどどれも本当は、言わなくてもいいことだ。

話しても話さなくても、これからは二人の時間だと真弓は知っていた。

「そうゆうたら、今年は祭りの山車《だし》新調する町会があんねん。まだ始めとらんけど間に合うんかいな」

背の高い木々に囲まれた神社の暗い敷地に足を踏み入れて、短い参道を歩きながら勇太は溜《ため》息《いき》を吐《つ》いた。

「山車も親方が作るの？」

「彫りもんやからなあ、そこのとこだけやけどな。神様仏様の乗り物やしな」

尋ねた真弓に、勇太が肩を竦《すく》める。

「頼まれて気い向いたら、なんでも引き受けんねん」

困り果てたように勇太がぼやくのに、真弓は笑った。

「どないしてん、神社。久しぶりやな、なんや二人でくるん」

真弓が行きたいと言った竜頭町《りゅうずちょう》の外れにある神社の境内で、人気のまるでない辺《あた》りをぼんやりと勇太が見回す。

出会ってすぐに恋をして、二人が初めてキスをしたのがこの社の階段だった。

教室で神尾《かみお》にシャツを引かれてボタンが全て千切れて、真弓が背中をクラスメイトに見られた日だ。シャツを持って勇太が、学校を出た真弓を追ってくれた。

「大学受かったあと、二人で来たじゃん」

迷って達也《たつや》のところに行った真弓を迎えに来た勇太と、二人でここに来たのはそんなに前ではないと真弓が言い返す。

「ああ、そうやったな。あんときはなあ、俺結構参っとったんやで。おまえウオタツんとこ行きよるし、何ゆうとるんかあの場ではわけわからんかったし」

「ごめん」

愚痴を聞かせた勇太に苦笑して、賽銭箱《さいせんばこ》に上がる階段に真弓が座る。

「あれから来てない、一人でも。大学始まって、初めて来た」

自らの暴力に悩んだ勇太を、無理に真弓が引き留めようとしたのもこの社の縁だった。

勇太がわからないままならメチャクチャにされた方がマシだと懇願する真弓に、勇太が怪我《けが》を負わせた。

そのことは真弓は、自分のせいだと今でも思っている。あのとき勇太を限界まで追い詰めてしまったのは自分だ。

けれどこの話をしたら勇太はそれを思い出して己を咎《とが》めるかもしれないと思うと、唇が語るのを迷った。

「なんかあったんか」

隣に座って、勇太が尋ねてくれる。

右膝《ひざ》を抱えて、真弓は勇太を見た。

何故大学に入ってからここに一人で近づいていないのか、何があって気づきが訪れたのか、勇太に聞いて欲しいけれどいざとなるとやはり躊躇《ためら》う。

それだけ勇太と真弓の間にも、三年分の時とともに積もってきた出来事があった。

ここから始まった、二人の時間だけれど。

「あった」

聞こうとしてくれる勇太に、真弓は小さく答えた。

甘える気持ちではない。一番自分をわかっていて欲しい人に、閉じ込めていた思いを知って欲しい。

互いが信じられなくなったら世界が終わる。世界は簡単には終わらない。

今朝勇太が聞かせてくれた言葉を、頼りにして真弓は口を開いた。

「初めてのキス、ここでしたね」

笑いかけた真弓に、勇太が不思議そうに笑い返す。

「子どもの頃ここであったこと、勇太に話して。勇太が、抱きしめてキスしてくれた。俺、あのこと自分の口からちゃんと話したの勇太が初めてで」

不安そうに、勇太が自分を見ているのがわかって、無意識に真弓は手を伸ばした。

「そのあとも、この間まで誰にも話したことなかった。町の人はみんな、知ってて何も言わないでくれてる」

指先を繋《つな》いで、心配しないでと、そんな風に静かに話を続ける。

「俺、自分はもう気にしてないって。ここであったこと、夢に見て魘《うな》されてるのは大河《たいが》兄だって言ったの覚えてる？」

「当たり前やろ。全部覚えとる」

指を取っても、勇太は酷《ひど》く不安なまま真弓を見ていた。

案じてくれるまなざしに、勇太がどれだけその告白をいつでも抱いていてくれるのかを真弓が知る。

「ごめん。嘘《うそ》、吐いてた」

まっすぐに真弓は、勇太を見つめた。

「本当は俺、めちゃくちゃ怖かった。その気持ち、自分でも閉じ込めて忘れようとしてた」

声にして境内を見回すと、十年以上前のこの場所であったことがリアルに真弓の手元に返って来る。

「最近、ちゃんと思い出したんだ。だから今も、ここに来ると震えるほど怖い。勇太がいてくれても」

逃げずに思い返そうとして、真弓の声が揺れて途絶えた。

「なんで、思い出した」

震える真弓の肩を勇太が、指を解《ほど》いて抱く。

Tシャツの上から掌《てのひら》の熱がゆっくり伝わって、自分が冷えていることに真弓は気づいた。心が、幼い頃に返って凍えている。

「野球部のマネージャー始めて。四年生に、八角さんっていう人がいてね。最初に話したよね。いい先輩なんだ、とっても。すごく気に掛けてくれるし、やさしい人」

簡潔に真弓は、八角のことを勇太に語った。

「二丁目の人やないって、ゆうてた先輩か」

話を一つ一つ、勇太は覚えていてくれる。

「そう。二丁目の人は、大越《おおこし》さんっていって部長なんだ。八角さんは副部長。八角さんがマネージャーの仕事も教えてくれて、一番お世話になってる」

あるがままを言葉にするのは、ここまでは真弓にもそんなには気負うことではなかった。

「それで、二人になる時間も多くて。大越さんはここでのこと多分、知っててね。理由は言われなかったけど、部室で着替える時間を最初に分けてくれてたんだ」

肩を抱いてくれている勇太の腕に、少し力が籠《こ》もるのがわかる。

「男ばっかりの部活だから、みんなドアをノックとかしないの当たり前で。八角さん知らないから、俺が部室で着替えてるときに入って来ちゃって。背中、見られたんだ。傷」

体を、真弓は勇太に預けた。力を抜いて何もかもを勇太に任せて、それを伝える。

「その日は俺、走って帰った。どうしよう、もう部活も続けられない。この先もこういうことある度俺どうしたらいいんだろうって、初めて、まともにそのこと考えて悩んだ」

木漏《こも》れ日が差しても、屋根がある社の階段までは届かなかった。

打ち明けた真弓の言葉に、長く勇太が黙り込む。

「……せやな。考えなあかんことや」

「うん。それも、わかってなかった今まで。考えないように、見ないようにしてたから。背中」

抱いてくれる勇太の肌から伝わる体温で、真弓の体も同じぬくもりになった。

こんな風にずっと、足りなければ二人で補い合って生きて行けるものと、制服を脱いでそれぞれに歩き出すまで真弓は思い込んでいた。

「なんとか次の日試合に行って。八角さんが普段通りだったから、その後の練習にも出た。その日に、八角さんが帰りバッティングセンター誘ってくれて。俺、このままこの人見なかったことにしてくれるのかなって思ったんだけど」

その日のことを真弓は、本当はちゃんと最初からは覚えていない。

「どうするのがいいか俺に決めて欲しいって、言われたんだ。見なかったふりした方がいいのか、ちゃんと聞いた方がいいのか。俺の傷だから、俺が決めるのがいいって」

そんな風に八角がきちんと向き合ってくれるまで、どうなるのか、まるで自分がした悪いことを暴かれるように真弓はあの日落ちつかなかった。

「そうか、これ、俺の傷なんだって」

他者からの言葉で初めてそれを知ったと、勇太に打ち明けるのは辛《つら》い。

「……ごめん、ね」

「何ゆうとるん。……おまえの、背中にあるもんや」

謝った意味を悟って、勇太はそれでも言葉を継いでくれた。

「すごく考えて」

話に続きがあることをわかって、勇太は堪《こら》えて待ってくれている。

「初めて、全部他人に話した。勇太以外の人に、ここであったこと」

堪えてくれていると、肩を摑《つか》んでいる勇太の指の強《こわ》ばりから伝わった。最後まで黙って聞こうとして、勇太は我慢をしている。

「それで気づいたんだ。気にしてないふりしてたけど、本当はずっと怖かったことに。今も、ここにいるのが怖い。ちゃんと目を合わせたら、俺、知らない男の人がすごく怖いんだってことにも気がついた」

息を吐いて真弓は、勇太を見上げた。

「神尾のこと、俺が石で殴ったの見たよね。勇太」

「……ああ」

高校一年生のときのことを尋ねた真弓に、細い声で勇太が答える。

「あんな風に殴る必要なんてなかった。そういうこと今まで、他にもあったよ」

否定を、勇太は返さなかった。告げられた意味を長く、ただ考えている。

「その人、なんてゆうた。おまえが話したこと」

顔を見ないで、勇太は真弓に訊《き》いた。

声がやけに張って、勇太が気負ったのだと真弓にもわかる。

薄い木漏れ日の合間を吹き抜けていく五月の風を、少しの間真弓は見ていた。

「怖かっただろうって、言われて。それでやっと、そうだったってわかって、俺」

それを勇太に教えるのは、どうしても躊躇う。

「その人の前で、泣いた」

小さく言った真弓に、勇太もすぐには何も言わなかった。

「八角さんが、野球部のマネージャー続けるならそれを最初のテストみたいに考えたらどうだって言ってくれて。サポートしてくれるし、大越さんも元々知ってることだからって」

提案されて受け入れたことを、勇太に伝える声が途切れる。

「でも、ここから先誰がどんな風に俺にこのことを言うか保証はできないっても、言われた」

その想像をはっきりと言ってくれたのは、八角らしい八角の誠意だ。想像もつかないことを言う者はいると、覚悟が必要だと八角は教えてくれた。

「そうか。せやな」

どういうことなのか勇太も理解して、溜息のように呟《つぶや》く。

肌を寄せ合ったまま二人は、沈黙の中で過ごした。どちらかからの声を待つでもなく、自分の言葉を探すのでもなく。

静けさが幾ばくかは必要だった。

「おまえの背中見られたんが、その人で良かった。ほんまに」

やがて、勇太がはっきりと真弓に言った。

もう一度顔を見上げた真弓の頬《ほお》に、勇太の指先が触れる。

「なあ」

指も声も、酷くやさしくて逆に真弓は不安になった。

「おまえ気にしてへんちゅうとったけど。俺、ほんまのことゆうてずっと」

目を覗いてくれる勇太が、何を思うのかすぐには真弓にはわからない。

「おまえはここであったこと、ちゃんと目え合わせられんくらい怖かったんやろうなって、思っとった。おまえのこと、抱こうとするときも」

ふっと、勇太の目が境内を見た。自分は知らなかった幼い日の真弓を、痛ましく思うように、探すように。

「俺かて、男や。最初はおまえ怯《おび》えとった。そうやろ?」

「でもそれは、俺したことなかったから……」

確かにそう自分は勇太に答えたはずだと、真弓は首を振ろうとした。

「それだけか？　ほんまに」

まっすぐに問われて、真弓が何も答えられなくなる。

勇太の故郷で初めて抱き合うまで、何度も二人は触れ合ってはいた。二人きりで家で留守番をしたときに、触れた勇太に真弓は怯えて泣いてしまった。

初めて恋人と抱き合うのが怖いからだと真弓は勇太に言ったけれど、作為を持って触れられるとどうしても記憶の底から返るものがあることは決して言わなかった。

言えばそれは、また大河に辛い後悔を負わせることになる。ここでのことは真弓は、傷に思っていないと言い張り続けようと決めていた。

「けど俺、おまえの背中きれいやってゆうてしもたやんか。最初に」

それを勇太は、全部わかっている。

「きれいで好きやって。無理して、大河のために全然怖なかったたって背え張っとるおまえが好きやって言った」

「うん……嬉しかったよ。俺、あのとき本当に嬉しかった」

「せやからおまえは、もう俺には本当の気持ち言えへんのちゃうかって思とった」

それを負い目には思わないで欲しいと懇願した真弓に、勇太は困ったように少しだけ笑った。

「けど、俺の知らんとこでもおまえはおまえの背中と生きてかなあかんし。どないしようって、心配やったよ。俺、おまえが他人にその話ができて良かったて思うとる」

本心だと、真弓にも自分にも言い聞かせて、勇太が言葉を重ねる。

「怖かったって、おまえちゃんと誰かにゆわなあかんかったんや。我慢さして」

両手で勇太は、真弓の頬を抱いた。

「すまんかった」

足りずに、真弓の体を抱きしめる。

「そんなこと……言わないでよ」

謝られて、真弓の声が戦慄《わなな》いた。

「そんなこと言わないで。俺、勇太が好きで、だから」

そんな風に言われたら辛いと続けようとして、知って欲しい気持ちもここにある思いもそんなものではないと真弓が首を振る。

「今の気持ちだけが、いつも全部じゃないよ」

上手く伝えられるだろうかと、必死で真弓は言葉を探した。

「あのとき俺、秀がうちに来て大河兄と秀が仲直りして。もう、大河兄の手を放さないとって毎日思いながら。ずっと、ここで襲われたこと」

三年前、自分の胸を塞《ふさ》いでいたものを真弓が手元に返す。

「自分が仕向けたことだって、考えてた。卑怯《ひきょう》な自分のせいだって気持ちを勇太が助けてくれた。きれいだって言ってくれて、俺は勇太に背中の傷ごと全部預けたんだよ」

あのときこの階段で抱き合った思いに、嘘は一つもないとそれだけははっきりと言えた。

「我慢なんか何もしてない。そのとき残しちゃったことからは、ずっと目を背けてたけど」

見ないようにして自分さえ気づかずしまい込んでいたものが、動かずあり続けていたけれど。

「それは、八角さんが……助けてくれた」

正直に真弓は、そのまま勇太に告げた。

「でも、それで俺。勇太が好きだって、思ったんだ」

今日のことは、勇太に言うつもりはない。誰の気持ちも、全て人に教えていいものではない。

恋だとは八角は言わなかったけれど、もし欠片《かけら》でもそんな思いがあるのなら、それは八角だけの持ち物だ。

「勇太が好き。俺は勇太にしか恋してないって思って」

そして今ここにある勇太への思いは、真弓だけのものだ。

「顔、見たくなった」

微笑《ほほえ》む真弓に、勇太が抱いていた腕を少し緩める。

顔を合わせると勇太は、笑ってはいなかった。

「これからきっと、こういうこと増えてくな」

ぽつりと勇太の、声が落ちる。

「お互いや」

「……うん」

今勇太の胸にある思いを自分も味わう日が来るのだろうと、それは真弓も覚悟が必要だった。

「不安か？」

己に問うように、勇太が真弓に問う。

鏡に問うのと同じ声に、真弓はしっかり答えなくてはと背を張った。

「俺は、これから誰とどんな風に過ごすことがあっても」

わかりきっていることでも、声にしなければならないときがある。

「勇太としか分け合えない気持ちがある」

それが今だと、真弓は勇太の目を見て言った。

「どんな？」

微笑んだ勇太の気持ちがわずかに緩むのが、真弓にも見える。

「言葉になんか、できないよ。誰といたってこんな気持ちにならない」

「……俺もや」

頷《うなず》いて勇太の腕が、真弓を抱いた。

唇に唇が、そっと重なる。やがてそれは深まって、急ぎはしないけれどただ互いを求めて、抱き合う指は力が籠もって撓《たわ》んだ。

「勇太、お願い」

くちづけの合間に、真弓が乞う。

「今ここで触って欲しい」

自分のTシャツの裾《すそ》を、真弓は引いた。

「背中」

この場所でもう一度、勇太に背中に触れて欲しかった。恐ろしい過去は決して消えないけれど、そうして勇太とのときが積もるほどにいつか、もっと薄れてくれると真弓には信じられる。

前から抱いたまま、勇太はTシャツの裾から真弓の背に手を入れた。

指で触れてはっきりとわかる傷を辿《たど》って、足りずに勇太が真弓に背を向けさせる。

「……勇太？」

Tシャツをたくし上げて勇太は、真弓の背を見て、そしてくちづけた。

「おまえのこと、俺が守ろうて思うた。ここで。こないしておまえの背中に、触ったとき」

出会った夏のことを勇太は、食《は》み返している。

「ずっと、俺がおまえをどんなことからも守ろうて決めた。二度とおまえをこんな目に遭わせんように。こないなことだけやない。どんなことからもや」

痛いほど勇太は、傷の一つ一つを唇で追った。

「でもそしたら、二十四時間一緒におらなあかん。おまえを閉じ込めて、おまえの自由なんか一個も許さんて。そないにせんとあかん」

「……ゆう、た」

唇は熱くくちづけは深くて、真弓の声が掠《かす》れる。

「守るってなんやろ」

それはもう、勇太の独り言だった。

「おまえを守るって、どないすることなんやろ」

一瞬、真弓の背から勇太の唇が離れる。

「俺の知らんやつとおるおまえを」

言い聞かせる声も、真弓を遠ざかった。

「こんな風に、知ったりすることなんかな」

呟いて勇太がまた、真弓の背に唇を寄せる。

強く抱かれて、きつく吸われて、どうしても真弓は怖かった。この場所だからなのか、言えない勇太の思いが流れ込んでくるからなのか、何が怖いのかわからないからこの怖さは勇太には教えられない。

「二人になれるとこ……行こうよ」

もう情交と変わらなくなる勇太の腕に、真弓は爪を立てた。

「ちゃんと勇太と、抱き合いたい」

振り返って、真弓から勇太にくちづける。

「勇太と抱き合いたい」

二度、そう教えた真弓を、勇太は加減を忘れて抱きしめた。

丁寧に解いてやりたかったはずの体を、そんな風にできたか勇太はまるで自信がなかった。

肌を合わせるのは随分と久しぶりで、受験が終わるまでと言いながら真弓の大学が決まっても抱き合えずにいたのは、本当は勇太が怯《ひる》んでいたからだ。

大学でのことを真弓が打ち明けてくれた境内で、一年近く前勇太は真弓に酷い暴力を振るった。時間が経って同じ部屋で寝起きをしながら、今でも勇太はそのときの夢を見る。

やさしく、決して傷つけずに真弓を抱きたい。

そう思うほどに行為に溺《おぼ》れて逆のことをしたらと不安になって、昨日まで勇太は真弓を抱けないでいた。

朝方、まだ誰も目覚めていない帯刀《おびなた》家の洗面所で、勇太は何度も顔を洗った。

安い部屋を時間で借りて真弓の肌を開いたら、理性が及ばずに真弓を酷く泣かせた。謝ると真弓は辛くて泣くのではないと途切れ途切れに言ったけれど、その声も聞こえないほどに掠れた。

眠ったのか意識をなくしたのかわからない真弓を抱いて勇太は眠れず、夜にやっと二人で家に帰った。

「……余裕、ないな俺。呆《あき》れる」

愛情からの欲望だけでそうしてしまったのならまだ、勇太も自分を慰められる。

「なんだ。もう仕事か」

不意に、洗面所の戸口から声を掛けられて、びくりと勇太は水道を止めた。

「どうした……そんな顔して」

会社から始発で帰ったと思《おぼ》しき大河が、勇太の顔を見て驚いている。

鏡を見なくても、自分がどんな顔をしているのか勇太にはわかって、だから前は向かなかった。

「今日からは、そんな早ないねん。けど習慣や。目え覚めてもうた」

嘘を、勇太は大河に教えた。

本当は帰宅して同じベッドで真弓を抱いて、勇太はほとんど眠れていない。

「何か一仕事終わったのか。そういえばおまえの顔見んの久しぶりだな」

「あんたはこないな時間に仕事終わったんかいな。ええ歳して、そないに働いとったら早死にするで？」

「おまえなあ」

会うなり憎まれ口をきいた勇太に、大河は肩を竦めて苦笑した。

「ああ、けど丁度ええわ。食費、毎月いつでいくらって決めてや。四月は払わんで終わってもうた」

済んでいない話があったと思い出してそう言ってから、勇太は、大河にだけは聞かせないとならないことが他にあると思った。

「……そうだな。食費か」

前に訊いたときと同じに、大河は難しい顔をして黙ってしまう。

「なあ」

眉根《まゆね》を寄せた大河に、勇太は呼びかけた。

顔を上げて、なんだと問うように大河が勇太を見る。

「あんた、まだ真弓の」

どう切り出そうかと、勇太は迷った。

「背中の傷、自分のせいやって気にしとるんか」

「当たり前だろ」

他に言い様は見つからずに尋ねた勇太に、間も置かず大河が返す。

いつでも、いつまでも大河がそのことを楔《くさび》に思っていることは、それ以上訊かなくても勇太にもよくわかった。

「あんたにだけ、話す。真弓は話して欲しないと思うけど、あんたにはゆうとく」

特に口止めもされなかったが、真弓が大河にその話をして欲しくないのは明らかだ。

けれど勇太は、大河には必要なことだと迷わなかった。

「……何か、あったのか？」

「悪い話やない」

酷く不安そうにした大河に、すぐに勇太が首を振る。

「真弓が」

本当はずっと怖い気持ちを抑え込んでいたことまでは、大河には言わなくてもいいことだと勇太は言葉を切った。

「大学で、野球部のマネージャー始めよったやろ？」

「ああ」

「二丁目の先輩が部長で、着替えの時間分けてくれたんやけど、結局他の先輩に見られてもうて。背中の傷」

一息に教えた勇太に、大河が息を呑《の》む。

「俺も考えてへんかったけど、真弓、初めてこっから先もこういうことあるて気づいたゆうて。多分、それちょっと前のことなんやけど俺にゆうたんは昨日や」

「それで……?」

「その、見たっちゅう先輩に、神社でのこと全部話したっちゅうとった。俺以外の他人に、初めて話したんやて」

少しでも大河を待たせずに勇太は結論を聞かせてやりたかったが、話しているうちに何が結論なのか自分でも一瞬見失った。

黙ってしまった自分の言葉を、大河が待っているのがわかる。

「八角さんて、ゆうそうや。ええ人みたいや。誰がこれから先どんなことあいつにゆうかわからんて、その人ゆうてくれて」

それを敢《あ》えて言葉にしてくれたことを勇太は、八角に感謝していた。思ってもきっと、自分には真弓に言えないことのような気がした。

「その通りや。まだこの先もあるよって、あいつには。テストみたいに、部活は続けたらどうやってゆうてくれたんやて。その近所に住んどる部長も知っとることやから、八角さんと部長で見ててくれるそうや」

だから安心せえと、息のできないでいる大河に勇太が続ける。

「俺、あいつのこと守ったるって思とったけど。そんでもあんたや俺の目が届かへんとこで、一人でどないするんやろって気に掛かっとった。背中のことは」

傷とまでは、勇太は言葉にしなかった。

誰よりも大河が、真弓の背中のことで痛んでいる。最初にそう真弓が勇太に教えたのは、嘘ではない。代われるものなら代わりたいと、何度でも、今このときにでも大河は思っているだろう。

「ええ話や。せやろ？　よかった。あいつは運がええ。大学で見られた他人が、その人で良かった」

「そうか……そうだな」

言い聞かせる勇太に、ようやく長く大河が息を吐く。

「このままずっと、誰にも見られねえで知られねえで生きてけるわけじゃないもんな。そんな人で、助かった」

見知らぬ真弓の先輩に、大河は心から感謝をした。

「八角さん、か」

今勇太が口にした名前を、大河が独り言のように反芻《はんすう》する。

「不思議なもんだな……知らない人の名前だ。当たり前だな。けど今まで真弓から聞くのはだいたい、顔が浮かぶ名前で」

そのことの方がおかしかったのかと、笑おうとして大河は笑いきれずにいた。

顔もわからない他人が、真弓の背中を見た。理由を、真弓がその人に話した。知らないその人が、大学での真弓を助けてくれている。

「……ほんまは」

そう大河が思考を整理しているのを眺めながら、ぼんやりと勇太は呟いた。

「少し嘘や」

無意識に声が、落ちていた。

「見たこともない男や。何処の誰とも知らん男が、真弓の背中見て真弓の話聞いてやって、そんで真弓が少し前に進めて。その人の」

繰り言になる言葉は遠くに聞こえて、勇太は自分がそう綴《つづ》っていることに気づけない。

「その男の前で、真弓が泣いた」

ゆっくり声が自分の耳に返って、知らない男の前で泣いている真弓の顔を勇太は見てしまった気さえした。

「ほんまはもう、閉じ込めてしまいたい。誰にも見せんと、誰にも会わせんと」

言ってから酷く胸が重くなって、そのまま俯《うつむ》く。

「けど……閉じ込めたら、かわいそうや」

言い聞かせたのは、自分にだった。全て大河に聞かれていることも、勇太は忘れていた。

悔しさに涙が少しだけ、滲《にじ》む。

廊下から朝日が段々と強くなる気配がして、勇太は大河が長く沈黙してくれていることに気づいて顔を上げた。

その差す光の方を、大河は見ている。何も聞かず見ずに、覚えずにいようとしてくれている。

「勇太。おまえ、食費のことは自分で秀に言え」

勇太が自分を見ていると気づいて、大河が全く別の話を始めた。

「え?」

最初に投げかけた話だとすぐにわからずに、勇太が尋ね返してしまう。滲んだままの涙を、慌てて勇太は拭《ぬぐ》った。

「今までは秀から二人分預かってた。あいつはおまえに金がかかんなくなって、すっかり参ってる。おまえの口からあいつに、自分の分は俺に渡すと言った方がいい」

言われて勇太が、大河に渡しても秀にはすぐにわかることにも、だとしたら自分から伝えた方がいいことにもようやく気づく。

「言えたらすぐ、俺に教えてくれ。その後のことは、俺がなんとかするから。秀のことは」

気負うなと、大河は勇太に笑った。

「なんや」

贅沢《ぜいたく》を口にしようとしていることは、言う前から勇太にもわかる。

「それも寂しいな」

だが贅沢でも間違いなく本心だ。

「お互い様だろ」

胸ポケットから煙草《たばこ》を取って、大河が勇太に一本箱から出して見せる。

「真弓のことはもう」

それを勇太が受け取るのを見て、自分も一本抜くと大河は安物のライターを弾《はじ》いた。

「おまえが守ってんだろ」

一つの火で同時に火を点《つ》けて、煙を吐き出す。

「ああ、そうや」

虚勢を張っているという思いが、勇太にはわずかにあった。新しい時間を真弓が歩き出すのを、自分は見ていることしかできない。

「なあおっさん」

「人を気軽におっさん呼ばわりすんなよ」

不意に調子を変えて呼びかけた勇太に、大河は顔を顰《しか》めた。

「お忘れのようやけど、俺まだ未成年やで」

「あ！」

煙草を取り返そうとした大河から、勇太がするりと逃げる。

「それに洗面所ヤニくさなっとったら、秀や真弓がめっちゃ怒るでー。知らんで、俺」

大仰に笑って勇太は、廊下に出た。

差し込む朝の光が、酷く眩《まぶ》しい。

誰にでもそれぞれ今日が始まるのを、立ち止まって勇太は知る他なかった。


五月末の日曜日、大隈《おおくま》大学軟式野球部員の白いユニフォームは土に汚れていた。

昼に始まった総当たり戦最後の試合は全く勝敗が見えず、点を取っては取られてまた取ってを繰り返して九回の裏まで来ていた。

「最後までこんな僅差《きんさ》だなんて……」

スコアブックをつけながら、バッターボックスや塁から戻って来る選手に声を掛けたり飲み物を渡したりしながら、ジャージ姿の真弓も息を詰めていた。

優勝して全日本選手権に行くのが春季リーグの目標だと知って、得失点差の読み方も覚えて真弓は見張るかのように順位を気に掛けていたが、最終戦のこの回に来てもまだ優勝できるか準優勝なのかが読めない。

相手校は僅差で優勝を争うライバル校だった。今大隈大学は二塁と三塁にランナーを置いて、アウトが一つ、五対五の同点だ。

「延長に持ち込まずに決めたいな」

ベンチで隣に座っていた八角が、グラウンドを見て呟いた。

球場は町田《まちだ》市営球場で、学生野球や草野球に使われる場所だ。ここに来るのも真弓は野球部に入って初めてではない。

最終戦が日曜日になったのはたまたまだ。春季リーグの優勝が決まるかもしれないと真弓が家で話したら、一度ぐらい観たいと言って家族がスタンドに応援に来ている。プロ野球をやるような球場ではないのでスタンドの位置も低く狭く、最初は家族の顔もよく見えて真弓は気にしていたが、今は完全にバッターボックスに集中していた。

次のバッターが打てば、優勝が決まる。

「三塁に駿足のランナーが出てるんだ。長打でなくてもいい」

祈るように八角が言うのに、真弓も大きく頷いた。

打席にいる三年生のバッターは、一度ファールを出して既にワンストライクだった。そのバッターが帰ってきてしまったら、次は四番の大越になる。

「八角」

その大越が、不意に、八角を呼んだ。

「どうした」

ネクストバッターズサークルにいたはずの大越が、ベンチの前に立っている。

「アップしろ」

「……どうして」

頭上から命じられて、八角は当たり前に戸惑った。

「腕が痛い。国試の準備で右手がやられた」

右の掌を開いて、大越が顔を顰める。

「今振ったら、完全に違和感がきた。グリップが握れん」

自分が摑んでいたバットを、大越は左手で八角に差し出した。

「あいつが帰ってきたら、おまえが代打で出ろ」

「だけど」

息を吞んで、真弓は成り行きを見ていた。

同じようにベンチの者が皆、大越と八角を見ている。

今季一度も打席に立っていない八角をこの局面で代打にするという大越に、けれど異を唱える者はいなかった。

誰もが、優勝はしたい。だから情けで大越の決定に頷く者はいない。

「俺の公平さを信頼してるんじゃなかったのか」

よく見るとグリップの方を左手で八角に向けている大越の空いた右手には、何重にもきつくテーピングがされていた。

本当に限界まで、大越は痛む右手で耐えたのだろう。二回前は打席に立って、長打を打った。今この瞬間に完全な違和感が来たのも、きっと嘘ではない。

代打に八角を指名することが大越の公平さなら、それは誰もが信じることだと真弓も知った。

「ああ。信頼してるよ」

頷いて八角は、大越と自分自身を信じて笑ってバットを受け取った。

迷わずネクストバッターズサークルに、ベンチを出て八角が向かう。

けれど見送る大越の顔を、真弓はうっかり見てしまった。

不安そうだ。

その不安は、勝利への不安とは違って思えた。優勝争いの中同点の九回裏で信頼から打席に送った、親友の心の負荷を大越は案じている。

それは部長の責務から離れた、八角の友人としての大越の顔だった。

「最近、新しいトレーニングずっとやってるんです。八角さん。やっと少し体重が増えたって、昨日言ってました」

あまりに八角を見ているので、真弓が大越にそっと告げる。

「知ってる。そうじゃなかったら出さない」

もういつもの無愛想な顔で、大越は強がった。

「ストライク！　バッターアウト‼」

主審の声が、大きく球場に響き渡る。

「代打、八角優悟《ゆうご》」

申告する大越の声は酷く冷静で、それは彼が努めて人に見せるものだとようやく真弓にもわかった。

外側に大越が見せている顔は、恐らくはいつも他人のためのものだ。

大越をちゃんと見てやってくれと、八角は折々に言っていた。固い顔強い声で、大越が厳しく守ろうとしているのは常に他者なのだと、八角はよく知っているのだろう。

バッターボックスに向かう八角の背に、緊張が走っている。

その緊張が、ベンチにも伝染した。スタンドにいる部員たちからの声援も、不自然なほど大きくなる。

打席に立って八角は、大きく顔を上げた。球場の景色に馴染《なじ》もうとしている。バットを構える形が、けれどいつもより固い。

一球目、あっさりと八角は空振りした。

「溜息を吐くな」

誰かが息を吐くことさえ、大越は許さず断じる。

張り詰めて八角を見ている大越に気づいてしまうと、その方が緊張すると真弓は必死で八角を見た。

短い間だったけれど、八角は一人で残ってトレーニングを重ねた。それを真弓は手伝わずに片付けをしながら見ていた。バッティングセンターには、二人で何度か行った。これは硬球だから気晴らしだと八角は言ったが、当たりにくいと言っていた速度でも段々と当たるようになっているのを真弓は知っている。

声を上げたかった。絶対に当たる。絶対に勝利打点を八角が挙げられると、真弓は叫びたかった。

けれど打席の八角と同じに緊張して、声が出ない。

二球目は当たって、一瞬皆大きな声が出てすぐに萎《しぼ》んだ。長い弧を描くファールだ。

次の球を八角が空振りすれば、試合は延長に持ち込まれる。負けるわけではない。だから気持ちを楽にして欲しいと、真弓の八角への思いが無意識に逃げに走った瞬間、大越の声が響いた。

「打て！　八角‼」

スタンドの声援よりベンチの声より、その声は初めて真弓が背後に聞いた二人の会話のようにきれいに通って誰の耳にも届く。

打席でまだ肩を固くしていた八角の強ばりも、大越の声が解いた。

今、八角は一番好きな景色を見ている。

そのことを最もよく知っていて、その風景を八角が見られることを誰よりも望んだのは大越だ。

三球目がまっすぐに放られて、思い切り八角が振ったバットがその球を真芯《ましん》で捕える。

「八角さん!」

思わず声を上げたのは、真弓だけではなかった。

八角が打った球は長く飛んで、三塁方向に伸びる。相手校のレフトが、必死で走った。

息を呑むほどの短い間のはずなのにそれは永遠にも思えたが、飛びついてもレフトの選手はその球を摑むことができなかった。

「やった! やったー‼ 八角さん!」

立ち上がって真弓が、スコアブックを投げ出す。

「勝利打点だ! 優勝だ!」

「全日本だ! 八角さんが決めたぞ‼」

たくさんの歓喜が上がる中、三塁からランナーが帰ってきて主審が大隈大学の勝利を叫んだ。

礼が待っているが、誰もが八角を迎えたくて仕方がない。

両校のメンバーが向き合い、大きく頭を下げて健闘を讃え合い試合は終了した。

「八角さん!」

堪えられず真弓も、ベンチから飛び出す。

大きく笑ってくれた八角と、真弓は何も考えず抱き合った。

「絶対やめるなって言ってくれたおまえのお陰だ！　トレーニングした甲斐《かい》があった‼」

惑うことなく強く真弓を抱いた八角の声も、聞いたことがないくらい弾んでいる。

「何言ってるんですか！　八角さんが頑張ったからですよ‼」

「ありがとう、帯刀《おびなた》」

きちんと礼をくれた八角は健やかに、幸いそうに笑った。

「ありがとうな、大越。おまえは本当に辛抱強いよ。ありがとう」

そうして自分の肩越しに八角が二度礼を言うのに、背に大越がいることに真弓が気づく。

慌てて八角を離れると、立って八角を見ている大越はすぐには何も言えないでいた。

「……勝利打点挙げた選手に、なんで礼を言われなきゃならない」

労《ねぎら》うこともせず、大越が深く帽子を被《かぶ》り直す。

「全日本では、初戦から貢献しろ」

「頑張るよ。おまえ、右手大丈夫か」

帽子の縁を摑んでいるテーピングでがちがちの大越の右手を、八角は摑んだ。

「痛っ‼　触るなよ！」

「そんなに痛いならテーピングじゃすまんだろうが。整形外科に行こう」

右手を見て溜息を吐いた八角の手を、大越が振り払う。

「今日は日曜日だ。……帯刀」

日曜日だから病院はやっていないという意味なのか言い捨てて、不意に、大越は真弓を呼んだ。

「はい」

ほとんど名前を呼ばれることもないのが日常なので、驚いて真弓が背を正す。

今はただ、大越と八角のやり取りを、真弓は口など挟《はさ》めるわけもなく見ていた。

「今日ご家族来てるって言ったな。近所だし、ご挨拶《あいさつ》させろ。ここ引き上げたらおまえは打ち上げの幹事だ」

「え」

打ち上げの幹事なのは元々わかっていたが、大越が家族に挨拶をすると言い出して真弓が狼《ろう》狽《ばい》する。

「八角も来い。副部長なんだから」

言われて八角は、抗《あらが》う理由などなく頷いた。

「とりあえずベンチ、引き上げるぞ」

いつでも命令形の大越に言いつけられて、真弓がスタンドを見上げる。

まだ家族はそこにいて、目が合ったとわかったのか、大きく丈《じょう》が手を振るのが見えた。

ベンチから撤収して他の選手は外に移動させて待たせ、大越は真弓とともにスタンドに上った。後ろからは八角も来ている。

少し、真弓は気が重かった。

こんなことは真弓には初めてのことだ。自分だけの人間関係を、それを知らない家族に紹介する。わざわざ家族に会うという大越がどういうつもりなのかも、真弓にはわからない。

移動してくるのが見えたのか、スタンドで応援していた部員や他の観客も引き始める中、真弓の家族は残っていた。他の観客といっても、決勝戦でも大学軟式野球のスタンドはそんなに賑《にぎ》やかなものではない。

「何処までがご家族の方だ」

数メートル手前で大越に問われて、真弓は答えに詰まった。

青いベンチが段になっているスタンドには、大河、秀、明信《あきのぶ》、丈、勇太、そして連れられて来たのか龍《りゅう》までもが座っている。よく見ると一番奥には達也もいた。

「ええと」

七人は真弓が来たことに気づいて、皆こちらを見ている。

「あの、割とこの辺全部です」

「はじめまして。大隈大学軟式野球部の部長をやらせていただいております、経済学部四年の大越忠孝《ただたか》です」

選挙公報かと聞きたくなるような畏まった声で、大越は一歩出て七人に深く頭を下げて挨拶をした。

家族はもちろん、少しだらけた姿勢でいた達也や龍までもが慌てて立ち上がる。

「三丁目に住んでらっしゃると伺いました。自分は二丁目です。真弓くんには突然マネージャーをお願いして、ご心配なこともあるかと思いますが」

一人一人の顔を見て大越が自分のために頭を下げてくれたことに気づくのに、真弓は時間が掛かった。

「ご不安なことがあったら、近所ですしいつでも自分に言ってください」

何も言わない大越だが、真弓が運動部に入ることに躊躇う理由は充分にわかっている。その上での家族の気持ちも考えて、それを今日告げてくれたのだ。

「……そんな、お世話になっているのはこちらですから。もう大学生です。真弓のやりたいようにやらせます。少しはお役に立ってますか」

しっかりし過ぎだとも言える大越の挨拶に皆呆気《あっけ》に取られていたが、大河が前に出て頭を下げて言葉を返す。

「はい。仕事の覚えも早いですし、もうスコアが付けられるのには驚いています。部も明るい雰囲気にしてくれます。……何よりも」

淀《よど》みない大越の声が、一瞬止まった。

何より、それに続けて何を言おうとしているのか真弓には想像もつかない。

少しだけ後ろを振り返って、大越は八角を見た。

「今日、うちの八角が勝利打点を挙げられたのはマネージャーのおかげです」

「はじめまして、副部長の八角優悟と申します。いつも真弓くんには本当にお世話になっております。大越の言う通りです。おかげで今日、打てました」

促されて八角が、やわらかい声で全員に頭を下げる。

「やめてくださいよ八角さん……お世話になってるの俺なんだよ。全部、八角さんに教えてもらってて。だから」

大越と八角がそんなことを言い出すと思わなかった真弓は、すっかり慌てて言葉もしどろもどろになった。

「俺、野球好きなんですけどあんまり、なんていうか才能なくて」

苦笑した八角を、大越が苦い顔で睨《にら》む。

「今年が最後です、野球やれるのは。秋までなのに……俺、やめようと考えてました。四年で副部長なのに、チームの戦力になれないのが情けなくて」

打ち明けた八角をけれど、大越は動じずに見ていた。

それで初めて真弓は、選手をやめようと決めたこと、真弓が引き留めたことの何もかもを八角はきちんと大越に話しているのだと知った。

「やめようと決めたときに、マネージャーが止めてくれました。必死で、俺が打席からの景色が一番好きなの知ってて、それを思い出させてくれました」

言葉もなく立ち尽くしている真弓に、八角が笑う。

「おかげで、今日はその景色も見られて、勝利打点も挙げられました。秋までにもっと精進します。最後のシーズンを充実したものに必ずします。本当に、ありがとうございます」

大河や秀、明信、丈、龍、達也、立ち尽くしている勇太の顔を一人一人見て、八角が深く頭を下げた。

家族に向かって八角が「ありがとうございます」というのは、今までなら真弓には不可解に思ったかもしれない。きっと理由もわからなかった。

けれど言葉を聞いている兄たちの表情から、何故家族に八角が礼を言うのか理解する。

こうして今自分が生きて立ってたとえば八角や大越の力になれるのなら、それは今日まで真弓を守り育ててくれた大河たちの力なのだ。

「俺たち外に出てるから、後から来い。打ち上げ会場、行ってる。優勝だしな」

家族と話して来いと言い置いて、大越はもう一度礼をして行ってしまった。

「打ち上げがまた一仕事だぞ」

きっとどんなに打ち上げが盛り上がっても羽目を外すことなく手伝ってくれるのだろう八角

が、溜息交じりに真弓の肩を叩《たた》く。

「お先に失礼します」

家族に言葉を残して、八角は大越を追って去って行った。

「いいから、おまえもすぐに行けよ」

足の速い大越と八角に礼を返す間もなかった大河が、真弓に出口を指す。

どうしても気に掛かって真弓が勇太を見ると、勇太は消えて行く八角の背をいつまでも見ていた。

その八角の背中しか見ていない勇太の言葉にはできない表情に、声を掛けることは酷く難しい。

「……じゃあ、行くね。今日はみんな来てくれてありがとう。こんなにたくさんで来てくれると思わなかったよ」

「ちょっと恥ずかしいでしょ。龍ちゃんも野球観たいってきかなくて、お店久しぶりに金谷《かなや》さんにお願いしたんだよ。でも、観られて良かった」

学生の真弓の気持ちは明信が一番察してくれて、ごめんねと苦笑した。

「おまえ随分立派にマネージャーやってんじゃねえか。びっくりしたよ、俺は。試合も接戦で、いやすごかったたな」

肩を竦めて龍が、明信の隣で真弓に笑う。

「楽しかったなあ、野球。やっぱ球場のが野球は楽しいな」

伸びをして丈は、勝ち試合を清々しく楽しんだと教えた。

「なんか、すげえちゃんとした野球だったな。おまえがこんな野球部のマネージャーやってるなんてなあ。たいしたもんだよ」

龍と同じく驚いたと、達也が感想を呟く。

「本当に、すごいね。真弓ちゃん。たくさんの人の助けになってるんだね。なんだか」

感慨深そうに秀は何かを言い掛けて、けれど大仰だと思うのか言葉を止めた。

「早く行けよ」

大河は、もう遠いものを見るように切なそうな目をしてそれでも笑ってくれた。

その兄の目を見るのが、真弓にも切ない。

「また来てね。ホント、みんなありがとう。日曜日なのに」

俯いて礼を言って、何も言わない勇太を見られずに、真弓は歩き出そうとした。

けれど背を向けた真弓の腕が、誰かに強く摑まれる。

振り返らなくても、それが勇太だと真弓にはすぐにわかった。

衝動で腕を摑んでしまった自分に自分で戸惑っている勇太を、真弓が見つめる。

「……あの人が、八角さんなんやな。やさしそうな人や」

名前だけ聞いていて実態のなかった人の姿をはっきりと見て声を聞いて、それを確認するように勇太の声が焦って八角を認めようとした。

「おまえのこと、めっちゃ褒《ほ》めてくれた。良かった、ええ人やな」

決して急がずに真弓は、勇太を見て勇太からの言葉を聞いていた。

ようやく、真弓は一つわかった気がした。大学生活が始まって勇太は、それまでよりずっときちんと真弓の話を聞いてくれていた。前に聞いた話を覚えていてくれる勇太を、真弓は不自然に捉《とら》えて不安に思っていたときがあった。

八角の名前も、ちゃんと勇太は言えている。

会えない時間を追おうとして、あんなにも忙しい日々の中で勇太がどれだけ必死になってくれていたか、今更真弓は思い知った。

「うん。いい人だよ」

穏やかにゆっくりと、そう答えることが今の真弓には精一杯だったけれど。

その真弓が自分をしっかりと捉える目を見て、勇太が焦ることなど何もないと思い出そうとする。

それでも次の言葉が喉《のど》に呼ばれるのには、長い時間が掛かった。

「打ち上げ、楽しんできいや」

短い言葉を、勇太が真弓に渡す。

「うん」

笑おうとして上手くできない勇太の目から、真弓は簡単には離れることができなかった。

「わがまま言っていい？」

「なんや」

「今日、少し遅くなるけど……帰ったら起こしてもいい？」

言ってから真弓が、自分に首を振る。

「声、聞きたいだけなんだけどさ。話したいこと色々、あるし。試合のこととかベンチのこととか、あと」

思いつくまま言葉を連ねて、何を自分が言い出したのか真弓にはわけがわからなくなった。

「ごめん、嘘。嘘じゃないけど、でもホント多分遅くなるし、全然、俺」

どうしてこんなことを言っているのか言葉を止められず、言葉と一緒に不意に気持ちが乱れ出す。

「いつでも話せるのに、何言ってんだろね。本当遅くなるから先に寝てて」

信じ合っている、だから大丈夫だと思い知っているはずなのに、何故駄々を重ねるのか真弓は酷く惑った。

「ごめん、わけわかんないこと言って」

右手を横に大きく揺らして真弓が、揺れ始めた心を振り切ってもう行こうと爪先を動かす。

「真弓」

けれどその腕を、勇太がもう一度痛いほど強く摑んだ。

いつの間にか勇太を見られず俯いていた顔で、真弓が振り返る。

「俺、そないに大人やない」

きっと今の自分と同じに、不安に揺れている勇太のまなざしがそこにはあった。

「今日話したい」

ふざけもせず、拗《す》ねたのでもなく、素直な気持ちを勇太が真弓に渡す。

「もし寝とったら必ず起こしてや。何時でもかめへんから、せやから」

注がれるものを、今度こそ惑わず真弓は受け取った。

「ゆっくり、帰ってくるんやで」

笑ってくれた勇太に、時間を掛けて真弓が頷く。

聞こえているのだろう家族も、誰も何も言わず知らないふりをしてくれていた。きっとみんな、勇太の思いも真弓の気持ちもわかっていて見ないでいてくれている。

本当は真弓はこのまま、勇太の手を取りたかった。そばに残って、勇太の声を聞いて勇太の体温を感じていたい。

「いってくる」

五月の陽が弾けるのと同じに、大きく真弓が笑う。

駆け出してもう、後ろを振り返らない。

誰もが持つ当たり前のそれぞれのときを過ごしても、手を繋ぐ日が必ずあることを、二人はよくわかっていた。

離れる寂しさも決して隠さない。

それも間違いなく恋人と行く未来だと、もう、ちゃんと知っていた。離れている明日にも、声にしない約束を必死で聞いている。

これからもきっと、心は不安に苛《さいな》まれて波立つ日がある。

恋をしているのだからそれは、しかたない。

大人たちのひと夜

晴れた五月晴《さつきば》れの空の下で三時間近く野球の試合を応援したことには皆それなりに疲れはして、帯刀《おびなた》家の夜はいつになく静かだった。

明信《あきのぶ》はそのまま龍《りゅう》のところへ泊まり、達也《たつや》は明日は仕事だから実家で夕飯を食べて隣町に戻ると言っていた。丈《じょう》は早い夕飯を終えて、すぐ風呂に入って寝てしまった。

野球部のマネージャーとして優勝打ち上げの幹事をするという真弓《まゆみ》は、まだ帰る気配がない。盛大な優勝だったようなので、打ち上げも長くなるのかもしれない。

「帰っても野球かいな」

台所で洗い物をしている秀《しゅう》を何度か振り返って気にしながら勇太《ゆうた》は、横たわってナイターを観ている大河《たいが》に笑った。

「やっぱ球場で観た方が楽しいな。野球は」

末弟がマネージャーをさせてもらっている大学野球部が優勝した試合は様々な感慨に溢《あふ》れすぎていて、好きなプロ野球チームの中継も大河には色褪《いろあ》せて見える。

「そない楽しかったか」

尋ねるようにではなく、溜息《ためいき》のように言って勇太は苦笑した。

「試合はな、楽しかったよ。でも」

力を落として聞こえる勇太の気持ちを察して、大河は敢《あ》えてその顔を見ない。

「不思議だ。この間まで家と桜橋《さくらばし》の向こうを往復してただけの真弓が、あんなちゃんとした野球部のマネージャー一人でやってるなんて。優勝して、部長さんと副部長さんが」

グラウンドからわざわざ、酷《ひど》く大人びた大越《おおこし》と八角《やすみ》が真弓に付き添ってスタンドにやって来たとき、大河は不様なほど狼狽《ろうばい》してきちんと挨拶《あいさつ》ができたのかも覚えていなかった。

「いつも真弓くんにはお世話になっております。か」

けれど、落ちついたトーンで八角がそう聞かせてくれたことは、楔《くさび》のように深く胸に残っている。

「初めて聞いたな、そんな言葉」

不安なことがあればなんでも自分に言ってくださいと言った大越は、この先のことは家族が負うことではないと告げたようにも見えた。

わざわざ安心させに来てくれたのだろう大越に、こんな感情を持つのは大河も酷くすまなく思える。

「……真弓のおかげで、今日打てたっちゅうとったな」

ここまで触れずにいたことを、勇太が声にする。

「八角さん」

すっかり覚えてしまった名前を、小さく勇太は綴《つづ》った。

「やめよう思とったん、真弓が止めてくれたて」

そんな話まではさすがに聞いていなかったと、つまらない愚痴《ぐち》を勇太が落とす。

「なんや」

大丈夫これが二人でいるということのはずだと抱き合った日と今とでは、気持ちの強さが変わっていることを勇太は認めざるを得なかった。

「顔、見てへんのと顔が思い浮かぶんとでは全然ちゃうな」

八角優悟《ゆうご》と申しますと笑った青年は、真弓から話にだけ聞いていた勇太のどの想像とも違った。

大人で上背があって、野球部というイメージからはかけ離れたやさしい整った顔をしていた。気持ちの良さがそのまま表情に出ているような、自分とは全く違う男だった。

ちゃんと話を聞くためにテレビを消そうとした大河を、掌《てのひら》で勇太が止める。

「俺。……もっと音上げろや、ナイター」

むしろ台所の秀にこの会話が聞こえないようにしてくれと、勇太はリモコンを指した。

「今、秀に言う」

望まれた通り上げられた音量に紛れて、主語を抜いて勇太は大河に告げた。

けれど主語を抜かれても大河には、それがずっと勇太が秀に言い出せずにいた、自分の食費はこれからは自分で出すという話だとすぐに理解する。

「なんや……己がちょっとでも大人になりとうて、秀に酷い思いさしてまうみたいやな」

呟《つぶや》いて勇太が長い息を吐くのに、そんなことはないとは大河も言えなかった。

「けど、こんなきっかけでもなかったらずっと言われへんかった。秀がどないな思いするんか考えて、ただ怯《ひる》んで先延ばしにしとった。毎日」

そう思ったらきっかけをくれたのはあのまるで大人の男のような青年かと、勇太はもう笑えない。

「なんや。結局、これも八角さんのおかげか」

それでもないことにはできず、口には出した。

「勇太、自棄《やけ》みたいな気持ちなら今日はやめろ。秀には大事な話だ」

さすがに大河が行き先を懸念して、勇太を止める。

投げ掛けられた言葉に、勇太は長く考え込んでいた。洗い物を終えて何か明日のための準備をしている台所の秀を、ただ黙って見つめる。

「……そうやない」

やめろと言ってくれた大河に力を借りて今日はよそうかと思って、勇太は毎日これを繰り返していると溜息を吐いた。

「秀の寂しがる顔見たないから、ろくに言い訳もないまんま延ばし延ばしにしてたんや。俺」

理由などなく、言うのがいやで毎日言えないでいたと勇太はわかっている。

「せやけどこれも、まだこっから先秀とおるために言わなあかんことやろ？　学校全部終わった俺が、秀に言わなあかんことや」

　自分に言い聞かせるためだけに、勇太は同じ言葉を繰り返した。

「一緒にいるために、言う。きっかけくれたあの人にちゃんと感謝もする」

　名前も綴れず「あの人」と言っても、もうはっきりと八角の顔が見えてしまう。

「そっちはちょっと無理してのことや」

　会った印象より今勇太の中で八角は、もっと大人になっていた。何も八角にはできないことなどない、どんなことでも真弓に与えられる男に見えた。

「俺」

　つまらない言葉を大河に聞かせるのを、勇太が少し躊躇《ためら》う。

「自棄やのうて、焦っとる。今のまんまで、八角さんになんも勝てる気がせえへん」

　声にしてしまうとそれは、自明の理に思えてならなかった。

「真弓が俺を好きやって気持ち差し引いたら、真弓やのうても誰かてあの人選ぶやろ」

　一言も真弓は、八角が自分に思いを寄せているようなことは言っていない。今日八角もそんな気配は少しも見せなかった。

　けれど八角は、真弓の傍《かたわ》らに突然現れた、勇太にはとても敵わないように思える男だ。

「ばかやろ。真弓がおまえを好きだって気持ち、差し引きしようがねえだろが」

呆《あき》れて大河が、勇太を叱《しか》りつける。

「好かれとるって、そのことだけにずっと甘えて真弓の手を摑《つか》んではおれん」

それだけに縋《すが》っていたらいつか本当に真弓を失うのではないかと、勇太は思っていた。

「俺……どないしたらええんか、まだわからん」

「秀と向き合う気持ちだけで向き合えないなら、ホントにやめとけよ。今日は」

あきらかに真弓と八角のことに囚《とら》われている勇太を、大河が咎《とが》める。

顔を上げて大河を見て、困り果てて勇太は笑った。

「なあ」

諭すような勇太の声が、いつになく大人びる。

「無理やで。なんか全然関係ない理由なかったら俺、一生ゆわれへんよ。秀にこのこと」

苦笑する勇太の言いたいことは大河にもわかるようでいて、ちゃんとは理解できていなかった。

「まともなメシ、ずっとあいつに食わしてもろとった。なんかのたとえとちゃうで」

台所の秀を、酷く愛《いと》おしい者を見ていると隠さずに勇太が追う。

「普通の、白飯とか卵焼きとかそういうん。母親おらんようになって父親は金くれるどころか俺にせびっとったんが、十になる前や。そんときあいつが現れて」

簡潔に勇太は、海辺の町でのきっと長く感じただろう幼い頃の暮らしを語った。

「ちゃうな。俺があいつが乗っとった車に飛び込んだんや。そんで秀が、弁当持って現れるようになった」

そのとき秀が作って来た弁当の中身を、勇太は一つ一つ思い出せる。

「一緒に暮らし始めてからは、毎朝あいつの作る味噌汁《みそしる》飲んでた。味薄い味薄いて、毎日文句ゆうて。そうやって全部、あいつに賄《まかな》ってもろて十八を過ぎた」

何か水音をたてている秀に聞こえないように抑えた声は、逆に酷く強く大河に届いた。

「俺」

今胸にある思いを綴る言葉を、勇太は探している。

「自分が大人になれるとか少しも思てへんかったのに、あいつにそれ教えるんこないにしんどいなんてな」

一仕事秀が終えようとしているのが、後始末の音で知れた。

「俺はもう大人や。おまえが俺をちゃんと大人にしてくれた。だから俺、もうおまえが一銭も出さんかて生きてけるて」

告げる練習のように、勇太がようよう声にする。

「なんのきっかけもないまんま、まともに言えるわけないやろ」

もう大河に教えているでもない勇太の目が、泣いて見えた。

「勇太」

掛ける言葉は、大河には見つけられない。

「俺、読まないとなんねえ原稿あるから」

仕事があると、大河は不得手な嘘を吐いた。

「階段、上がる音聞こえたら秀のところに……行くよ」

立ち上がって大河が、勇太が小さく頷《うなず》くのを確かめる。

襖《ふすま》を背に閉めても勇太が動く気配は感じられなかったが、後は自分の時間ではないと大河は自室に歩いた。


廊下をゆっくり歩いて行く大河の足音が、玄関を上がって右の和室の中に消える。

しばらく待っても秀がまだ台所から戻らないので、勇太はなんとか畳から立ち上がった。そっと台所に入って秀の手元を覗《のぞ》き込むと、白い割烹着《かっぽうぎ》姿で明日のための出汁《だし》を取ろうとしている。昆布を秀が使っていることぐらいは、さすがに勇太も覚えた。

「おまえ、原稿いつやっとるん。そない丁寧に台所して」

大河ではないが秀の締め切り前の惨状を誰よりも長く見ている勇太は、そんな場合かと一言くらいは言いたくなる。

「いつもやってるよ。原稿は常にやってる」

「俺昼間おらんからかもしれへんけど、ここ最近おまえが原稿しとるとこ見たことないで」

「今もね、頭の中ではやってるんだよ……こうやって昆布から出汁を取りながら、原稿もしてる。本当なんだよ、本当」

本当は二回言われると、全くの嘘にしか聞こえなかった。

「どうしたの？　お腹空いた？　今日は真弓ちゃん待って起きてる？」

なんか作ろうかといつものように、秀が笑う。

頼まなくても引き取られてすぐの頃、「お腹空かない？」と言われてはしょっちゅうおにぎりやサンドイッチが出て来た。

子どもだからいつでも酷く腹が減っていて、けれどそれが決して飢えることなく満たされ続ける奇跡に勇太が気づいたのは、もう京都《きょうと》を離れる頃だった。

奇跡と言えば、多くの人はそれが当たり前だと言うかもしれない。

だが勇太は今自分がいつでも腹が満ちているのは奇跡なのだと、よくわかっていた。

「秀」

ふと、静かな声で名前を呼んだ勇太に、支度を終えた秀が振り返る。

「俺、おまえのおかげでいつでもちゃんと腹はいっぱいや」

「なに、急にそんなこと言って」

笑おうとした秀の瞳に、怯《おび》えが映った。

今から告げようとしていることをずっと秀が恐れていたと、勇太が知る。

「今も、さっき食ったメシで腹大きなって眠いわ。なあ、俺もう学生やない。給料ちゃんともろてる」

あからさまに秀の肩が、びくりと揺れた。

「……食費、入れさして」

はっきりとは勇太も、そんな秀に向かっては声にできない。

この家にいて食費を自分で払うと言えば、秀は勇太に掛かっていたものを全て手放すことになる。

後なんだろうと、秀のまなざしがうろうろと勇太が自分の子どもである手掛かりを探していた。家に掛かることは逆に、色々面倒なので受け取らないと大河に言われている。光熱費はとまで考えて、食費に大河がそれを含めていると秀は必死でただ数を数えようとしていた。

「給料日って、決めてもええ？」

答えが返るまで待ってやりたかったけれど、秀は一人でそこから出られないとわかって勇太から尋ねる。

「金額は……」

「大河に」

なんとか、秀は大河の名前を口に出した。

「僕、大河にまとめて預けてるから。だから、大河に決めてもらって」

お願いと秀の声が掠《かす》れて、それ以上は勇太ももう望めない。

どうにもならない沈黙が、二人の間を流れた。

「本当は……山下《やました》さんのところに住み込みしたいの、僕のためにがまんしてくれてるんじゃないの？」

問わなくてはと思うのか尋ねた秀の声が、震えている。

「我慢なんかしてへんわ。あほ」

考える間もなく、すぐに勇太は答えた。

どうしてと秀が自分を見るのに、しかたのない気持ちになって笑う。

「もう少し、おまえと一緒におらせろや。八年も一緒におったんやで？　俺ら」

自分の声が耳に届いて、勇太は酷く驚いていた。

「人生半分おったなっちゅうくらいは、おらせろ」

こんな風に誰かを思いやって自分に声をやわらかくできるとも、子どもだった勇太には想像もつかなかったことだ。

「……勇太」

秀の唇が、「あ」の形に開く。

ありがとうと言おうとして、秀は考えている。そう答えるのは親子の間柄とは違うと、考えている。

そんなことをいちいち考えるのは、本当の親子のすることではない。

けれど勇太は、ありがとうを言っていいのかと長く考え込む秀が、誰とも代えがたい自分の親だと知っていた。

「わかった」

何がやと、揶揄《からか》いたくなるような頼りない曖昧《あいまい》な言葉を秀が返して寄越す。

「俺、朝早いのちょっとマシになったやん」

いつもと変わらないように努めて、勇太は声を張った。

「そうだね」

それに添おうと、秀も変に力が籠《こ》もっている。

「久しぶりに毎朝おまえの味噌汁飲んでて」

笑おうと勇太は思った。

「賄いで味噌汁もらうと、めっちゃ辛いわ」

それなのに声が不様に上ずって、結局は俯《うつむ》いた。


襖を叩《たた》くと、いつでも間抜けな音が響く。

けれど笑えずに大河は、返事のない秀の部屋の戸をそっと引いた。

きっと敢えて大きな足音を聞かせて勇太が階段を上がって行ったのが、もう三十分以上前だ。一時間くらいは一人にしてやりたいと思ったけれど、台所から秀が戻るのにさえ時間が掛かって大河は待ってやれなかった。

案の定、白い割烹着を脱いだ秀が、窓際にぼんやりと座っている。いつもなら眠っているバースが心配して、窓の方に寄ってくれていた。

「くうん」

秀より早く大河の気配に気づいて、なんとかしてやれとバースが鳴く。

「……秀」

そっと、大河は秀の背に声を掛けた。

「ちょっと、散歩にでも行かないか。いい気候だし」

「どうしたの」

どうしたのと聞かれるようなことを言ったと自覚はあって、振り返った秀の頼りない目に大河が溜息を吐く。

秀がこの家に越してきてもうすぐ丸三年になるのに、こんな風に外に誘ったことはあまりなかった。

「ああ、そっか」

笑おうと秀は、試みていた。

「勇太が君のところに行ったんだね」

すぐに階段を上がって行った勇太の足音を聞くこともできなかったのか、秀が虚《うつ》ろに答える。

「そうだ」

話を聞いていたことは嘘ではないので、大河は頷いた。

「だから散歩?」

やわらかい声がやっと、少し微笑《ほほえ》む。

「そうだ」

「甘えるよ」

ゆっくりと、秀は立ち上がった。

秀の速度で秀が歩くのを、ただ大河は待つ。

廊下まで出た秀の背に、大河は手を添えた。

靴もゆっくり履いて二人で、往来に出る。もちろん真昼ほどの気温はないが、風が吹いて心地よかった。

当てもないようでいて他に行くところもなく、隅田川《すみだがわ》に向かう。

「バースも連れてくれれば良かったかな」

「あいつ最近、散歩が億劫《おっくう》なんだ」

ふと呟いた秀に、大河は苦笑した。

隅田川沿いの土手を下流に歩いて、桜の木の下にベンチを見つけたところで大河が秀を誘う。

木の下は灯りも遮《さえぎ》られて暗く、人気のない隅田川をしばらくの間言葉もなく二人は眺めていた。

何か秀が言うのなら、全て秀の心に添うように答えようと大河は待った。自分からは投げかけない。

「人生半分おったと思えるくらいはいさせろって、言ってくれた」

前置きもなく、不意に、秀は勇太の言葉を大河に教えた。

「本心だろ」

添おうと決めたのに言ってくれたと言う秀をわずかに咎めてしまって、大河が勇太の代わりに伝える。

「あと二年も経たないうちに、勇太が成人したら半分なんだよ。もう」

瞬く間のことだと、秀の気持ちは弱るばかりだ。

「真弓が学生のうちは、二人とも家にいるだろ」

「そうだね」

けれど冷静に大河に言われて、ほんの少しだけ秀の声が高くなる。

それでも真弓が卒業したら、二人は一緒に出て行くのだろうかと大河は想像した。そうなるような気はするが、口には出さない。きっと秀も、それはもうしかたがないと思っている。

ここから先は、子どもが一人育ち上がったその喜びの、付録のような時間だ。

「最近、たまにしちゃう遊びがあるんだけど」

「どんなだ？」

ふと笑った秀に、大河も笑って尋ねる。

「怒らないで聞いてくれる？」

「ああ」

悪戯《いたずら》っぽい目をして自分を見た秀がいつもより子どもっぽく思えて、大河は頷いた。

「今が幸せで、今こうしてるからする遊びなんだよ。三年前の七月二十日に、この町に来なかったら……あのまま勇太と二人で京都で暮らしてたら今、どんなかなって想像する」

それは、秀には恐ろしい想像ではなく楽しい想像だということが口調から大河にも伝わる。

最初に遊びだと、秀は言った。そもそも遊びは楽しくなければしない。

「梅を見に、勇太が旅行に連れて行ってくれたじゃない？」

二月のことを、秀は語った。

「一泊二人きりで、会話もほとんどなくて。勇太が心細そうに、静かすぎるって言ってた」

川面の風が、少し伸びすぎた秀の色の薄い髪を攫《さら》う。

「そうやって静かに、西陣で機《はた》を織る音を聞きながら。今日学校どうだった？　いつも通りや、そう、なんて会話を繰り返して」

無意識に大河は、その髪に触れていた。

「そうやってずっと、二人でいたんだろうなって思う。勇太はもしかしたら向こうで何か仕事を始めて、でもそれでも」

想像の結末を教えるのを、秀が少し躊躇う。

「いつか勇太がいなくなることを、今頃には考えなかったような気がする」

それは大河にも、何故だか容易に想像がついた。

「もしかしたらだけど、ずっと二人きりでいたかもしれない。それは勇太にも僕にもいいことではなかったけど、その想像をするとき僕は少しだけ……」

続きを、秀は継がない。

けれど大河には、胸に納めた言葉が聞こえた気がした。

幸せで、と。秀は思って言わなかったのだと、わかった。

「おまえら二人でいたら、多分二人で全部済んでた。用が足りてた」

秀と勇太と、静かに閉じた世界で、それは永遠にでもそうして幸せのようにしていられたと大河も思う。

「来てくれて本当に良かった。もっと早く俺が迎えに行ってたらとも思ったけど」

だがそれは、「幸せのようなもの」だと信じたかった。

「おまえが、京都の住まい畳んで追い出されるの覚悟でここまで来るなんて」

今ここにあるものはどれも、嘘でも偽りでもないと大河は信じる。

「嘘みてえだな。来てくれて、ありがとうな」

髪に触れていた指で、大河は秀の頰《ほお》を抱いた。

「勇太がいたから」

何度でも秀は、精一杯笑おうとする。

「一人だったらきっと考えられなかった。勇太と暮らして……僕はいつでも君が好きだけど、一人で君を好きでいればそれでいいと思ってて。自分が君を好きな気持ちだけあれば充分だと」

そんな風に考えてしまう性《しょう》の秀を、何故何年も放って置けたとは大河も繰り返し自分を責めた。

「でも、人と暮らしたら、そうじゃないって思えた」

心から秀に、勇太が現れてくれて良かったと大河が感謝する。

「人と」

現れてくれた勇太に、その巡り合わせに。二人がともにあるために力を尽くしてくれた、人々に。

「勇太と」

手を離れた子の名前を丁寧に綴って、秀の頰を涙がこぼれ落ちた。

堪《こら》えられず大河が、その涙に、冷たい秀の唇にくちづける。深まるくちづけのまま強く、大河は秀の痩《や》せた体を抱いた。

失ったものを求めるように、秀の指が大河の背に縋り付く。

「秀」

くちづけを解いて、頰に掌を寄せて大河は秀の瞳を覗《のぞ》いた。

「どっか、泊まってこう」

ほんの少しやわらかい冗談のような口調で、大河が笑う。

「……え？」

「朝、帰りゃいい。別に帰らなくてもいいさ。だってもう」

驚いて尋ね返した秀に、大河はかまわないと普通に言った。

「俺もおまえも、お互いの他に守んなきゃなんないもんねえだろ？」

注いだ言葉を聞いて、秀が寂しそうな目を揺らす。

「けど、おまえがいる。俺には」

わかるようにはっきりと、一文字一文字を綴るように、大河はそれを教えた。

長く時間を掛けて秀が、大河の声を何度も反芻《はんすう》する。

「……うん」

頷いてそのまま、秀は大河に縋り付いた。

「僕には君がいる」

腕の中にいる秀を、大河が両手で抱きしめる。

「もっと」

足りないと、秀が初めて自分からねだった。

「強く抱いて」

掠れた声が乞うままにただ、大河が秀を抱く。

川面の風が少し冷たくなって、それを理由に大河は秀を、木の下から連れ出そうと手を取った。

あとがき

また少しお久しぶりになってしまいました。菅野彰《すがのあきら》です。

今年の「Chara原画展」の展示色紙に、もう二十一年目なのにいつまでも二十周年気分ですねという言葉とともに絶対年内に新刊を出しますと書いたので、言霊《ことだま》が降りて良かったです。

この巻から「子供」を「子ども」に開きました。これは「子供は止まらない　毎日晴天！2」の時から、ずっと気になっていたことでした。でももう「子供」で周知していただいたので開くことはないと思っていたのですが、新章みたいな感じなので開かせていただきました。今後は「子ども」でおつきあいください。

何故「子ども」にしたかったのかは、ほとんど感覚の問題なので。好きな方にしました。

そしてお気を悪くしないでいただきたいのですが、この巻は派生でできた巻です。

次の巻になるであろうストーリーの方が先に出て来て、それはなんというか閑話《かんわ》休題コメディになると思っています。ただ、そのストーリーを書くに当たって、

「私、何回書いたでしょうねこの『勇太と真弓が高校を卒業するまでもう少しという頃』ってフレーズ」

というつまずきが起こりました。「花屋の店番　毎日晴天！12」から現在まで、二十本近い

短編を書いています。今月発売の「小説Chara　vol.35」にも「竜頭町夏祭りの夜はいつも大変」という割と長めの話を書いています。この本の二ヶ月後の物語で、大越と八角もちらと出て来ます。

その手前の卒業寸前の勇太と真弓を描写し続けたままでは、文庫本一冊分のストーリーは書けないというところで立ち止まっていたのですが、

「あ、卒業させればいいのか」

やっとここに辿《たど》り着いた。

え？　そんな理由？　と思われるかもしれませんが、一九九八年に一巻を出していただいたときには、勇太と真弓の制服を脱がせることなんて考えもしなかったんです。大人たちは社会人、子どもたちは高校生ということに、私が固執していました。

本当は、次の巻で終われと言われたら、最終巻の話は一巻から決めてあります。ただ、もう少し続けたくなってしまって、思い切って二人を卒業させようということでこの巻はできあがりました。

社会人と大学生の交際ってそんなに甘くないだろうから、そこら辺を追求する巻になるだろうと私は書き始めるまで安易だった。

ところで私は最近、割ときっちりプロットを決めて書き出す方です。色々寄り道しますがその寄り道が良いエピソードになってくれたなと思いつつ、降りたかった場所に着地します。

この物語は、書き始めたら昨今稀《まれ》に見るほど予定と全然違う話になってしまった。

それは、十二巻分、十八年分書いて来た登場人物たちが、

「え、待って俺たちここどうしたらいいの。この問題はどうすんの？　あれはどうしてくれんの」

と、待てふざけんな勝手に進めんなとあれこれ思い出させてくれて私の思い通りにならない。

真弓が新しいコミュニティに入ってしかも運動部で、背中のことでつまずかないわけないじゃん。

書き始めてから気がつきました。嘘だろと思うでしょ。

けれど書き始めてから気づいたと言っても、真弓の背中の傷のことと幼い頃の事件のことは、何年も何年もずっと酷く気に掛かっていました。

真弓は強い子で、大河に負わせているのが辛くて、背中のことはわざとで、だから重荷に思っていないと私は「子供は止まらない」で書いた。

ほどなく、二宮《にのみや》先生のコミカライズが始まりそのシーンと真弓の背中を漫画で読んだときには、血の気が引く思いがしました。

確かに私が描写した通りです。でも想像力が足りていなかった。絵で見て初めて青ざめた。

この子が怖くなかったはずがない。重荷に思っていないはずがない。

気づいても特にどうしてやることもできず時が過ぎましたが、今回大学生編を書いていたら

真弓が、

「もう無理だよ」

と言うので、そうだねごめんねとそのことを書きました。やっと少し楽にできた気がします。

私が商業作家になって初めてのことなのですが、今回脱稿から校正まで四ヶ月以上時間が空きました。出版計画によるタイムラグだったのですが、この四ヶ月はあって本当に良かったというのは、そのお陰で「大人たちのひと夜」を最後に付け加えることができた。

自分では「子どもたちは制服を脱いで」の結末ですがすがしくエンドマークを付けられた巻だと思っていました。ただ脱稿した時担当の山田さんは、「良い話でした」と言ってくださいましたが、「しかし何か……勇太と真弓は本当に大丈夫なんでしょうか」と不安を残してらっしゃいました。

脱稿したては「いやいや大丈夫ですよ！」と思っていたのですが、電子版が出るので、校正と同時に電子限定ＳＳを書こうと「大人たちのひと夜」を書いたら、

「あ、これ本編の最後に入れないと駄目だ」

そう気づいて、山田さんも、

「むしろないで終わっていたことが恐ろしい……これ必要でした！」

と入れてくださいました。「制服を脱いで」だけで終わっていたら、大河と秀もだけれど、勇太の大事な気持ちがないまま本が終わっていた。四ヶ月空いたので、俯瞰《ふかん》で自分の書いたも

のが見られたのかなと思いました。なかったと思うと本当に怖い！　ありがとう四ヶ月！

電子限定SSには、この翌朝の「それぞれの朝」という短編を書きました。大河と秀、真弓と勇太、龍と明信、ついでに丈の、それぞれの朝です。

「大人たちのひと夜」は、入れなくてはと山田さんにも思っていただけたので（むしろきっと待ってた）こうして読んで頂くことができました。このシリーズが今続けられているのは、ひとえに担当の山田さんの根気です。私も書きたいけれど、山田さんがこれほど望んでくださらなければ、前巻も出ていなかったと思います。ありがたいばかりです。

そして二宮先生にはいつも、本当に美しい挿画をいただいています。カバー、一目で全てが受け取れるような二人に、何か寂しさも湧きました。口絵の四人には、少し泣いてしまった。「はじめての二人旅」の中で秀が勇太の布団の端を摑んでいるのは、二宮さんが「子供は止まらない」巻末蛇足で描いてくださったオリジナルエピソードです。本当にたくさんのことを、ありがとうございます。

今もその方たちが晴天を読んでくれているかはわからないけれど、「子供は止まらない」を書いた頃、現役高校生の読者さんたちからいくつか同じ内容のお手紙をいただきました。

「高校生はこどもではないです」

何通もいただいたので、心に残りました。私はそのときもう大人で、その子たちが心配だった。私も同じにかつては、自分は大人だと思い込んでいる高校生だった。

もし今も読んでいてくれたら、決して咎《とが》める意味ではなく尋ねさせて欲しい。
高校生は子どもではないと今でも思いますか。
まだ読んでくださっていたら、元気でいるかだけでも教えてくれたら嬉しいです。
今度は間を空けずに、また次の巻でお会いできたら幸いです。

帯刀家にない電化製品の数々がさすがに気になりだした／菅野彰

この本を読んでのご意見、ご感想を編集部までお寄せください。

《あて先》〒105－8055　東京都港区芝大門2－2－1　徳間書店　キャラ編集部気付
「子どもたちは制服を脱いで」係

■初出一覧

どこでも晴天!……小説Chara vol.29(2014年1月号増刊)
はじめての二人旅……小説Chara vol.31(2015年1月号増刊)
卒業……書き下ろし
子どもたちは制服を脱いで……書き下ろし
大人たちのひと夜……書き下ろし

Chara

子どもたちは制服を脱いで

……【キャラ文庫】

2016年11月30日 初刷

著者 菅野 彰
発行者 小宮英行
発行所 株式会社徳間書店
〒105-8055 東京都港区芝大門2-2-1
電話 048-451-5960(販売部)
03-5403-4348(編集部)
振替 00140-0-44392

印刷・製本 図書印刷株式会社
カバー・口絵 近代美術株式会社
デザイン 佐々木あゆみ(ARTEN)

ISBN978-4-19-900857-3

菅野 彰の本

好評発売中

「花屋の店番　毎日晴天！12」

シリーズ1～12 以下続刊

イラスト✦二宮悦巳

大学院に通う傍ら、花屋でバイトをする明信《あきのぶ》。店主は、幼なじみで元ヤンキーの恋人・龍《りゅう》だ。ところがここ数日、龍が突然行方不明!!　しかも、帯刀《おびなた》家の長女・志《し》麻《ま》が帰国しているらしい。弟に手を出し命の危険を察した龍に、もしや明信は捨てられた!?　表題作他、受験に失敗した末っ子・真弓《まゆみ》が引き起こす騒動『子供はわかっちゃくれない』、その後日談に秀《しゅう》が奔走する『大人のおつかい』も収録!!

菅野 彰の本

好評発売中

[いたいけな彼氏]

イラスト✦湖水きよ

ベンチで熱心に本を読んでいる男は、本好きそうだし、イケメンだ——。出版系サークルの後輩に、新入生の勧誘を頼まれ、構内を物色していた大学四年生の優《ゆう》人《と》。貴重な人材確保だ!! と思ったら、口を開けば無愛想だし、コミュ障気味で空気も読まない。案の定、その一年生・郁《かおる》は部内で浮いてしまう。俺が責任取って面倒見るか——溜息を隠して構ううち、人馴れしていない郁に全力で懐かれていき!?

菅野 彰の本

好評発売中

「1秒先のふたり」

イラスト✦新藤まゆり

短距離の100M決勝で、大会を勝ち上がれば必ず隣のレーンにいた男――。高校時代、密かに憧れていたライバル・仁虎《にこ》と、大学で再会した瑞生《みずき》。けれど瑞生は、練習中の怪我が元で走れなくなっていた。「走れないなら、俺の専属トレーナーになれ」無愛想で協調性はゼロ、でも誰よりも速く走る姿を見ていたい――。悩む瑞生は、仁虎に強引に口説かれ、マネージャーとして陸上部に入部することに!?

菅野 彰の本

好評発売中

「かわいくないひと」

イラスト✦葛西リカコ

口が悪くて暴君なのに、どうしてデザインは美しいんだろう──。建築デザイナーの友也《ともや》が密かに想いを寄せるのは、３歳年上の先輩・雨宮《あめみや》。天才肌の才能と繊細な美貌を併せ持つ、友也の仕事上のパートナーだ。けれど雨宮は自分の才能に無関心で、信頼している同期の意見にしか耳を傾けない。雨宮の作品にも惚れている友也は、嫉妬と悔しさで毎日辞めてやると思いつつ、傍を離れられなくて!?

投稿小説 大募集

『楽しい』『感動的な』『心に残る』『新しい』小説——
みなさんが本当に読みたいと思っているのは、
どんな物語ですか？
みずみずしい感覚の小説をお待ちしています！

応募のきまり

応募資格

商業誌に未発表のオリジナル作品であれば、制限はありません。他社でデビューしている方でもOKです。

枚数／書式

20字×20行で50～300枚程度。手書きは不可です。原稿は全て縦書きにしてください。また、800字前後の粗筋紹介をつけてください。

注意

❶原稿はクリップなどで右上を綴じ、各ページに通し番号を入れてください。また、次の事柄を1枚目に明記して下さい。
（作品タイトル、総枚数、投稿日、ペンネーム、本名、住所、電話番号、職業・学校名、年齢、投稿・受賞歴）

❷原稿は返却しませんので、必要な方はコピーをとってください。

❸締め切りは特別に定めません。採用の方にのみ、原稿到着から3ヶ月以内に編集部から連絡させていただきます。また、有望な方には編集部からの講評をお送りします。

❹選考についての電話でのお問い合わせは受け付けできませんので、ご遠慮ください。

❺ご記入いただいた個人情報は、当企画の目的以外での利用はいたしません。

あて先

〒105-8055　東京都港区芝大門2-2-1
徳間書店　Chara編集部　投稿小説係

キャラ文庫最新刊

子どもたちは制服を脱いで 毎日晴天！13

菅野 彰

イラスト✦二宮悦巳

大学に入学し、野球部のマネージャーになった真弓《まゆみ》。朝が早い職人の勇太《ゆうた》と、同じ家にいながらも会えない日々が続いて…!?

仮装祝祭日の花嫁 砂楼の花嫁3

遠野春日

イラスト✦円陣闇丸

公務で訪れた中欧の国の仮装パーティーに、お忍びで立ち寄った秋成《あきなり》。そこで出会った王子・アヒムに一目惚れされてしまい!?

皆殺しの天使

水原とほる

イラスト✦新藤まゆり

幼い頃に海外でゲリラに誘拐・洗脳され、兵士となったアンジェロ。戦闘中に捕まり、日本で父の友人という刑事に引き取られ!?

12月新刊のお知らせ

楠田雅紀 イラスト✦夏河シオリ ［恋は輪廻を超えて（仮）］

凪良ゆう イラスト✦葛西リカコ ［憎らしい彼 美しい彼2］

水無月さらら イラスト✦駒城ミチヲ ［座敷童が屋敷を去るとき（仮）］

12/16（金）発売予定